표변도

표변도 5
운곡 新무협 판타지 소설

초판 1쇄 찍은 날 § 2003년 1월 14일
초판 1쇄 펴낸 날 § 2003년 1월 24일

지은이 § 운곡
펴낸이 § 서경석

편집장 § 문혜영
편집책임 § 김희정
편집 § 장상수 · 박영주
마케팅 § 정필 · 강양원 · 이선구 · 김규진

펴낸곳 § 도서출판 청어람
등록번호 § 제1081-1-89호
등록일자 § 1999. 5. 31
어람번호 § 제2-0169호

주소 § 경기도 부천시 원미구 심곡1동 350-1 남성B/D 3F (우) 420-011
전화 § 032-656-4452 팩스 § 032-656-4453
http://www.chungeoram.com
E-mail § eoram99@chol.com

ⓒ 운곡, 2002

값 7,500원

ISBN 89-5505-468-8 (SET)
ISBN 89-5505-582-X 04810

운곡 新무협 판타지 소설

표변도

5

번천열지(飜天裂地)

도서출판
청어람

목

차

제 1 장

기억 —진충덕 끝내 모든 걸 알고, 사대봉공 오대세가를 만나다

기
억

진충덕은 믿어지지 않는다는 듯 눈을 찢어져라 부릅떴다.

하지만 아무리 눈을 크게 떠봐도 눈앞에 보이는 것은 자신이 키워온 추단현예(推端玄刈)가 분명했다.

그러나 묵빛의 도포로 온몸을 친친 감고 손에는 길고 휘어진 월도(月刀)를 힘있게 부여잡은 채 새파란 안광을 빛내며 쳐다보는 상대는 천지혈뇌(天地血雷)의 사대봉공(四大奉公)이 아닌 바로 자신이 아닌가.

"왜, 왜 나를······."

기이한 공포가 진충덕을 휘감았다.

씨이익~

하지만 추단현예는 아무 말 없이 그저 진충덕만 노려보며 거친 숨만 내뱉고 있었다.

천지문(天地門)의 대공자인 천공(天公)이 무언가 복잡한 심정이 담긴 눈동자를 들어 진충덕을 보았다.

"혈주(血主)께서 저희를 거두러 오신 거라면……."

얼굴을 찡그리며 말을 잇던 천공이 곁에 있는 뇌공(雷公) 시해서(尸解鼠) 여량(呂梁)과 혈공(血公)인 개활시(開豁屍) 임서(林嶼)에게 동의를 구하듯 고개를 돌려 바라보았다.

"혈… 주… 라니?"

진충덕의 두툼한 입술이 열리며 토막난 말들이 쏟아져 나오기 시작했다.

"그리고 또 천잔평의 솜… 씨… 라니?"

진충덕의 얼굴이 창백해졌다.

얼굴만 창백해진 것이 아니었다. 지금 진충덕의 머리 속은 하얗게 비워지고 있었다.

"나, 나는……."

진충덕이 저도 모르게 더듬거리며 막 추단현에 앞으로 한 발 나설 때였다.

쒸이익~

추단현예의 몸이 저도 모르게 움찔거리며 새파란 요기가 도는 네 자루의 월도가 허공에서 기묘한 소리를 내며 떨리기 시작했다.

그것은 명백하고도 노골적인 살기였다.

"아무래도……."

천공이 이제야 무언가 알겠다는 듯 손으로 턱을 긁으며 중얼거렸다.

"우릴 노리려던 게 아니었던 것 같군."

천공의 말이 무엇을 뜻하는 것인지 시해서 여량이 알겠다는 듯 고개를 끄덕였다.

"이제 보니 여우를 노리려던 게 아니라 여우를 쫓던 사냥개를 노렸던 게로군."

진충덕은 우둔한 사람이 아니었다.

아니, 진금행이란 희대의 요상한 괴물을 내놓을 만큼 좋은 머리를 가졌다고 봐야 했다.

"그럼… 나를……?"

무슨 말을 하는지는 충분히 알 것 같았다.

하지만 왜 이런 상황이 벌어지게 되었는지 이해가 되지 않았다.

"아무래도 귀하가… 흠흠… 고검사신의 피를 이은 건 확실한 것 같구려, 혈주."

천지문의 소공자 지공이 추단현예의 태도와 진충덕의 당황한 모습을 조롱의 시선으로 쳐다보다 알겠다는 듯 고개를 끄덕이며 유난히도 혈주라는 단어에 힘을 주어 말했다.

"아무튼… 천잔평의 멋진 솜씨는 이 속하의 안목을 또 한 번 넓혀주는……."

지공의 뜻을 알겠다는 듯 시해서 여량이 곰방대를 꺼내 툭툭 털어 입에 물며 비아냥대듯 말을 이었다.

"우웩~!"

진충덕이 커다란 몸을 비틀대다가 끝내 한 움큼의 핏덩이를 게워놓고 말았다.

"회주!"

추단현예의 막내인 추단사예(推端四ㄨ)가 저도 모르게 한 발 나서며 큰 소리로 부르짖었다.

하지만 그도 그뿐, 곧 추단일예가 앞으로 뛰쳐나가려는 추단사예의 앞을 막으며 무거운 안색으로 고개를 좌우로 내저었다.

잠시 망설이던 추단사예는 곧 맏형의 그 같은 태도를 보고 다시 뒤로 한 걸음 물러서서 힘있게 월도를 부여잡고는 다시 새파란 안광을 빛내기 시작했다.

"흐읍……."

입가의 핏물을 닦아내던 진충덕이 그런 추단현예의 모습을 암울한 눈빛으로 바라보고만 있었다.

흑월회(黑月會).

강호의 살업을 종식시키기 위해 자신이 만든 단체.

월사(月使) 마불통과 일사(日使) 문추룡과 손을 잡고 고련 끝에 탄생시킨 살귀(殺鬼)들이 바로 저 추단사예였다.

"그리고… 그건 천잔평의 수많은 죽음 때문이었는데……."

진충덕은 멍한 시선을 들어 하늘을 쳐다보며 중얼거렸다.

자신이 마옥검(魔玉劍)으로 불리던 혈기왕성했던 시절.

명교의 기치 아래 모인 교도들과 정파를 수호한다는 명분 아래 뭉친 무림맹의 수많은 사람들이 서로의 몸에 칼을 쑤셔 넣고 황천길로 떠났던 천잔평의 죽음을 또다시 만들지 않기 위해 만들었던 것이 바로 흑월회였다.

하지만 지금 추단사예의 모습을 보니 그건 자신만의 착각이 분명했으리라.

"틀툴."

진충덕의 입에서 허망하고도 메마른 웃음이 튀어나왔다.

그 웃음소리 속에 오래전 잊기로 했던, 아니, 절대 잊을 수 없던 예전의 기억들이 스멀거리며 모습을 드러내고 있었다.

*　　　*　　　*

진금행은 아무 말도 없었다.

아니, 할 말이 없었다.

그만큼 곤혹스러웠고 당경으로부터 전해 들은 말은 너무나 충격적이었다.

진충덕의 널찍한 얼굴은 시커멓게 죽어 있는 데다가 두툼하기 이를 데 없는 볼 살은 충격으로 가느다랗게 떨리고 있었다.

그에 비해 당경은 너무도 해맑게 웃고 있었다.

지금 당경의 웃음은 혈루소면객(血淚笑面客) 온양이라 할지라도 흉내를 감히 못 낼 만큼 희열에 들뜬 화사한 웃음이었다.

예전에 자신을 버렸던 사천당문의 문주 당표가 나중에 고개를 숙이고 자신의 재능을 필요로 한다는 말을 전해 들었을 때도 이런 웃음은 짓지 않았었다.

또 무림맹의 맹주인 진근양에게 네 번째 제자로 뽑혔을 때도 이렇게 기쁘진 않았다.

하지만 지금 널찍한 진금행의 얼굴이 푸들푸들 떨려오는 것을 보니 꼬리뼈까지 짜르르해지는 극도의 희열로 당경은 주체하지 못할 정도였다.

"그러니까… 그게… 그렇다는 거군."

진금행은 저도 모르게 중얼거렸다.

"그래, 바로 그렇게 된 거지."

당경은 진금행의 얼굴을 샅샅이 기억 속에 담으려는 것처럼 신형을 앞으로 당겨 진금행의 널찍한 얼굴을 들여다보고 있었다.

"그러니까 그게……."

진금행이 또다시 같은 말을 뇌까릴 때, 확실하게 못을 박으려는 것처럼 당경이 말을 이었다.

"천잔평의 수많은 죽음을 마옥검 육충덕은 목격하고야 만 거야. 머리가 어지러웠겠지. 막 두 세력의 전투가 시작되고 난 뒤 육충덕은 정신을 잃어버렸으니까. 그리고 정신을 차리고 보니 자신의 주위에 수천의 주검들이 널려 있는 걸 보게 된 거야. 얼마나 소름 끼치겠어? 그중 대부분은 평생 뱃속에만 담고 있었지 한 번도 보지 못한 자신의 시퍼런 창자를 눈앞에 다 꺼내놓고 죽어 있었고, 몸뚱이를 잃은 머리통은 눈알을 허옇게 까뒤집고 죽어 있었으니. 육충덕은 이 참사를 도무지 이해하지 못했어. 마교에서는 입만 열면 선하게 살아 극락정토(極樂淨土)를 이루어야 한다고 했고, 무림맹 놈들은 정의로움을 항상 내세웠는데 그놈들끼리 평원에서 만들어낸 참상은 눈 뜨고 보기 끔찍스러운 광경이었거든."

당경은 말하다 말고 입술을 축이며 눈앞에 있는 멍한 진금행의 얼굴을 한껏 즐기고 있었다. 당경에게 있어 어떤 화려한 음식보다도 푸짐한 얼굴이었고, 그 어떤 절색의 여자보다도 더욱더 흥분에 떨게 만드는 얼굴이었다.

"그래서 마옥검 육충덕은 마교를 나와 무림을 떠날 결심을 굳힌 거야. 자신이 믿어왔던 세계가 와르르 무너졌으니 고련했던 무공도 모두 버릴 결심이었지. 하지만 육충덕 스스로도 몰랐던 사실이 있었어. 바로 그 죽음은 육충덕 스스로 만들어냈던 것이란 것을. 바로 자신이 정신을 잃고 있던 그때부터 또 한 명의 고검사신이 탄생했고, 수천 명의 목숨을 벌레 목숨을 취하듯 잔인하게 짓밟았단 것을."

당경의 목소리가 나직이 깔리며 그 무게만큼 진금행의 가슴을 짓눌렀다.

"하지만 우습기 짝이 없는 건 자신이 그 일을 했다는 걸 전혀 모르고 있었다는 거야. 아니, 도리어 자신은 잠시 잠깐 정신을 잃었었고, 그 중간에 마교와 무림맹이 전투를 벌였고, 모두들 죽었다. 단지 그렇게만 알고 있었던 거지. 너무나 재미있는 사실 아니겠어? 정말 재미있지 않느냐구!"

당경의 사마귀를 닮은 역세모꼴 얼굴이 너무나 즐겁다는 듯 헤실대며 웃고 있었다.

*　　　*　　　*

마옥검 육충덕의 얼굴은 검붉게 변했다.

눈은 이미 핏빛으로 물들어 지옥의 유황불보다도 더욱 시뻘겋게 달아올랐다.

하지만 그보다 더 붉게 변한 것이 있었으니 바로 육충덕의 온몸을 감쌌던 푸른 장포였다.

이미 수천의 피를 머금은 옷은 더 이상 본래의 푸른빛이 남아 있지 않았던 것이다.

"우히히히~"

연신 육충덕의 입에선 미친 듯한 광소가 터져 나오고 있었다. 이미 그것은 인간의 웃음소리가 아니었다. 내공이 약한 사람들은 이미 그 웃음소리에 고막이 터져 나가고 심장이 갈라져 나뒹굴고 있었다.

수천 중 살아남은 자는 이제 몇 되지 않았다.

자신이 만들어낸 죽음들에 만족했는지 어느 순간부터 육충덕의 신형은 우뚝 멈추어져 있었다.

그리고 이글거리는 화염이 가득 담긴 시선이 공포 속에 몸을 떨고 있던 마교 교주와 무림맹주에게로 향했다.

"꿀꺽~"

마교 교주의 목에선지, 아니면 무림맹주의 목에선지 몰라도 크게 침을 삼키는 소리가 정적 속에 울려 퍼졌다.

공포스런 장면이었다.

불과 숨 몇 번 들이키지 않았을 시간이었다. 아니, 그보다 조금 더 오래 걸렸을지도 몰랐다.

하지만 그 시간 또한 그리 오랜 시간은 아님은 분명했다.

그러나 그 짧은 순간에 만들어낸 수천의 죽음들을 잊는 덴 그보단 훨씬 더 오랜 시간이 필요할 거란 건 분명히 알 수 있었다.

잔인하게 도살되어 널브러져 있는 수천의 주검들 가운데 훤칠하고 미끈하게 생긴 미공자가 우뚝하니 버티고 서서 오만한 붉은 시선으로 주위를 만족스럽게 훑어보고 있는 광경은 정신이 올곧게 박혀 있는 사람이라면 두 눈을 질끈 감아버릴 처참하고도 아름다운 광경이었다.

휘이잉~

어디선가 바람이 불어와 몇 되지 않은 살아남은 자들의 얼굴을 쓰다듬었다.

그 바람 속에서 사람들은 진득한 피 냄새를 맡을 수 있었다.

가슴 가득 채워오는 죽음의 냄새에 사람들의 몸은 가늘게 떨려왔다.

이윽고 이 모든 것을 만들어낸 사람의 입이 천천히 열렸다.

"이 세상은 너무 밝아, 검붉어야 하는데……."

'잉?'

갑작스레 튀어나온 육충덕의 이해 못할 말에 사람들은 정신을 차릴 수가 없었다.

"내가 잠에서 깨기엔… 세상이 너무 밝아……."

이해 못할 말이지만, 자신의 할 말을 다 했다는 듯 몸을 획 돌리던 육충덕은 허물어지듯 그 자리에 고꾸라졌다.

육충덕이 거꾸러진 그곳은 나중에 천잔평(千殘坪)이란 이름을 가지게 되었다.

'그래, 그랬었지!'

진충덕은 그제야 모든 걸 알 것 같았다.

아니, 알고 있는 건 하나도 없었다.

흡사 몇 년 전에 꾸었던 꿈, 선명하게 기억나지 않은 채 대강 어떤 꿈이었다는 줄거리만 어렴풋이 짐작되는 꿈.

그 꿈을 억지로 기억해 내야 하는 것처럼 암담함을 느끼며 진충덕이 자신의 손바닥을 내려다보았다.

"내, 내가 그랬다고? 내가?"

진충덕이 중얼거리다가 다시 멍하니 빈 하늘을 올려다보았다.

"그래, 그랬던 것 같기도 하군. 그게 꿈만은 아니었군. 아니야, 꿈이야! 분명 꿈이었어! 하지만 꿈이 아니라면?"

진충덕의 속이 터질 것처럼 답답해졌다.

가슴을 부여잡고 비칠거리며 두어 걸음 뒤로 물러난 뒤 다시 중얼거리기 시작했다.

"내가 그랬다고? 아니야! 난 아니야! 내가 했더라도 그건 내가 아니었어! 기억에도 없었는데……."

진충덕의 입에서 흘러나오는 말은 더 이상 기름지고 윤기나는 듣기 좋은 목소리가 아니었다.

손으로 자신의 머리카락을 움켜쥐고 한참을 허리를 굽힌 채 가만히 있던 진충덕이 천천히 고개를 들어 추단현예 네 사람을 쳐다보았다.

"그런데 너희가 왜 나를? 마불통은? 문추룡은? 모두들 어디 간 거지?"

쌔애액~

추단현예의 눈이 더욱더 파란빛으로 빛나기 시작했다.

"아! 아니야! 그것만은……."

갑자기 무언가 깨달았다는 듯 진충덕의 입이 쩍 벌어졌다.

추단현예가 익힌 무공은 자신의 몸에서 흘러나온 것이었다.

그뿐만이 아니라 문추룡과 마불통, 즉 명교의 좌우쌍사(左右雙使)의 무공 또한 깃들여 있었다.

더 이상 무림에 천잔평의 비극과도 같은 일은 없어져야 한다는 신념으로 만들어낸 흑월회(黑月會)의 자랑이었다.

실상 그 모든 일은 문추룡과 마불통이 나누어 했을 뿐, 자신은 그저 가끔 무공만 전수해 줄 뿐 깊이 아는 것은 하나도 없었다.

지금 생각해 보니 정말이지 하나도 아는 게 없지 않은가!

'왜?'

진충덕이 몰라서 의문을 가지는 게 아니었다. 너무나 잘 알고 있기에 그 사실을 부정할 수 있는 이유를 찾기 위함일지도 몰랐다.

천잔평의 죽음을 목격하고, 명교를 탈퇴하고 나온 자신을 적극 지지

하며 같이 명교를 탈퇴한 사람이 그들이었는데? 그리고 바로 얼마 전까지 자신과 손을 합해 사대봉공을 상대하던 사람들이 문추룡과 마불통이었는데?

자신의 목숨보다 더 믿었기에 흑월회의 모든 전권을 내맡기지 않았던가!

그래서 왜 추단현예가 저렇게 길러졌는지조차 자신은 알지 못하지 않은가!

흑월회의 내부 규칙, 조직, 위계 질서, 행동 방식…….

그러고 보니 진충덕이 스스로 만들고도 흑월회에 대해 아는 것이 하나도 없다는 걸 깨달았다.

그리고 목숨보다 아끼고 믿었던 문추룡과 마불통이 지금 자신 곁에 오지 않았다.

또한 추단현예 네 명만이 자신을 향해 월도를 치켜들고 있었다.

그들은…

진충덕 자신의…

수하가…

아니었던 것이다!

그토록 믿었던 그들이!

진충덕의 신형이 다시 움찔거리다가 제자리에 풀썩 손을 짚고 쓰러지듯 엎드렸다.

문추룡과 마불통은 그동안 자신이 건네준 돈으로 자신의 목숨을 노리고 있었던 것이다.

아버지처럼 믿고 따랐던, 비록 가는 길은 달라졌지만 항상 마음속에서 아버지란 단어를 떠올리면 눈앞에 그려지듯 나타나는 그 사람이 문추룡과 마불통을 이리로 몰래 보낸 것이다.

바로 명교의 교주가 소교주였던 자신에게 말이다!

오로지 마혈의 주인으로 변할까 걱정하는 마음에서!

"웩~"

진충덕이 헛구역질을 하기 시작했다.

하지만 맑은 위액만 조금 흘러나올 뿐 가슴속 맺힌 답답함은 지워지지 않았다.

'그럼 내가 믿었던 모든 것이 다 거짓이었단 말인가! 내가 당당하게 걸어왔다고 자부했던 길이 수천 명의 죽음 위에 놓여 있었단 말인가! 결국 나를 믿어줬던 건 진설란(陳雪蘭) 하나밖에……'

거기까지 생각이 미치자 갑자기 얇은 진충덕의 눈이 찢어져라 부릅 떠졌다.

그 작던 눈에서 눈알이 쏟아져 나오지 않을까 하는 생각이 들 정도로 진충덕의 영혼은 하얗게 물들어가고 있었다.

자신만을 사랑해 주던 너무나도 곱고 아름다웠던 여인.

명교를 뿌리치고 나온 자신을 위해 아버지와의 절연도 각오하고 자신 곁에 머물러 주었던 여인.

단 하나의 자식을 남겨두고 홀로 저세상으로 가버린 여인.

그 여인의 처음 등장은?

진충덕의 온몸은 벌벌 떨리기 시작했다.

교주와 등을 돌리고 자신을 따라왔으리라 생각했던 마불통과 문추룡처럼 그 여인 역시 자신을 감시하기 위해……

'아니다! 아니야! 그녀가 그럴 리가 없어!'

진충덕은 격렬하게 머리를 좌우로 흔들었다.

하지만 그 모든 사실을 부정하기엔 진충덕의 머리가 너무 좋았다.

자신이 하는 행동, 자신이 가는 모든 것, 말 한마디, 숨결 하나라도 놓치지 않으려 지켜보았던 그 아리땁기만 한 눈동자는 분명…

'감시자의 눈!'

진충덕은 다시 크게 헛구역질을 해대기 시작했다.

"우웨엑!"

하지만 아무리 구역질을 해도 나오는 건 아무것도 없었다.

위액마저 말라 버렸는지 진충덕의 입엔 길게 늘어진 침만이 매달려 있을 뿐이었다.

'나를 믿어주는 사람은? 하나도 없었……'

진충덕이 아무리 눈에 힘을 주어도 눈앞이 새하얗게 변해갈 뿐이었다.

'나를 감시하던 사람은? 모두들……'

아무리 가슴을 크게 위아래로 움직여 봐도 끽끽 하는 이상한 소리만 날 뿐 숨이 쉬어지지 않았다.

'그렇다면 나를 죽이려는 사람은? 설마… 설마……'

거기까지 생각하던 진충덕의 머리 속엔 아무것도 남지 않았다.

*   *   *

"어머니께서?"

진금행이 믿지 못하겠다는 듯 눈을 크게 떴다.

"마 총관이야 그러고도 남을 늙은이지! 내가 예전부터 알아봤거든! 문추룡은 흘러들은 것 같긴 한데 솔직히 잘 모르겠어. 하지만 내 어머니마저도……!"

　진금행의 뺨이 부들부들 떨리는 게 당경으로선 너무도 재미있는 광경이었다.

　"사실이야, 믿기 싫겠지만. 물론 왜 너를 낳았는지는 이해되지 않아. 하지만 그것만은 확실해. 마교의 좌우쌍사인 마불통과 문추룡은 마교 교주가 보냈고, 네 어머니는 바로 네 외조부가 보냈다는 것! 바로 진근양, 무림맹주가 말이야!"

　뎅~

　진금행의 머리 속에서 커다란 종이 부딪친 것 같은 폭음이 들렸다.

　"그, 그 사기 도박꾼 영감이? 판돈을 가지고 튀었던 그 사기꾼이 말이야?"

　진금행의 말에 이번엔 당경이 어리둥절해졌다.

　"응? 사기? 무슨 말이야?"

　진금행의 입이 쩍 벌어졌다.

　그리고 숨도 내쉬지 않고 일각여 동안을 그 모습 그대로였다.

　지금 진금행의 머리 속엔 아버지와 기억에도 없는 어머니와 외조부와 마교 교주와 마 총관과 얼굴도 모르는 문추룡이 나와 한판 드잡이질을 벌이고 있었다.

　진금행의 뱃속이 갑자기 느글거리기 시작했다.

　　　　　*　　　　*　　　　*

　"결과는?"

　마불통이 돌아온 추단현예에게 물었다.

하지만 보통 때는 말을 잘도 이어가던 추단현예였지만 아무런 말도 없었다.

그러나 지금 추단현예의 모습은 큰 낭패를 겪은 것으로는 보이지 않으니 한편으론 안도의 한숨을 불어 내쉬는 마불통이었다.

"기어코 사대봉공을 따라가신 겐가?"

문추룡의 눈빛이 아득해지며 얼굴 가득 절망의 빛이 떠올라 있었다.

"그냥 사라지셨습니다."

추단일예가 눈을 아래로 향하며 문추룡에게 대답했다.

"그냥 사라뎌? 얼라리요? 그럼 너희들은 듀인을 따라가 보디 그랬어?"

마불통이 이해가 안 된다는 듯 되물었다.

"큰 충격을 받으셨지만 아직 마혈이 발동되었다는 징후는 찾아보기 어려웠습니다. 단지 저희는……."

추단일예(推端一刈)의 말을 추단이예(推端二刈)가 받았다.

"혹시 사대봉공이 회주를 쫓아가 해코지를 할까 싶어 그들을 지켜보고 있었습니다. 회주께서는……."

이번엔 추단삼예가 나섰다.

"마혈이 발동되지는 않았지만 겉으로 보기에는… 보기에는……."

추단삼예가 고개를 돌려 막내 추단사예를 바라보았다.

하지만 추단사예는 멈칫거리면서 아무런 말도 하지 않았다.

추단삼예가 참지 못하고 옆구리를 툭툭 찌르자 할 수 없다는 듯 마지막 말을 받았다.

"꼭 이지를 상실한 미친 사람처럼 보였습니다. 그런데 제가 보기엔 완전한 마혈의 발동은 아니지만 적어도 마혈이 격탕된 것은 분명해 보

입니다. 과거에 천잔평에서 있었던 일을 모두 기억하셨으니까요. 아마
도 조금의 시간만 더 흐른다면…….”

추단현예 사이에 오가던 말을 잠자코 듣고 있던 무림맹주 진근양의
얼굴이 어두워졌다.

“이 세상은 지옥으로 변하겠지.”

진근양의 말에 막 막내의 말을 받으려던 추단일예의 입이 벌어만 졌
을 뿐 말소리를 내지 못했다.

바로 자신이 하고 싶었던 이야기가 그것이었으므로.

*   *   *

“처음 뵙겠습니다. 천향각주, 아니, 모용 가주라고 불러야 하겠군
요.”

천지문의 대공자인 천공이 만면의 흡족한 미소를 띠며 포권을 취해
보였다.

하지만 반가운 인사를 받는 사람들의 얼굴엔 마땅치 않다는 듯한,
아니, 팽팽한 긴장으로 당겨진 얼굴이었으니 작은 미소조차도 피어오
르지 않았다.

“흠흠, 처음 뵙소.”

상대가 인사를 건넸음에도 답례하지 않았다는 사실을 뒤늦게 깨달
은 모용수가 뒤늦게 조심스레 들어 올린 팔을 흔들었다.

“우릴 이리 부른 이유는?”

생긴 것만큼이나 괄괄한 무림맹에서 백호당의 당주이자 하북팽가의
가주인 팽도가 만나자마자 직설적으로 물었다.

하지만 팽도의 급한 질문을 이번엔 모용수도 제지하지 않았다.

자신도 빨리 물어보고 싶어 입이 근질근질하던 참이었기 때문이다.

"급하시군. 그렇게 급하시다면 저승길도 일찍……."

"지공!"

천지문의 소공자이자 천지혈뇌 사대봉공 중 지공이 팽도를 향해 이죽이자 천공이 자신의 아우를 엄한 목소리로 나무랐다.

"제 아우의 실수를 너그러이 이해하시길… 저희의 초대에 놀라셨다면 뒤늦게나마 미안함을 전합니다."

과연 교육을 잘 받고 자란 티를 내려는 것인지 천공이 다시 한 번 정중히 포권을 취해 보였다.

아우의 잘못을 형이 정중히 사과하자 팽도 역시 씨근덕댈 뿐 더 이상 따져 묻진 못하고 그저 지공만 노려보고 있을 뿐이었다.

"우리를 부르신 이유는?"

모용수가 젊은 천공을 향해 조심스럽게 물었다.

아무리 오대세가 중 모용가를 이끄는 몸이지만 만나는 상대는 오대세가보다 더욱 이름이 높은 사대봉공이 아닌가.

처음 사대봉공의 초대장을 받은 이후 오대세가는 비밀리에 만나 이것을 어떻게 해석해야 하는지, 또 대응 방법은 무엇인지 한참 동안의 갑론을박 끝에 이 자리에 서게 된 것이다.

하지만 정작 눈앞에 사대봉공을 실제로 두고 보니 과연 한 시대를 능히 풍미할 만한 고수란 걸 직감적으로 느끼고 모용수 같은 걸물마저도 손바닥에 땀이 축축이 배이고 있었다.

"이야기는 천천히 하도록 하고, 저희가 징표로써 한 가지 사례를 하겠습니다."

천공이 말을 정중히 마치고는 뒤를 돌아보자 두 사람이 정성스럽게 비단으로 싼 다섯 개의 보자기를 오대세가 사람들 앞에 천천히 내려놓고는 하나하나 풀어 보였다.

혹시 그 안에 독이 있을까 걱정하는 마음이 드는 것을 배제하고자 사전에 치밀히 안배한 것임에 틀림없었다.

사대봉공은 이미 사전에 완벽한 준비 상태에서 자신들을 맞았는데, 자신은 너무 계산없이 온 건 아닌가 하는 걱정이 모용수 뇌리를 스칠 때였다.

"혈첩이다!"

팽도가 큰 목소리로 부르짖었다.

팽도의 외침에 다른 오대세가의 사람들의 고개가 일제히 자신 앞에 놓여져 있는 비단 천을 내려다보았다.

과연 혈첩이었다.

그 위엔 어린아이 장난 같기도 하고, 글자 같기도 하며, 그림 같기도 한 귀문(鬼紋)이 그려져 있었기 때문이다.

"이, 이게 진짜인가?"

주작단을 맡고 있는 황보세가의 가주인 황보융이 도무지 믿기지 않는다는 듯 중얼거렸다.

틀리지 않은 말이었다.

그 누가 있어 진정한 혈첩의 존재를 알아볼 수 있단 말인가.

만약 그 위에 새겨진 몇 개의 글자를 통해 알아볼 수 있는 사람이 있다면 혈첩 속 문자가 귀문이라고 불리는 일은 없었을 게 분명했으니 말이다.

"물론 가짜입니다. 하지만 비단의 재질과 글씨는 진품과 전혀 틀림이 없습니다. 이름난 유수(遊手), 즉 진품을 똑같이 위조해 낸다는 사람들을 불러 만들게 하였으니까요. 이제 세상엔 그만한 실력을 지니고 있는 유수는 더 이상 없습니다."

천공의 당당한 말.

하지만 그 안엔 지금 오대세가들이 보고 있는 혈첩을 만든 유수를 스스로 모두 죽여 버렸음을 실토하고 있었다.

그러나 오대세가들은 사대봉공의 그같이 치밀한 일 처리가 마음에 드는 것 또한 사실이었다.

비밀은 아는 자가 적으면 적을수록 좋은 것이었으니까.

"그럼 진품은?"

청룡단의 남궁호가 날카로운 눈매로 천공을 쳐다보며 물었다.

"물론 있습니다."

천공의 말이 끝나기가 무섭게 지공이 자신의 품 안에서 오래되어 보이는 비단 폭을 두르르 펼쳐 보였다.

과연 다른 게 하나도 없었다.

오대세가들의 날카로운 시선에도 진품과 가품이 너무나도 똑같았다.

맨 처음 호들갑스럽게 품속에 가짜 혈첩을 구겨 넣은 건 역시 성격이 급한 팽도였다.

그러자 모두들 시간의 차이를 두고 소중히 품속에 갈무리하기 시작했다.

하지만 단 한 사람.

천향각의 각주이자 모용가의 가주인 모용수만은 자신 앞에 놓여져 있는 혈첩을 둘둘 말아 한쪽으로 치워 버리고는 두 번 다시 보지 않는 게 아닌가.

"혹시 저희가 실수라도⋯⋯."

천공이 의아하다는 듯 모용수를 쳐다보자 모용수가 빙그레 웃었다.

"만약 가짜로 만들 수 있는 혈첩이라면 그토록 오랜 시간 동안 모습을 드러내지 않았을 이유가 없다고 생각했을 뿐이오."

천공 또한 모용수의 말을 듣자 빙그레 따라 웃으며 고개를 끄덕였다.

"제길!"

팽도가 급히 구겨 넣었던 비단 꾸러미를 품에서 꺼내 쳐다보고는 금방 그 자리에서 북북 찢는 게 아닌가.

성격이 급하긴 했지만 모용수의 말이 무엇을 뜻하고 있는지 모를 만큼 우둔한 인물은 아니었다.

만약 그저 광포한 성격만 있다면 감히 백호당을 이끌고 또 하북팽가를 훌륭히 키워오진 못했을 게 분명하지 않은가.

"저도 그렇게 생각합니다. 그래서 진품은 아쉽지만 드리지 못합니다. 물론 드리겠다고 생각만 하면 드릴 수는 있겠지만 진품은 하나요, 저희가 모신 분들이 모두 다섯 분이니⋯⋯."

"흥!"

결국 못 준다는 말이었다.

그래서 천공의 말이 끝나기가 무섭게 팽도의 싸늘한 냉소가 들려왔다.

"그런데 왜 우리들을⋯⋯."

이번엔 항상 냉정한 모습을 유지하던 현무당의 당표가 질문을 던졌다.

"손을 잡자는 거외다."

당표의 답변은 한쪽 구석에서 말없이 곰방대만 피워 물던 뇌공(雷公) 시해서(尸解鼠) 여량(呂梁)에게서 돌아왔다.

당표가 말없이 싸늘한 시선을 여량에게 던지자 여량이 빙긋 웃으며 다시 말을 이었다.

"당신들이 원하는 걸 우리가 주고, 우리가 원하는 걸 당신들이 주고."

"당신들이 받을 건 많아도 우리가 줄 건 없는 것 같소이다만."

모용수는 여량의 말에 대한 반론을 얘기하면서도 계속 천공과 시선을 맞추고 있었다.

"물론 있을 수 없는 일이지요. 무림맹의 다섯 기둥이신 현무당주와 백호당주, 그리고 주작단과 청룡단주, 마지막으로 천향각주 어르신들과 고검사신의 수하인 저희 사대봉공이 손을 잡는다면 지나가는 개라도 웃을 겁니다."

"두말하면 잔소리!"

팽도가 당연하다는 듯 고개를 끄덕였다.

"하지만 오대세가와는 다릅니다. 구대문파가 고검사신과 싸워 만든 게 무림맹이니 사대봉공과 무림맹은 같은 공간에 서 있지 못하겠지만, 오대세가와는 원한을 진 일이 없으니까요."

"말도 안 되는 소리!"

이번에도 팽도였다.

아니, 이젠 아예 노골적으로 콧방귀까지 뀌어대며 천공을 향해 비웃음을 날리고 있었다.

"오대세가의 가주는 자동적으로 무림맹의 이단 이당 일각의 주인이 되게 되어 있소. 무림맹의 원로원에 구대문파의 몫이 아홉 개이듯 말이오."

당표가 뭘 모르고 하는 말이란 걸 깨닫게 해주려는지 친절한 설명을 붙였다.

"아아~ 그렇습니까? 거기까진 몰랐군요. 그럼 무림맹의 이단 이당 일각의 주인들과도 손을 잡지 못하고 오대세가의 가주 분들과도 손을 잡을 수 없겠군요."

천공이 아쉽다는 듯 말하자 팽도가 자리를 박차고 일어섰다.

"사람을 우롱했군! 조금만 알아보면 뻔히 알 수 있는 일인 것을! 우리가 오대세가의 가주고 무림맹에 몸담은 사람인 이상 아무리 커다란 일이라도 사대봉공과는……."

급하게 자리를 박차고 일어섰던 팽도가 중간에 말을 딱 멈추었다.

그리고 천천히 몸을 돌리더니 모용수와 시선을 맞추는데, 그 눈빛엔 기묘한 탐욕의 빛이 흘러내렸다.

팽도의 시선을 받은 모용수가 고개를 끄덕이는 걸 본 천공이 이제 자기 뜻대로 되었다는 듯 빙그레 웃었다.

"그렇습니다. 저희는 오대세가나 무림맹 사람들하고는 손잡기 싫습니다. 너무 형식에 얽매인 사람들이고 행동에 제약을 받으니까요. 하지만 여러분들하고는 꼭 손을 잡고 싶습니다. 오대세가의 가주 자리를 자식에게 물려줬으니 가주의 신분에서 떠났고, 그렇게 되면 자연히 무림맹에서도 물러나게 되는 여러분들과 말입니다."

천공의 말이 긴 여운을 남기며 허공에 맴돌았다.

모용수의 동공이 수축되었다.

사실 무림맹에 남아 있어봐야 그리 크게 득이 될 게 없었다.

또 모용가의 가주라는 신분으론 인의도덕에 걸맞게 활동하는 데 불편함이 따르는 것도 사실이었다.

허울뿐인 직위를 내던진다면?

그래도 오대세가는 실질적으로 자신의 손아귀에 들어 있는 것과 다름없지 않은가!

"원하는 것이 무엇인지?"

당표가 다시 한 번 싸늘하게 물었다.

계속되는 같은 질문이었지만 왠지 질문이 거듭될 때마다 싸늘한 당표의 말속에 기이한 열기가 점점 더해간다는 것쯤은 누구라도 알 수 있었다.

"먼저 저희가 드릴 수 있는 걸 말씀드리겠습니다. 저희의 생각은 이렇습니다. 구대문파가 무림맹을 만들어 활개를 치는데 왜 오대세가는 스스로의 힘으로 대무림맹을 만들지 못하느냐 하는 것입니다. 허깨비뿐인 무림맹이 아닌 진정으로 무림을 지배하는 무림맹을 말입니다."

"으흠……."

듣고 있던 오대세가의 가주들 가슴에 뜨거운 그 무엇인가가 지펴지고 있었다.

탐욕이란 불덩이가 말이다.

"우리가 줘야 할 것은?"

"은밀한 도움입니다."

간단한 문제라는 듯 천공의 대답 또한 짧았다.

"은밀한? 우리가 도와야 할 그 무엇이 있던가?"

이해가 가지 않는다는 듯 남궁호는 말을 박아 넣는 것처럼 끊어지듯 한 자 한 자 내뱉었다.

실질적으로 무림을 지배하게 해주겠다고 했으니 자신들은 무림에서 손을 떼겠다는 말과 다름이 없었다.

그렇다면 사대봉공이 노리는 것은 과연 무엇일까가 전혀 짚이지 않았다.

"우리 사대봉공은 아무것도 필요없습니다. 우리의 위명은 이미 더 이상 높아질래야 더 높아질 수 없을 만큼 귀한 것이니까요."

"끄응."

성정이 급한 팽도였지만 감히 천공의 말에 반박하지 못했다.

사실 오대세가란 세력의 힘을 두고 말하는 것이지 개인의 능력 면으로 보자면 사대봉공이 훨씬 위라는 걸 누가 보더라도 금방 알 수 있는 사실이었기 때문이다.

"하지만 단 하나 넘어서지 못하는 게 있습니다."

천공의 안색이 어두워지며 안타깝다는 듯 목소리의 높이가 가라앉았다.

"고검사신!"

이제야 알겠다는 듯 남궁호가 큰 소리로 부르짖었다.

"어라? 고검사신은 죽은 지 오래인데?"

팽도가 이해가 안 간다는 듯 눈을 동그랗게 뜨자 천공이 씨익 웃었다.

"그렇습니다. 고검사신뿐만 아니라 원래의 사대봉공 또한 생을 마쳤지요, 그것도 오래전에. 하지만 다시 새로운 사대봉공인 저희들이 나타나지 않았습니까?"

"그럼, 새로운 마혈의 주인이?"

끄덕끄덕.

모용수는 자신의 말에 천공이 두말하지 않고 고개를 끄덕이자 이제야 모든 것을 알겠다는 듯 얼굴이 밝아졌다.

아무리 신에 근접했다고 일러진 사대봉공의 신출귀몰한 능력이라지만, 결국 마혈의 주인에게 귀속된 노예의 신분에 지나지 않았다.

결국 저들은 자유를, 자신들은 권력을 나눠 가지는 깨끗한 거래가 가능한 일이었다.

"그래도 고검사신… 아니, 새로운 마혈의 주인을 우리들이, 그러니까 단 두 세력만으로 상대할 수가 있을까?"

불안감을 잘 나타내듯 팽도의 말꼬리가 흐려졌다.

마혈의 주인이란 공포의 전설은 그냥 만들어진 게 분명 아니었다.

오대세가의 가주들도 오랜 숙고를 거쳐서야 용기를 내어 만날 생각을 한 사대봉공을 수하로 두고 있는 악마 그 자체가 아닌가!

"둘이 아니라 넷. 장강수로맹과 태화련 역시……."

이번에 대답은 곰방대를 너무도 맛있게 빨고 있던 뇌공 여량이었다.

오대세가, 사대봉공, 장강수로맹, 태화련.

이 넷이 손을 합친다면?

천하를 능히 뒤덮을 수 있을 것이 분명했다.

냉랭하게 긴장됐던 처음 분위기와는 달리 갑자기 온화하고 따뜻한 분위기가 감돌기 시작했다.

뱃속에 욕망의 불을 사정없이 불태우고 있는 사람들이 아무도 모르는 곳에서 그 누구도 모르게 만나고 있었다.

제 2 장

체위 —서소향 공부에 열심이고, 진충덕 화냥년을 만나다

체
위

"그래서 말입니다요, 이렇게 되는 겁니다요."

사내가 거대한 상체를 일으키며 우물거렸다.

힘든 노동 끝에선지 온몸을 땀으로 적시고 있는 사내는 불과 얼마 전까지만 해도 녹림십팔채 중 당당히 송가채의 부채주를 맡고 있었던 부일도(富壹燾)였다.

녹림십팔채.

절대 무시할 수 없는, 무림의 당당한 한 축을 떠맡고 있는 그같이 거대한 단체에서 당당히 한몫을 맡고 있는 사람이라면 보통 사람은 아님이 분명했다.

하지만 지금 부일도의 모습은 누가 봐도 그 자리엔 어울리지 않는 얼굴이었다. 얼굴 반쪽은 검붉게 멍들어 있을 뿐만 아니라 턱뼈가 부러졌는지 천으로 머리통과 턱을 한데 묶어 머리 위에 예쁜 매듭으로 매어놓은 상태였기 때문이다.

부일도의 벌거벗은 거대한 상체가 내리누르고 있는 탁자 위에는 웬 색기 어린 여자가 겁먹은 시선으로 부일도를 쳐다보고 있었다.

"끄응~ 잘 보십쇼. 이게 바로 호랑이가 산양을 덮친다! 라고 하는 자세입니다요."

부일도는 어영차~ 하는 기합과 함께 제 밑에 짜부라져 있는 여자의 양다리를 턱하니 들어 올려 제 어깨 위에 올려놓았다.

"자, 요기가 중요한 때입니다요. 이때 각도와 힘 조절을 잘해야 진짜 호랑이가 산양을 덮친다는 요지에 잘 어울립지요!"

탁자 위에 여자, 그리고 그 위에 상체를 벌거벗은 남자.

나타내는 모습은 한눈에 보기에도 낯뜨거운 한 폭의 춘화도(春畵圖)였지만 왠지 얽히고설킨 남녀를 감싸고 도는 분위기는 팽팽하게 당겨진 긴장감이었다.

그것은 부일도 아래 깔린 천하디천하게 생긴 여자도 마찬가지였다.

분명 입을 크게 벌리고 연신 '하아악~ 하아악~' 하는 신음 소리를 내고 있었지만, 그건 분명 열락에 달뜬 흥분의 신음처럼 들리지 않았다.

부일도는 부풀어 오른 눈을 가늘게 뜨고 긴장 어린 시선을 한쪽으로 던지며 아주 상세한 설명을 다시 해 나가기 시작했다.

"바로 요 자세의 응용편이 두 가지 있습죠. 하나는 제천대성이 천도복숭아를 딴다라는 자세이니 곧 오른손으로 여인네의 가슴을… 지루하십니까? 다른 하나는 더 재미있을……."

부일도의 거대한 상체가 곧 움츠러들며 말소리가 기어들어 갔다.

바로 살며시 훔쳐본 상대의 입이 크게 벌어지며 하품하는 모습을 똑똑히 봤기 때문이었다.

일 장여 옆에서 커다란 의자 위에 대뚝하니 앉아 탁자 위에 남녀를 구경하던 사람.

바로 공포 중의 공포요, 악취 중의 악취인 응양문의 장녀, 일명 '피흘리는 마녀'인 서소향의 입에서 지루하다는 하품이 터져 나왔기 때문이었다.

"우욱~"

끝내 부일도 아래 깔린 여자의 입에서 누런 액체가 폭포수처럼 뿜어져 나왔다.

부일도가 크게 놀라 한 손으로 여자의 입을 막으며 귓가에 입을 가져다 대고는 속삭이듯 작게 으르렁거렸다.

"조금만 참으라구! 안 그러면 너와 내 목숨은 없는 거란 말이다!"

하지만 여자는 할딱거리며 고통에 일그러진 얼굴로 하소연을 해대기 시작했다.

"아무리 입으로 숨을 쉬려 해도… 우욱~ 참기 힘들어요. 더구나 하품까지 해대니 그 입 냄새까지… 우욱~"

아무래도 여자의 입에서 조금 전까지 터져 나오던 '하아악~' 하는 신음은 달뜬 신음 소리가 아닌 게 분명했다.

서소향의 공포스런 암내를 참으려 코가 아닌 입으로 가쁜 숨을 뱉어내기 위해 그런 소리를 냈음이 틀림없었다.

"이년아! 저년이 미치면 너랑 나랑 게워내고 싶어도 못 게워내! 이미 죽은 몸이 될 테니 말이야!"

혹시 서소향 귀에 들어갈까 작은 목소리로 으르렁거리던 부일도가 곧 고개를 서소향 쪽으로 돌리며 헤실거렸다.

"어쩔깝쇼? 이번엔 용이 암퇘지를 삼키다! 라는 체위를 한번 보실랍니까?"

하지만 서소향의 졸린 듯 반쯤 내리깔린 눈동자는 더 이상 부일도의 얼굴에 머물러 있지 않았다.

"이론만 빠삭하면 뭘 해. 에휴~ 해줄 놈이 없는데. 이놈은 언제쯤이나 만날런지……."

서소향은 땅이 꺼져라 한숨을 불어 내쉬다가 곧 힘없이 자리에서 몸을 일으켰다.

천천히 사라지는 서소향의 뒷모습을 보며 부일도는 조금 전 서소향이 불어낸 한숨보다 더욱더 큰 한숨을 불어 내쉬었다.

"전생에 무슨 업을 지었길래……."

부일도의 입에선 처절한 독백이 흘러나왔다.

얼마 전 간만에 몸을 푸는 탐화연회를 맞아 반반하다는 창기들을 불러들였다.

그리고 한참 몸을 풀고(!) 있을 때 갑작스럽게, 홀연히, 전혀 뜻밖으로, 꿈도 꾸지 못했던 여자가 문을 꽝~ 박살 내고 나타났었다.

그것도 지독한 암내와 함께.

그 여자의 한 주먹에 자신의 정신이 아득해진 이후, 그 여자는 부일도에게 있어 진정으로 공포스런 존재가 되어버렸다.

그리고는 벌써 이 짓을 얼마나 해댔는지 몰랐다.

호기심 어린 그년 눈동자 아래서 갖가지 체위를 보여주느라 자신의 허리는 뻐근하다 못해 부러질 지경이었다.

'독하게도 밝히는 년! 아니지, 한참 호기심을 발하고 이쪽 분야에 대해 잘 모르는 걸 보면 아직 처녀인 게 분명한데 왜 그리 밝히는

지… 쩝!'

빼근한 허리를 주물럭거리며 부일도는 서소향이 사라진 쪽을 향해 원망스런 시선을 던지고 있었다.

"그래, 애들은 풀었어?"

서소향이 짜증난 목소리로 묻자 곽중의 얼굴이 허옇게 떠가고 있었다.

곽중. 알고 보면 재수가 없어도 한참 없는 사내였다.

남들은 탐화연회를 맞아 한참 재미(?)를 보고 있을 때 하릴없이 망이나 봐야 하는 순번에 걸린 것도 첫 번째 재수없는 일이었지만, 두 번째에 비하자면 첫 번째는 운수대통이라 할 만했다.

바로 두 번째 재수없는 일이란 게 저 서소향을 만난 것이었으므로.

그 결과 곽중은 송가채에서 위아래로 눈치를 봐야 하는 신세로 전락해 버렸다.

위로는 서소향의 눈치를, 아래로는 왜 저런 지랄맞은 여자를 송가채로 안내해 왔냐는 송가채 식구들의 눈치를…….

"옙!"

이미 서소향의 정성 어린 어루만짐(!)을 당해 몇 개 안 남은 이빨을 오물거리며 저도 모르게 몸을 뻣뻣하게 경직시키며 큰 목소리로 대답했다.

"오호~ 그래? 분명 이 아리땁고 예쁘고 가련하고 청초하고 현숙하기 짝이 없는 웅양문의 가엾은 여자가 녹림십팔채의 색마들 손에 사로잡혀 겁에 떨고 있다고 분명 조천대(照天隊)의 대주인 진금행에게 전했단 말이지?"

"넵! 넵! 넵!"

곽중은 자동적으로 큰 목소리로 대답하며 눈을 질끈 감고 고개를 흔들었다.

그렇게라도 하지 않으면 자칫 잘못 실수를 할 수도 있기 때문이었다.

'에휴, 저년이 진금행인가 뭔가 하는 개종자를 찾는 대신 우리 위대한 건곤무적도 총채주께 비상 연락을 한 걸 알면 단단히 죽어날 텐데…….'

곽중이 힘있게 감은 두 눈꺼풀이 파르르 떨려왔다.

사실 따지고 보면 서소향의 말이 크게 잘못된 것은 아니었다.

단지 무지막지한 색마에 사로잡힌 가녀리고 불쌍한 사람이 부일도 부채주란 게 뒤바뀐 것밖에 없었다.

그 거대한 몸으로 갖가지 체위를 현란하게 펼쳐 보이며 피눈물 나는 강의를 이어 나가는 부일도를 볼 때마다 사실 곽중의 마음 한 켠에서도 죄책감이 드는 게 사실이었기 때문이다.

"그런데 왜 이렇게 늦는 거야. 쌍~!"

서소향이 화가 난다는 듯 제자리에서 벌떡 일어났다.

'으허헉~!'

그 모습을 보고 있던 곽중이 튀어나오려는 심장을 움켜쥐듯 가슴을 두 손으로 꽉 움켜쥐었다.

'저년이 드디어 미칠려고…….'

곽중의 부릅뜬 눈에 서소향의 괴상한 몸짓이 눈에 들어왔다.

허리를 약간 굽히고 가슴은 앞으로 내밀면서 허리를 미묘하게 비틈과 동시에 무릎을 약간 숙여 벌리는 기묘한 자세.

'저년이 패도 이만저만 팰려는 게 아니야!'

곽중의 공포 어린 부릅뜬 눈이 서소향의 괴상한 기수식(起手式)을 향하고 사지를 벌벌 떨어댈 때, 정작 서소향은 게슴츠레 뜬 눈으로 알지 못할 말을 부르짖었다.

"원숭이가 등나무를 타고 구름 위로 뛰어오르다!"

하지만 거기까지가 한계였는지 곧 고개를 떨구고는 이를 으드득 갈아붙였다.

"젠장! 나는 언제 잘생긴 원숭이 등에 올라타고 구름 위에 올라보나!"

투덜거리는 서소향의 말소리를 듣고서야 곽중은 가슴을 쓸어 내릴 수가 있었다.

'휴우~ 다행이군. 그나저나 저년이 미친 이유는 아마 주체할 수 없는 성욕 때문일 게야! 그러니 그렇게 지독한 암내를 뿜어내고, 저 지랄로 한시도 지치지 않고 체위를 연습하는 게지! 남자 거시기에 미친 화냥년 같으니라구!'

곽중은 아마도 서소향의 향기에 너무도 취한 게 분명했다.

아니면 서소향의 괴상한 기수식이 자신을 공격하려는 게 아님을 안 나머지 너무도 큰 안도감이 들었던가.

"…화냥년 같으니라구! 히익~"

곽중은 속으로 흘러가던 생각이 저도 모르게 말로 변해 입 밖으로 튀어나온 것에 화들짝 놀라 손으로 입을 막았지만 이미 뱉어져 서소향 귓속으로 똑똑히 전해진 뒤였다.

"뭐? 화냥년? 네놈이 감히 날 보고 화냥년이라고 했어?"

서소향의 게슴츠레해진 눈길이 곽중을 향했다.

이젠 정말 곽중은 죽었다.

털퍼덕~

무릎에 힘이 빠져 털푸덕 무릎 꿇은 곽중을 향해 서소향이 천천히 한 발 한 발 다가오고 있었다.

화냥년. 정확히는 환향녀(還鄕女)가 변화된 말.

오랑캐의 침입에 끌려갔던 처녀들이 나중에 고향으로 돌아왔을 때 정절이 더럽혀졌다고 손가락질을 하며 욕을 하던 데서 연유된 가슴 아픈 말이었지만, 본래의 뜻이 어찌 되었든 성에 굶주려 별의별 체위를 열심히 학습하던 서소향에게는 너무도 적당한 말이 분명했다.

하지만 정작 문제는 그 화냥년의 무공이 엄청 세다는 데 있었고 더 큰 문제는 그 욕설을 들은 화냥년이 천천히 곽중 자신 앞으로 다가오고 있다는 데 있었다.

"히이익~"

곽중의 입에서 바람 빠지는 소리가 흘러나오며 낯빛이 허옇게 탈색되어 갈 때, 천천히 다가오던 서소향의 입이 천천히 벌어졌다.

"감히 화냥년이라… 근데 화냥년이 뭐지?"

자신 앞에 멈추어 선 서소향의 악취에도 불구하고 곽중의 기합이 바짝 든 덕분에 재빨리 머리를 굴릴 수가 있었다.

'저년 학문이 짧기가 그지없는 년이었구나!'

곽중은 내심 천지신명께 감사드리며 재빨리 대답했다.

"엡! 아니아니! 화냥년이 아니라 화낭년이요! 바로 화낭년(華浪撚)을 뜻함이나 꽃의 흐드러지게 피어 물결친다 해도 한 번에 꼬아놓은 실처럼 보잘것없이 만들어 버리는 절세미녀를 뜻함이지요. 비록 화낭년이지만 너무나 절색이기에 더욱 강조된 발음으로 화냥년이라 불러 마땅

합니다요!"

절규하듯 부르짖는 곽중.

나중에 들통날 일이라도 지금의 위기를 모면하는 게 더 급한 일이었다.

서소향은 그 모습과 말이 너무나 맘에 든다는 듯 교소를 터뜨렸다.

"오호홋~ 순진하긴. 그래도 네놈이 사람 볼 줄 아는구나. 화냥년이라… 거참 마음에 드는군. 화냥년. 정말 마음에 드는 칭호야!"

한참 만족스런 교소를 터뜨리던 서소향이 문득 곽중을 보며 한쪽 눈을 질끈 감았다.

"좋아. 앞으로 날 화냥년으로 불러줘. 아이~ 부끄럽군. 화냥년 서소향. 너무나 멋지고 너무나 부끄러워. 하지만 어쩌겠어? 다 내가 예쁜 탓인걸. 오호호홋~"

비록 머리 속이 텅 빈 서소향이었지만 한쪽 눈을 질끈 감고 나름대로 교태란 걸 부리는 모습은 과연 예쁘긴 예쁜 모습임이 분명했다.

예쁜 여자는 무슨 죄를 저질러도 용서를 받는 법.

옛말에도 장미엔 가시가 있다고 하질 않는가.

그러니 예쁜 모습에 텅 빈 머리는 장미의 가시처럼 이해해 줄 충분한 이유가 되었다.

하지만… 그 장미의 향기가 문제였다.

'우욱! 쏠린다~'

곽중은 얼른 입을 죽어라 틀어쥐고는 도대체 적응이 안 되는 암내에 정신이 혼미해질 때였다.

"웬 사람이 나타났습니다!"

밖에서 웅성거리는 소리와 함께 한 사람이 부르짖듯 알리는 소리가 들려왔다.

그 목소리에 반가움이 가득 묻은 서소향과 곽중의 얼굴이 동시에 문 밖으로 향했다.

그 소식은 한참 골방에서 다음에 강의해 줄 새롭고도 참신한 체위(!)를 연구하느라 골머리를 싸매던 부채주인 부일도마저도 허리춤을 부여잡고 뛰쳐나오게 만들 만큼 반가운 소식이었다.

서소향은 드디어 착하고도(!) 한 주먹거리도 안 되는 색마(?)들의 손에서 자신을 구출해 줄 진급행인가 싶어 반가워했고, 부일도와 곽중 역시 오만 가지 악취를 뿜어대는 무시무시한 색마(!)에게서 탈출시켜 줄 건곤무적도 성윤위(成胤威)가 나타났구나 하는 반가움에 온몸이 짜릿해져 왔다.

하지만 정작 밖으로 나왔을 때 서소향과 곽중, 그리고 부일도는 나타난 사람이 자신들의 기대와는 다른 사람임을 한눈에 알아보았다.

아니, 솔직히 한눈이 아닌 오랜 시간을 두고 한참을 훑어봐야 할 만큼 거대한 사람이었다.

"뉘신지……."

곽중이 조심스럽게 위아래로 훑어보며 말을 건네자 그 거대하기 짝이 없는 덩어리는 혼이 나간 듯 고개를 갸우뚱거리며 대답했다.

"글쎄, 내가 누군지 나도 모르겠소만……."

사내는 두툼한 손바닥을 내려다보며 상념에 잠긴 듯 계속 중얼거렸다.

"그저 사천 땅에서 돈이나 주물럭거리던 수전노 진 대인인지……."

거구의 사내 말에 곽중과 부일도의 표정이 동시에 변했다.

천성이 바뀌긴 어려운 법.

비록 괴상한 냄새나는 색마 밑에서 고초를 겪고 있다곤 하지만 당당한 녹립십팔채의 일원이 바로 곽중과 부일도였다.

곽중과 부일도의 눈엔 텅 빈 커다란 사내 손바닥 위에 금은보화가 가득 쌓여 있는 걸로 보일 지경이었다.

감히 도둑들의 소굴에 들어와 당당히 돈을 주물럭거리는 사람이라고 말하는 사람이 있다면 간이 배 밖으로 나온 놈이거나 아니면 미친 놈이거나 아니면 필시 암내를 무지막지 뿜어내는 색마가 분명했다.

'킁킁~ 일단 냄새를 맡아보니 암내나는 색마는 아닌 것 같고, 그렇다면 미친놈이거나 간이 큰 놈이라는 얘기고, 결국 돈 많은 미친놈이거나 부잣집 간 큰 놈이란 얘기지 않겠는가! 일단 덮쳐 놓고 말을 건네는 편이……'

생각이 통했음인지 부일도와 곽중의 시선이 동시에 맞닿았다.

곽중의 고개가 천천히 끄덕여짐과 동시에 부일도의 신형이 허공을 갈랐다.

"일단 산채에 납신 몸이니 귀하게 모셔야겠지!"

아아~ 부일도가 그동안 참아내야 했던 수모가 어디 한두 가지였던가.

자신보다 고수인 계집애에게 얻어맞은 수모는 참을 수 있었다.

그 계집애 앞에서 오만 가지 체위를 직접 시연해 보이는 것도 참을 수 있었다.

하지만 그 암내만은… 결코… 도무지 참을 수가 없었다.

쌓이고 쌓였던 부일도의 분노가 심후한 내공이 담긴 일장과 함께 엄한 상대에게 맹렬히 쏘아져 갈 때였다.

펑!

어찌 된 영문인지 곽중은 알지 못해 눈만 끔뻑이고 있었다.

분명 호쾌한 기합성과 함께 쏘아져 갔던 부일도는 언제부턴가 저쪽 구석탱이에서 온몸을 부르르 떨고 있었다.

'무슨 일……?'

곽중의 시선이 거대한 사내를 향했을 때 곽중은 분명 볼 수가 있었다.

조금 전까지 분명 텅 비어 있던 거구의 사내 손에 부일도의 어깨에 매달려 있던 팔이 뽑힌 채 피를 뚝뚝 흘려내며 들려 있는 것을.

거구의 사내는 곽중을 노려보며 씨익 웃고는 다시 중얼거렸다.

"아니면 미쳐 날뛰는 살인귀인지 난 정말 모르겠단 말이오."

곽중의 끔뻑거리던 눈꺼풀이 가느다랗게 떨렸다.

거구의 사내가 발휘한 초식의 재빠름보다 그 난폭하기 짝이 없는 수법에 숨마저 막혀왔다.

사내의 손에서 싱싱한 횟감처럼 꿈틀거리고 있는 부일도의 오른팔.

그리고 자신을 향해 빙긋이 웃으며 건네는 알지 못할 의미의 말.

잔인한 솜씨와는 전혀 다른 기묘하게 사람을 푸근하게 만드는 기름 지고 아늑한 목소리.

부일도의 뜯겨 나간 오른팔에선 계속 붉은 피가 아래로 흘러내리고 있었고, 사내의 듣기 좋은 목소리 역시 거기서 멈추지 않았다.

"나는 그저 우리 금행이의 좋은 아비로만 남고 싶었거늘… 그것도 이젠……."

다른 사람의 다섯 배는 족히 되어 보이는 육중한 몸, 잔인하고도 흉 포하면서도 깔끔한 손속, 그리고 왠지 지금 분위기와는 전혀 어울리지 않는 기묘한 좋은 울림의 목소리.

하지만 더욱더 어울리지 않는 상황이 다음에 벌어지고 있었다.

미쳐 날뛰거나 냉큼 달아나거나 제자리에 오줌을 저리고 퍼질러 앉아야 할 어린 계집이 환호성을 울리듯 크게 부르짖는 게 아닌가.

"금행? 금행이라고요? 혹시 조천대의 대주를 맡고 있는 진금행 공자를 말씀하시는 거예요?"

서소향이 찢어질 듯 높아진 목소리로 거구의 사내를 향해 무섭지도 않은지 활짝 웃으며 묻는 게 아닌가.

어이없기는 방금 전의 잔인한 장면을 연출해 냈던 진충덕도 마찬가지였는지 얇게 저며진 두 눈을 그제야 서소향 쪽으로 돌렸다.

"조천대라… 들은 것 같기도 하구려. 다른 건 몰라도 내 귀한 아들의 이름이 바로 진금행인 건 틀림없소만."

진충덕의 고개가 힘들게 위아래로 끄덕여지자 서소향이 날아갈 듯 두 손을 포개고 제자리에 앉으며 큰절을 올렸다.

"인사드려요. 제가 미처 시아버님을 알아뵙지 못하고… 전 서소향이라고 한답니다."

바로 이것이 누구도 예상 못했던 굉장한 시아버지와 더 굉장한 며느리의 첫 대면이었다.

하지만 누가 알았으랴.

전혀 뜻밖의 일을 겪고 심마에 빠져 이리저리 흘러 다니다 여기까지 오게 된 진충덕의 가련한 영혼이 뜻밖에 마주친 며느리의 큰절에 조금이나마 안정을 되찾게 됐음을.

"소저가 뉘시길래……."

진충덕의 의아한 물음에 숙여 있던 서소향의 고개가 바짝 들리며 진충덕을 향해 함박웃음을 던졌다.

"웅양문의 서소향이에요. 화냥년 서소향. 아잉~ 부끄럽지만 남들이 절 다 화냥년으로 부르니 몸둘 바를 모르겠네요."

전혀 어울리지 않게 양 뺨에 홍조를 피워 올리며 배시시 웃는 서소향의 얼굴을 보며 진충덕의 멍한 얼굴이 더욱더 얼빵하게 변해가고 있었다.

'허거걱! 저 미친년이 며느리고 저 무식하게 강한 놈이 시아버지면… 우리 녹림십팔채는 거덜나겠군!'

곽중은 혀가 목구멍으로 빨려 들어가는 듯한 아득함을 느끼며 천천히 신형이 뒤로 넘어가고 있었다.

"안색이 안 좋아 보이세요. 무슨 걱정이라도 있는 게 아니신지……."

서소향의 조심스런 물음에 진충덕이 넋 빠진 얼굴로 중얼거렸다.

"내가… 내가… 이 손으로 사람을 죽였구나. 그것도 수천 명의 목숨을… 내가… 불과 얼마 지나지 않은 시간 동안……."

이미 혼을 잃고 넋이 빠진 진충덕이 귀신에 홀린 듯 산을 배회하다 근처에 있던 녹림십팔채 중 송가채에 들게 된 건 우연인지 아니면 운명적인 일이었는지 모를 일이다.

안 그래도 충격적인 일에 심마에 빠져 버린 진충덕으로서는 갑작스레 나타난 며느리의 존재가 가져다 준 충격 또한 적지 않은 것이어서 더욱더 이지를 잃고 넋 나간 듯 중얼거리는 것도 이해 못할 일은 아니었다.

"그 짧은 시간 동안… 수천의 생명을 내가… 바로 이 손으로 앗아가 버렸더구나……."

텅 빈 손바닥을 내려다보며 진충덕이 중얼거릴 때였다.

"어머머! 쌈빡해라! 정말 멋져요!"

서소향이 손바닥까지 마주쳐 박수를 짝짝 쳐대면서 달뜬 목소리로 연이어 경탄에 찬 목소리를 토해내는 것이 아닌가.

"으응?"

진충덕의 고개가 갸우뚱 돌아가며 서소향을 돌아보았다.

자신이 마혈의 주인공이자 천잔평의 죽음을 만들어낸 장본이이었단 사실, 그리고 자신이 사랑했던 여인은 자신을 감시하기 위해 보내진 첩 자였단 사실, 그리고 자신이 목숨까지도 내맡길 수 있다고 믿었던 수하 가 바로 자신의 목숨을 노리는 자객과 진배없었단 사실, 그리고 자신이 손수 키워낸 추단현예가 바로 자신의 목숨을 빼앗기 위해 길러진 존재 였단 사실, 그리고… 그리고 전혀 알지 못했던 며느리가 있었다는 사 실, 그리고 며느리가 자랑스럽게 자신은 화냥년이라고 떳떳하게 말하 던 사실, 그리고 며느리가 아까부터 머리를 아프게 만들고 있는 지독한 악취를 풍겨내는 진원지라는 사실… 사실들… 수많은 사실들…….

진충덕은 머리를 흔들었다.

하지만 머리 속이 개운해지지가 않았다.

무엇 하나 정신을 차릴 수 없는 일만 연이어 벌어지고 있었다.

'그리고…….'

진충덕은 자신이 감당해 나가야 할 일들을 다시 손꼽아 헤어보고 있 었다.

하지만 그런 진충덕을 보고 있는 서소향은 미처 날뛰고 싶을 만큼 기뻐하고 있었다.

서소향이 좋아하고 환장하고 미칠 만큼 푹 빠져 있는 것은 단 한 가지였고 동시에 여러 가지였다.

　바로 치고, 패고, 물어뜯고, 짓밟고, 부수고, 박살 내고, 깨부수고, 찢어발기고, 헤집어 조각조각 갈라놓는 등등에 환장하는 응양문의 피 흘리는 마녀가 서소향이었다.

　당연히 짧은 시간에 수천 명의 생명을 도륙냈다는 말은 서소향에게 있어선 너무도 흥분되는 즐거운(!) 이야기임에 틀림없었던 것이다.

　하지만 진충덕의 고민에 휩싸인 듯 숙여진 얼굴을 보며 조금은 찜찜한 느낌이 자리 잡고 있었다.

　'가만, 너무도 고절한 무공이야 내 낭군의 아비 될 만한 자격이 있어 보이지만… 저 널찍한 쌍통은 전혀 어울리지 않는걸? 이상하군.'

　서소향은 진충덕의 널찍한 얼굴을 보며 고개를 갸웃대다 참지 못하고 묻고야 말았다.

　"저어기~ 그런데요."

　"으응?"

　서소향의 물음에 진충덕이 고개를 들며 관자놀이를 지그시 눌렀다.

　심후한 내공이 아니었으면 참지 못했을 지독한 암내는 진충덕에게 있어 견디지 못할 두통을 만들고 있었기 때문이다.

　"아버님의 외모와 진 가가의 외모는 전혀 달라 보이는데요. 설마 아버님의 그 얼굴이 진면목은 아니겠지요?"

　걱정이 된 듯한 서소향의 얼굴을 보며 진충덕이 고개를 저었다.

　"이 얼굴과 몸은 나를 숨기려는 것이지. 원래 내 외호가 마옥검이었소. 한때 잘 나갔던 몸이었지. 잘생기지 않았다면 어찌 내가 설란같이 아리따운 아내를……."

　안 그래도 뿌연 안개 속을 걷는 것처럼 맑지 못한 진충덕의 머리는 그저 서소향의 물음에 그저 중얼거리듯 흘러가는 대로 말하고 있었다.

하지만 정작 진설란의 이름이 튀어나오자 심장이 얼어붙는 듯한 고통에 휩싸였다.

그러나 진충덕의 고통 어린 얼굴과는 달리 서소향은 매우 다행이라는 듯 교소를 터뜨리고 있었다.

"오호홋! 내 그럴 줄 알았어요. 마옥검이라… 정말 좋은 외호네요. 어쩜 제 외호인 화냥년과 너무도 잘 어울리는… 아이, 좋아라. 오호홋~"

한참 즐겁게(?) 웃어 젖히던 서소향이 문득 커다란 일이 생각났다는 듯 웃음을 멈추고 진충덕을 바라보았다.

"아참! 아버니~임~! 한 가지 알아두셔야 할 게 있어요."

"……."

한참 고통 속에서 번민하던 진충덕이 멍한 시선을 들어 서소향을 쳐다보았다.

"화냥년이 아니라 화냥년이에요. 냥과 냥은 발음이 다르다구요. 알겠어요? 이만저만 이쁜 게 아니니 발음도 필히 강조해서 내야 한다구요! 그러니까 냥이 아니라 냥! 고양이가 냥냥대다 할 때의 냥이라구요. 자아~ 따라해 보세요. 냥!"

"냥!"

"냐~아~앙!"

"냐~아~앙!"

"냥냥냥!"

"냥냥냥!"

진충덕은 넙죽넙죽 받아먹듯 서소향이 시키는 대로 잘도 따라 하고 있었다.

"화냥년!"
"화냥년!"
"오호호호~ 참 잘하셨어용~"
"히히히~"
오호 통재라.

진충덕의 심마가 깊어도 이 정도로 깊어질 줄은 아무도 몰랐으리라.

자신의 정체성, 그리고 존재 이유를 잃어버린 상처받은 영혼은 이미 자신의 혼백마저 놓아버리고 멀건 백치가 되어가고 있었다.

그리고 그 상태가 지속되어 더욱더 깊어진다면 진정 강호는 또 하나의 고검사신이란 공포 어린 존재를 맞이하게 될 게 틀림없으리라.

"으윽!"

부일도는 퉁기듯 허리를 들어 올렸다가 곧 이를 악물고 온몸을 부르르 떨었다.

"조금만 참으십시오. 팔이 잘렸으니 정양에 오랜 시간이 필요할 겝니다."

곽중은 부일도의 오른 어깨를 감싼 천을 더욱 팽팽하게 잡아 묶으며 나지막이 위로의 말을 건넸다.

"그래도 좋은 쪽으로 생각하십시오. 이젠 그 빌어먹을 체위는 더 이상 강의하지 않아도 되지 않습니까요."

위로랍시고 건넨 곽중의 말이 부일도의 부아를 더욱 돋우었다.

하지만 곽중을 때려잡은들 무얼 하겠는가.

아니, 이미 오른팔을 잃은 자신의 몸으로 곽중조차 마음대로 상대하지도 못할런지도 모를 일이 분명했다.

"으드득, 그 잡것들은 무얼 하고 있지?"

이를 으드득 갈아붙이며 부일도가 묻자 상처를 돌보던 곽중이 고개를 바짝 쳐들었다.

"그 냥냥이 가족이요? 지들끼리 냥냥대고는 키득거리며 옹기종기 모여 있던데요."

"으흠, 날 이 꼴로 만들어놓고 지들끼리 키득거린다 이 말이지! 카악~ 퉤이! 아참, 건곤무적도 성 총채주에겐 확실히 연락했겠지?"

"예, 급전을 띄웠으니 이리 오고 계실 겁니다. 그땐 저 냥냥이 가족은 깽깽거리며 도망가는 깽깽이 가족이 되겠지요."

곽중이 고개를 끄덕이며 냉큼 대답했다.

"카하하~ 그때가 오면 저년 가랭이는 내 거야. 내가 알려준 백 하고도 여덟 개나 되는 체위는 영영 쓰지 못하도록 가랭이를 찢어발겨 들판에 널어놓아 까마귀밥이 되게 할 거라구!"

부일도가 아픔을 억지로 참느라 눈을 희번덕거리며 으르렁대자 곽중 또한 신이 나는지 맞장구를 쳤다.

"암요! 그래야지요! 그런데 다른 건 몰라도 저 냥냥이 가족을 물고 내고 나면 힘들어질 겁니다."

"왜지?"

부일도가 무슨 뜻인지 모르겠다는 듯 곽중을 쳐다보자 곽중이 몇 개 안 남은 이빨을 내보이며 함빡 웃고는 대답했다.

"저년의 냄새 나는 겨드랑이를 파묻으려면 땅을 깊게 파야 할 거 아닙니까요. 안 그러면 그 냄새를 지울 수 없을 테니 말입니다요."

부일도가 알겠다는 듯 고개를 끄덕이며 마주 웃을 때였다.

저 멀리서 바람결에 묻어 아스라이 들려오는 두 목소리가 있었다.

"우리 예쁜 화냥년 아가~ 해보세요."

"우리 예쁜 화냥년 아가~"

"오호홋~ 참 잘하셨어요."

"히히힛~"

두 냥냥이 가족의 목소리가 들려오자 방금 전 보여줬던 호기로운 말들은 어디 가고 부일도와 곽중의 어깨는 한없이 가라앉았다.

질겁하듯 움츠러든 부일도가 벌벌 떨리는 목소리로 조심스럽게 물었다.

"그, 그런데 성 총채주가 오시면 가능하겠지? 저 두 연놈들을 족치는 거 말이야. 가능한 거겠지?"

부일도의 물음에 곽중이 역시 기어들어 가는 목소리로 대답했다.

"가, 가능하겠지요. 전해진 말을 들어보면 검각의 고수들을 우연히 만나서 함께 오신다니까요. 건곤무적도와 검각이라면 가, 가능하지 않을까요?"

왠지 자신없는 목소리.

"가, 가능하겠지. 암 가능할 게야! 가능해야 해! 제~에~발~"

벌벌 떨리는 부일도의 목소리는, 그러나 왠지 자신이 없는지 힘이 빠진 절규와도 같았다.

제 3 장

심득 —화무혼 악마와 겨루고, 도영 깨달음을 얻다

심득

검각(劍閣)의 각주(閣主)인 화무흔(華無痕)의 검이 요사스런 빛을 발했다.

하지만 상대는 그 검 사이를 너무도 잘 피해 나가 버리는 게 아닌가.

아니, 화무흔의 검이 헛되이 허공을 가를 때마다 그 사이로 피해 다니는 상대의 흡사 허깨비와도 같은 몸놀림은 화무흔의 검을 마치 물 위에 비친 그림자를 베려는 것처럼 허망하기 짝이 없어 보이게 할 정도였다.

'여섯 번, 각주의 검을 여섯 번이나 피했어!'

보고 있던 도영의 눈은 더 이상 커질 수 없을 정도로 부릅떠졌다.

이제 각주에게 남아 있는 마지막 검법은 충천대라검법(衝天大羅劍法)의 마지막 세 초식밖에 없었다.

그 같은 사실은 지켜보는 도영보다도 직접 검법을 시전하고 있는 화무혼이 더 잘 알고 있었다.

화무혼의 검미가 처음으로 움찔거리는 듯하더니, 곧 검을 들어 올려 자신의 중정 위에 가져다 대고는 호흡을 가다듬고 있었다.

"정말 빠르군!"

이때까지 숨 한 번 쉬지 않고 지켜보던 건곤무적도(乾坤無敵刀) 성윤위(成胤威)마저 고개를 절레절레 흔들 만큼 상대는 너무도 빨랐던 것이다.

도영의 눈으론 미처 따라잡지 못할 정도의 속도가 분명하리라.

도영과 화무혼이 정체 모를 절정고수의 결투 흔적을 쫓을 때 우연히 만난 게 바로 녹림십팔채(綠林十八寨)의 타야(舵爺)인 건곤무적도 성윤위였다.

너무나 커서 위압감을 주던 처음 인상과는 달리 시원시원하고 솔직한 모습에 그 차갑기가 얼음보다 더 하다는 검각의 각주인 검귀 화무혼과 서로 형님 아우할 때까지만 해도 도영의 기분은 그런대로 괜찮았었다.

아니, 그냥 괜찮은 정도가 아니었다.

여기서 저 귀신같은 몸놀림을 보여주고 있는 팅팅 불기가 한량없는 남자 하나와 냄새 나는 계집을 만나기 전까진 분명 너무나도(!) 행복한 시간이라 말해야 옳으리라.

도영은 처음 송가채에 들었을 때의 기억을 떠올리며 고개를 가로저었다.

저 귀신같은 몸놀림의 사내…….

하지만 검각의 각주이자 검귀(劍鬼)로 불리는 화무혼과 건곤무적도 성윤위, 그리고 자신이 의기양양해하면서 들어선 송가채에서 처음 맞닥뜨린 것은 저 무서운 사내가 아닌, 웬 오만 가지 냄새를 풍기는 계집이었다.

송가채에 처음 발을 디뎠을 때 왠지 코끝을 알싸하게 아리게 만드는 체취를 느낄 수 있었고, 통통 튀듯 귀엽게 다가오는 예쁘장한 계집애의 거리가 점점 가까워질수록 여간해선 감정 표현이 없는 화무흔마저 오만상을 다 써야 할 정도로 계집의 냄새는 상상조차 할 수 없을 정도로 강했다.

그 말은 상상을 넘어선 냄새라는 뜻도 있었지만, 도저히 그 냄새를 맡고 있노라면 상상은커녕 아무런 생각도 할 수 없을 정도로 강렬함을 나타내는 말이란 표현이 더욱 정당하리라.

도영마저도 한 걸음 한 걸음 뛰어오는 계집의 발걸음마다 '우욱~' 하고 속에서 치밀어 오르는 그 무언가를 느꼈지만 필사적으로 참아내야만 했다.

자신은 자랑스런 검각의 검수(劍手).

겨우 냄새 따위에 정신이 혼미해져서는 자격이 없는 것이다.

검각(劍閣).

검과 검법과 차가운 마음만이 존재하는 곳.

그런 곳에 사람들은 더한 악취라도, 아니, 더한 게 있다는 게 상상조차되지 않는 악취일지라도 이를 악물며 참아내야만 했다.

"어머? 이 화냥년의 소문이 벌써 강호를 진동시켰나? 아~ 참참!"

계집은 천천히 화무흔과 성윤위를 훑고는 도영에게로 와서 시선이 멈추었다.

왠지 도영은 자신의 눈은 물론 뒤통수까지 꿰뚫을 것 같은 계집의 시선에 코와 함께 정신까지 혼미해지는 것을 느껴야만 했다.

"혹시… 진 가가?"

계집은 무언가 확인해야겠다는 듯 도영의 여기저기를 낱낱이 훑어

보고 있었다.

"나, 나는……."

도영은 여자가 찾는 진 뭐시기와는 전혀 관계없는, 자랑스런 검각의 검수란 걸 나타내 보이고 싶었다.

설령 고검사신 앞이나 아니면 세 살배기 꼬마 앞이라도 검각의 고수는 유리알같이 투명한 흔들리지 않는 부동심을 길러야 했고, 한결같이 당당한 모습을 보여줘야 했기 때문이다.

그래서 도영은 입을 열었다.

"난 도… 우욱~ 영이라고… 우욱~"

아아~ 도영의 수양이 아직 멀었음일까?

아직 도영의 부동심은 죽음에 대한 공포는 견딜지언정 이토록 지독한 악취를 견뎌내기엔 너무도 섬세한 것이 분명하리라……

"도우욱영? 이름이 길군. 암튼 이거 진 가가가 아니잖아! 어이~ 색마들, 이거 어떻게 된 거야! 진 가가께 소식을 전한 건 맞긴 맞는 거야? 이 화냥년 소식을 전했냔 말이야."

도영의 눈길이 천천히 들려지는 화무흔의 손에 가 닿았다.

분명 화냥년 운운하며 욕설을 퍼붓는 건방진 계집애에게 훈계를 내리려 검을 뽑아 들 준비를 하는 게 틀림없었다.

'하지만……'

그러나 도영은 메슥거리는 배를 간신히 억누르면서도 검각 각주의 검은 저런 조그마한 계집애를 향해 뽑히기엔 너무나도 무게가 무거운 물건이 아닌가 하는 생각을 잠간 가졌다.

도영의 예상이 맞았다.

검각주의 검은 아무에게나 뽑히는 물건이 절대 아니었다.

천천히 들려졌던 화무흔의 손은 검을 지나 옆구리를 지나 어깨를 지나더니 화무흔 자신의 오른쪽 관자놀이를 지그시 눌러가기 시작한 것이다.

'각주도 괴로운 모양이군!'

첫 번째 떠오른 생각에 도영은 왠지 마음 한구석이 편안해졌다.

각주 또한 두통을 참을 수 없을 정도의 악취라면 도영 같은 검수는 마음놓고 땅바닥을 구르며 앓아 누워도 그리 큰 흉은 아닐 거라 생각했기 때문이었다.

그러나 도영은 굳게 자신의 신형을 굳히고 있었다.

'눈앞의 현상에 흔들리지 않도록 눈에 대한 평정을 길렀고, 적의 도발에 마음이 흔들리지 않도록 귀에 대한 훈련을 거쳤고, 어떤 고통에도 참을 수 있도록 굳은 마음에 대한 훈련을 거쳤거늘… 이 도영이 검각으로 돌아가면 당장 코에 대한 평정을 기르는 훈련을 해야겠구나!'

천천히 앞뒤로 흔들리는 신형을 간신히 지탱하고 있는데 옆에서 성윤위가 크게 부르짖었다.

"진짜 쿠린 계집이구나!"

"뭐, 쿠려?"

계집은 이해하지 못하겠다는 듯 예쁘장한 눈을 커다랗게 뜨고는 물어왔다.

"난 화냥년이야. 잘못 찾아왔구나. 쿠린 계집을 찾으려면 다른 옆산을 뒤져 봐."

대수롭지 않다는 듯 대꾸하는 계집의 등 뒤에서 사내들이 우르르 몰려 나오고 있었다.

"타야(舵爺)!!"

어미를 일 년 동안 만나지 못하다 우연히 어미와 재회한 어린아이의 반가움이 그 정도일까?

전부 다 성윤위 발 아래 엎드려 눈물도 흘리고, 콧물도 흘리고, 징징대기도 했지만, 일제히 뜨뜻미지근한 토사물을 제 얼굴 앞에다 게워놓고는 노래진 얼굴과 함께 실신하는 놈들이 제일 많았다.

"네 이년! 네년이 이런 무서운 짓을 저지르다니!"

자신이 아끼던 부하들이 한바탕 게워놓고 샛노랗게 변해 쓰러진 사람들 중에 부일도의 팔이 하나 없다는 걸 확인한 성윤위가 극도의 분노를 나타낼 때 계집은 방실방실 웃고 있었다.

"아항~ 이제 보니 저 색마들의 개대가리가 바로 너였구나. 잘 만났네? 안 그래도 강의하던 놈이 팔을 좀 다쳐서 새로운 강사를 물색하던 중이었는데, 네 신체를 보아하니 너무도 적당한 것 같구나."

웬만한 거구 정도는 아예 왜소한 체격처럼 보이게 하는 성윤위의 거대한 몸을 보고 이죽거리는 서소향의 첫 번째 감상이었다.

"강의?"

성윤위가 멍해져서 반문을 하는데 서소향이 뒤를 돌아보고 큰 소리로 외쳤다.

"아버니~임? 아버니~임? 화냥년이 귀찮게 되었는데 이놈들 좀 쫓아내 주세요."

자신들에게 말하던 때와 달리 달콤하고 촉촉한 목소리.

그리고 바로 그때 드디어 그 남자가 나타난 것이다.

성윤위만한 거구가 말이다.

물론 성윤위를 표현할 땐 너무나 건장하다고 하고 그 사람을 표현할 땐 너무도 뚱뚱하다고 하겠지만.

하지만 별스럽게도 유난히 뚱뚱한 사내를 보자 화무흔의 눈빛에 반짝 하는 광채가 순간 어렸다.

고수는 고수를 알아본다던가?

성윤위 역시 서소향의 암내 따위는 신경도 쓰이지 않는다는 듯, 말 없이 그 너무나 옆으로 퍼진 사내를 노려보기 시작했다.

도영은 도저히 믿기지 않았다.

검각주의 검은 함부로 뽑히지 않는 것이었다.

그것도 상대가 악인인지 아닌지를 판단하고, 만약 악인이라도 과연 검을 뽑아 겨루어볼 상대인지를 견준 후에야 뽑아 드는 게 순서였다.

하지만 화무흔의 검은 아무런 말 없이 뽑혀졌고, 또한 상대에 대한 아무런 경고성도 없이 무척이나 뚱뚱한 진충덕을 향해 쏘아져 갔다.

그만큼 고수라는 걸 한눈에 알아본 화무흔의 피가 맹렬히 뜨겁게 끓 었기 때문이란 것 외에는 달리 설명할 길이 없는 갑작스런 충돌이었다.

그리고는…….

'일곱 번째!'

잠깐 동안 상념에 빠져들었던 도영이 또 한 번 크게 부르짖었다.

화무흔의 검이 이제 일곱 번째로 허공을 갈랐기 때문이었다.

그 말은 검귀 화무흔의 영혼과 정신과 생명이 헛되이 일곱 번이나 쏘아졌다는 말과 다르지 않았다.

그리고 그만큼 화무흔은 지쳐 가고 있었다.

충천대라검법 중 이제 마지막 두 초식만이 남아 있을 뿐이었다.

"조심!"

화무흔이 이를 악물며 검을 내뻗어갔다.

검귀 화무흔의 검을 과연 일곱 번 연속해서 피해낼 사람이 강호상 몇 명이나 존재하겠는가.

하지만 어린아이가 휘두르는 회초리를 상대하듯이 진충덕은 너무도 수월하게 하나하나 헤집고 풀고 튕기고 흘려 보내어 해소하고 있었다.

화무흔도 상대에게 농락당하고 있음을 알고 있기에 짧은 경고성과 함께 마지막 두 초식을 하나로 합쳐 진충덕을 향해 쏘아보낸 것이다.

고오오오~

화무흔과 진충덕 사이에 공기가 순간적으로 압축되어졌다.

성윤위는 별 불편함을 못 느끼는 표정이었지만 도영은 고막이 터져 나가는 듯한 고통에 얼굴을 찡그렸다.

이제 막 화무흔이 마지막 초식을 쓰려 하고 있었고, 진충덕과 화무흔이 만들어내는 압력을 성윤위는 어렵지 않게 버텨내고 있었다. 암내를 풍기는 서소향도 몸이 휘청대긴 했지만 그런대로 버텨내었고, 도영은 얼굴을 찡그리고 몸을 약간 숙이고서야 간신히 버틸 수가 있었다.

그러니 다른 보통 송가채의 녹림도들이 어찌 그와 같은 압력을 견뎌 낼 수 있겠는가.

"으윽……!"

거대한 압력에 신음마저도 억눌러진 사람들이 그저 온몸을 똘똘 뭉친 채 입으로 피를 게워낼 뿐이었다.

고오오오오~ 콰아아아아아~

화무흔과 진충덕이 만들어내는 압력이 점점 더 거세어짐과 동시에 화무흔의 인상이 점점 굳어져 가고 있었다.

하지만 거기에 비해 진충덕의 넓쩍한 얼굴엔 비웃음이 점점 짙게 번져 가고 있었다.

"후후후~ 세상이 조금씩 어두워지는군……."

갑자기 진충덕의 입에서 알지 못할 말이 흘러나왔다.

화무흔의 얼굴이 더욱더 굳어졌다.

자신은 모든 내공을 끌어올린 상태라 말은커녕 입도 마음대로 벌릴 수 없는 처지인데 저자는 편안하게 말을 건네다니!

이 싸움의 결과는 굳이 보지 않는다 해도 너무도 명확했다.

진충덕의 얼굴이 빙글 돌더니 성윤위를 노려보았다.

"너는 심심하지 않더냐? 너도 이리 와서 놀아봐야 할 텐데?"

진충덕의 도발적인 언사.

하지만 그 속엔 왠지 영혼까지 얼릴 정도의 사이함이 깃들여져 있었다.

그리고…

'얼굴이… 얼굴이 변했어!'

도영은 가중되는 압력에 얼굴을 잔뜩 찡그리면서도 진충덕의 얼굴이 변해가는 것을 알아차릴 수가 있었다.

다른 사람의 대여섯 배는 되어 보였던 몸뚱어리는 어느덧 줄어들어 이제 겨우 세 배 정도밖에 돼 보이지 않았다.

그리고 있는지 없는지 모를, 그래서 흔적만 간신히 남은 듯했던 눈이 점점 커지면서 동공의 반이 들여다보였다.

살 속에 파묻혀 있던 코도 미끈한 선을 점점 내보이며 솟아 나오고 있었다.

도영은 놀라 고통 속에서도 놀라움을 금치 못하고 있었다.

'코, 코가 솟아 나오다니… 아니다! 양 뺨에 살이 점점 꺼지니 코가 드러나 보이는……'

성윤위를 지켜보던 진충덕이 왼손을 빙글 뒤집었다.

그러자 화무흔을 억누르던 압력과는 다른 세찬 압력이 성윤위를 향해 몰아쳐 갔다.

"위험!"

성윤위는 저도 모르게 다섯 걸음을 물러서며 기마 자세를 취했다.

하지만 그렇게 하고도 그 엄청난 경력을 이기지 못해 다시 뒤로 세 걸음을 걷고서야 간신히 버티고 설 수 있었다.

그러나 성윤위의 눈이 부릅떠졌다.

자신의 발 아래 널브러졌던 송가채 식구들의 몸이 흡사 바람개비처럼 빙빙 돌며 허공으로 끌어당겨지고 있지 않은가!

"형제들……!"

성윤위의 단말마가 튀어나왔지만 이미 너무 늦은 일이었다.

사람들의 신형이 허공 중에서 점점 으깨어지더니 피와 뼈 조각과 살점들로 파헤쳐지고 있는 게 아닌가!

"아, 악마!"

이미 한참을 도영이 입을 쩍 벌리고는 도저히 믿을 수 없다는 듯 중얼거렸다.

화무흔의 얼굴은 이제 모든 내력을 쏟아내어 붉은, 아니, 이젠 아예 검은빛을 띠고 있었다.

성윤위 또한 건곤무적도를 앞세워 형제들의 복수를 하기 위해 진충덕을 향해 뛰어갔지만 그것도 몇 걸음뿐이었다.

너무도 거대한 경력! 잘못하단 자신의 중심을 잃어버리고 거기에 휩쓸릴 수도 있었기 때문이다.

처음 보았던 인상과는 달리 갑자기 잘생겨 보이는 진충덕이 사악한 미소를 띠며 멀리서 성윤위를 가리키던 손가락을 꿈틀거렸다.

따다다다당~!

성윤위가 할 수 있는 일이란 그저 건곤무적도를 자신의 앞에 가져다 대는 것뿐이었다.

분명 진충덕의 손가락은 멀리서 꿈틀거렸을 뿐이지만 성윤위가 들고 있는 건곤무적도의 도신에선 정확히 다섯 개의 충격음이 터져 나온 것이다.

간신히 다섯 번의 공격을 막아낸 성윤위의 몸은 허공 중에 연처럼 날아올라 뒤로 무서운 속도로 튕겨져 가기 시작했다.

"우욱!"

얼떨결에 자신보다 몇 배나 더 큰 성윤위의 몸을 안아 든 도영이 화무흔을 소리 높여 불렀다.

"각주, 피해야 합니다!"

하지만 화무흔에게 도영의 말은 전혀 들리지 않는 것 같았다.

그저 묵묵히 입을 악물고는 진충덕 가까이로 가기 위해 상체를 앞으로 기울이고 있을 뿐이었다.

하지만 그것도 이제 한계에 다다랐다는 것은 화무흔의 코와 입에서 너무도 선명한 붉은 피가 점점이 떨어지고 있는 것만 봐도 알 수 있었다.

"각주! 안 됩니다. 저자는 악마……."

도영이 놀라 소리를 지르다 곧 무서운 사실을 깨달을 수 있었다.

화무흔은 지금 저 무서운 사내를 죽이려고 하는 것이 아니었다.

자신의 능력에 대한 회의감에 스스로 죽을 곳을 찾아가는 중인 것이다.

화무흔은 죽으려 하고 있었다!

도영의 머리 속이 복잡해졌다.

그 어떠한 말로도 지금 화무흔의 굳은 결심을 꺾을 수는 없으리라…….

"각주! 대듀와 따뗀에 대한 비밀을 저는 알고 있습니다!"

화무흔의 신형이 우뚝 멈추어 섰다.

그러나 점점이 떨어지던 선혈이 이젠 작은 실처럼 이어친 채 화무흔의 코에서 흐르고 있는 게 보여졌다.

그걸 본 도영의 마음이 급해졌다.

"각주, 정말입니다. 만약 제가 모른다면 절 죽이십시오! 만약 거짓이라면 제 검은 검총에 꽂히지 못할 겁니다! 각주우~"

검각의 검사에게 있어 가장 영예로운 일.

그것은 검각 뒤편에 있는 검들의 무덤, 즉 검총(劍塚)에 자신의 칼이 꽂히는 것이었다.

도영의 다급함이 어느 정도란 걸 알아차린 화무흔의 마음에 갈등이 생겼다. 하지만 자신은 검각이란 단체의 주인의 신분이란 걸 떠올릴 수 있었다.

검과 검법과 차가운 마음만 존재하는 곳. 그곳이 바로 검각이었고, 검법에 대해서라면 자신의 목숨보다 더 아끼는 곳이 바로 검각이었다.

화무흔의 신형이 뒤로 밀려났다. 그저 내력을 조금 낮추고 자신에게 다가오는 강력한 경력에 떠밀리기만 하면 되는 간단한 일이었다.

하지만 진충덕과 자신의 거리가 멀어질수록 화무흔의 마음은 조각조각나고 있었다.

"가자!"

화무흔이 목구멍으로 치밀어 오르는 비릿한 피를 억지로 되삼키며 도영에게 말하고는 신형을 앞으로 쏘아보냈다.

경공을 펼치기엔 너무도 형편없이 망가진 몸이지만 그렇게 하지 않는다면 자신이 도영에게 대듀와 따뗀을 들을 기회는 영영 없으리란 걸 잘 알기 때문이었다.

"크르르르……."

진충덕은 멀리 사라지는 세 사람의 뒷모습을 보며 알 수 없는 괴소를 터뜨렸다.

"점점 어두워져, 점점… 너무도 마음에 들게……."

윤기나는 목소리가 아닌, 지옥의 유부(幽府)에서 울려 퍼지는 듯한 목소리.

그건 절대로 진충덕의 목소리가 아니었다.

진충덕의 신형이 멀리 사라진 세 사람의 그림자를 지켜보다 가소롭다는 듯 고개를 뒤로 한 번 제끼고는 막 추격을 시작하려던 그 순간.

"아, 아버님?"

막대한 경력을 참을 수 없어 저 멀리 비칠비칠 물러났던 서소향이 바들바들 떨며 진충덕을 부르고 있었다.

"너… 는… 누… 구… 냐……."

서소향을 바라보는 진충덕의 검붉은 눈은 전에 보았던 진충덕의 눈이 절대로 아니었다.

"저, 저는 진금행 공자의 정혼녀……."

그토록 겁이 없는 서소향마저 진충덕 앞에서 겁먹은 병아리처럼 와들와들 떨고 있었다.

"진… 금… 행……? 그… 래…… 내 아들 진금… 행……."

진충덕의 눈빛이 순간 나른하게 풀리는 게 보였다.

"그, 그래요. 아버님의 아들, 그리고 제 낭군. 그러니까 전……."

서소향을 보는 진충덕의 눈이 점점 게슴츠레해지는 게 보였다.

"너… 는… 너… 는… 화… 냥… 년……."

진충덕이 억지로 기억을 되돌리려는지 인상을 찡그리는 게 보였다.

그래도 그게 어딘가.

떨고 있던 서소향의 얼굴이 밝아졌다.

"예, 저 냥냥… 아니, 화냥년 서소향이에요. 기억나세요?"

"그래… 이제야 기… 억난다. 냥냥냥……."

그제야 전에 주고받던 대화가 기억나는지 중얼중얼대는 진충덕의 코가 왠지 작아진 것 같았다.

코뿐만 아니라 눈도 처음 보는 것처럼 작아져 있었고, 왠지 날렵하게 보이던 몸매 역시 육중한 비곗살을 회복하고 있었다.

"예! 냥냥냥! 기억하세요? 화냥년이 아니라 화냥년!"

"히히히, 냥냥냥, 히히히, 냥냥냥……."

진충덕이 재미있다는 듯 실없이 웃다가 제자리에 풀썩 쓰러졌다.

서소향이 얼른 진충덕을 끌어안고는 거대한 뒷등을 손으로 조심스럽게 쓰다듬었다.

"별것 아닌 종자들을 상대하느라 피곤하시죠? 이제 편히 쉬세요 이 며느리가 알아서……."

하지만 진충덕의 등 뒤로 보이는 살점 조각들과 혈흔들을 보자 서소향의 온몸에 소름이 돋았다.

'우와! 조심해야겠다. 이 진씨 가문 남자들은 한 번 꼭지가 돌면 눈에 뵈는 게 없는 것 같으니!'

서소향은 입 밖으로 혀를 쏙 빼물었다.

하지만 진충덕은 자신이 무엇을 했는지도 모른 채 그저 서소향의 가슴에 얼굴을 묻으며 한없이 꿈나라를 헤매고 있을 뿐이었다.

"음냐리… 흠냐·· 냥냥냥·· 아이~ 코가 씰룩거려~ 냥냥냥·· 쩝~"

자신 가슴에 안겨 달디단 잠을 자는 것처럼 입맛을 다시는 진충덕의 넓은 얼굴을 보며 서소향은 고개를 힘없이 가로저었다.

"이제 이곳엔 더 이상 못 있겠군. 강의받을 놈도 없고 주위를 둘러 보면 소름만 끼칠 테니 말이야……."

서소향은 떠나기가 아쉽다는 듯 주위를 둘러보다 한기라도 들었는지 진저리를 쳤다.

"대뮤와 따떤이란 초식은?"

성윤위가 어렴풋이 정신을 차렸을 때 처음 들려온 건 화무흔의 물음이었다.

"각주께선 모르시겠습니까? 저는 이미 그 초식을 보았는데요."

성윤위는 앓는 소리와 함께 몸을 일으키려다 곧 그냥 계속 정신을 놓은 척하기로 결심했다.

대답하는 도영의 목소리와 그전에 들었던 화무흔의 질문으로 미루어봐서는 검각의 비결을 전수해 주는 자리임에 틀림없었기 때문이다.

다른 문파의 비기를 엿듣는 건 절대 금기해야 할 일이었고, 작으면 살인, 크게는 문파끼리의 생사 다툼으로 비화될 수도 있었기 때문이다.

미리 깨어났으면 모르되 공교롭게도 지금 정신을 차렸으니 그냥 속을 비워두고 안 듣는 게 편한 일이었다. 괜히 얼굴 붉히고 지금 일어난다면 더 더욱 뻘쭘한 일이 아닐 수 없었다.

하지만 성윤위는 그때 일어났어야만 했다.

"나는 보지 못했다. 너는 무엇을 보았느냐?"

화무흔의 물음.

'젠장, 너무 깊게 와버렸군! 아무리 듣지 않으려 해도 들리는 걸 어떻게 하란 말이냐! 그렇다고 양심에 비추어 보면 이렇게 있는 건 도둑질과 다름없는데!'

성윤위는 이제 와서 실실 눈치 보며 일어나는 것도 한참 열을 띠고 있는 분위기상 어색하기 짝이 없고 또 그냥 누워만 있으려니 괜히 뒷꼭지가 간질거려 억지로 다른 생각을 해보려고 노력했다.

그리 어려울 것도 없었다.

가장 먼저 든 생각은 바로 그 악마에 대한 것이었으니까.

'그 악마는 어떻게 됐지? 화 형님이 무찔렀나? 아니야, 내가 한 초식도 감당하지 못했는데 형님의 실력으론… 그럼 그 악마로부터 도망 온 게로군. 검각의 각주도 악마 앞에선 도망을……'

성윤위는 또다시 욕설을 퍼부어야 했다.

다른 문파의 비기를 절대 우연으로라도 얻어듣지 않으려 다른 생각을 열심히 하는데 또다시 귀가 대화로 쫑긋가게 되었기 때문이다.

다름 아닌 도영이 대답으로 그 악마를 거론했기 때문이었다.

"악마를 보았습니다. 그리고 검을 보았습니다. 그러니 대듀와 따띤이 보였습니다."

도영의 차분한 대답.

화무혼이 손바닥을 내놓으며 말했다.

"이리 다오! 내게 다오! 내게 보여다오!"

'오호~ 무서운 초식인가 보군. 그런데 이름이 왜 이래? 뭐, 대듀? 따띤? 서역(西域)의 무공인가 보군.'

성윤위의 호기심이 극에 달했지만, 감히 눈을 뜨고 쳐다볼 수가 없었다.

스르릉—

도영의 검집에서 검이 뽑히는 소리가 들렸다.

"잘 보십시오. 이게 대듀입니다."

도영의 목소리와 함께 괴상한 소리가 들렸다.

쩡!

맑은 쇠가 부러지는 소리.

'오호~ 정말 신기한 무공이로군. 검을 파괴해 그 파편을 쏘아보내 적을 살상하는 무공이 있다고는 들었지만, 도대체 어떤 초식을 펼치기에 바람 가르는 소리가 꼭 쇠 부러지는 소리처럼 들릴까?'

성윤위의 호기심은 두 번째 초식으로 옮겨졌다.

"그럼 이제 따딴을 보여 드리겠습니다."

'오후~ 두 번짼 더 신기하겠군!'

성윤위의 기대를 저버리지 않았는지 더욱더 괴상한 소리가 성윤위의 귀에 들려왔다.

텡~ 텡~ 텡그르~ 텡텡~

저 멀리 아득해지는 소리.

꼭 쇳조각을 멀리 절벽으로 던지면 벽과 부딪쳐 울리는 소리와 너무도 똑같지 않은가.

'우와아! 정말 신기한 초식이로군! 도대체 어떤 초식이기에!'

너무도 보고 싶은 신기한 검법에 하마터면 성윤위는 눈을 번쩍 뜰 뻔했다.

하지만 그 이후 들려온 화무흔의 낮게 가라앉은 목소리가 성윤위의 눈꺼풀을 내리눌렀다.

"넌 검을 부러뜨렸고, 그 다음 그 조각난 검을 절벽에 던져 버렸다.

검각의 검사에겐 한 가지 불문율이 있다. '검이 없으면 사람도 없다'는 말. 너도 알고 있겠지?'

'이런 제길! 정말 부러뜨리고 던져 버린 거잖아!'

갑자기 밀려든 실망감에 성윤위의 미간이 좁혀졌을 때였다.

"압니다. 하지만 검이 없어도 저는 여기 이렇게 있습니다."

"흐음……."

화무흔의 깊은 신음 소리가 성윤위의 귀에도 아프게 꽂혔다.

"네 뜻을 알겠다. 하지만 넌 나를 두 번 죽이는 짓이란 걸 몰랐구나. 넌 대듀와 따띤을 안다고 해서 나를 죽음에서 건져 냈겠지만, 그건 나를 두 번 죽이는 짓이다. 또한 검을 버리고도 너는 여기 있다고 말함으로써 내가 느낄 수치감과 낭패감을 없애려 한 거겠지만 너는 나에게 더 큰 수모와 절망을 안겨줬을 뿐이다. 너는 하나만 알고 둘은 몰랐다."

화무흔의 낮게 깔린 목소리.

하지만 그 안에 깃들인 무서울 정도로 아득한 절망감과 분노를 성윤위 역시 충분히 느낄 수가 있었다.

"아닙니다. 전 분명 대듀와 따띤을 보았습니다."

'어라? 저놈이 스승하고 맞먹네?'

성윤위가 보기보다 되바라진 놈이라고 도영을 다시 봤을 때였다.

"무슨 뜻이냐!"

화무흔의 목소리가 조금 더 올라갔다.

도영은 잠시 생각을 정리하는 것처럼 가만히 있다가 천천히 말하기 시작했다.

"모든 것이 대듀와 따띤입니다. 모든 무공이 대듀와 따띤입니다. 그래서 전 대듀와 따띤을 봤다고 하는 겁니다. 무공은 적을 살상케 합니다. 전 오늘 너무도 무서운 무공을 보았습니다. 또한 상상을 뛰어넘는 절대자를 제 몸소 체험했습니다. 하지만 그것은 악마였습니다."

"으흠……."

화무혼의 깊은 신음 소리.

하지만 그것은 누워서 눈을 질끈 감고 있는 성윤위에게도 마찬가지였다.

"그렇다면 검은 무엇입니까. 왜 사람을 없애고 검이 되어야 한다고 말하는 것입니까? 오늘 무공이 극에 달한 사람을 보았습니다. 그는 모든 걸 버리고 무공 자체가 되었습니다. 그 사람의 숨결 하나하나가 초식이었습니다. 하지만 그건 악마였습니다. 검각 또한 그렇습니다. 사람이 검이 되어야 한다고 말합니다. 나를 버리고 검이 되라고 말합니다. 하지만 진정 그 경지에 달하게 되면 그저 검 하나만 있게 됩니다. 그건 오늘 보았던 악마와 다르지 않았습니다. 전 검이 되기 싫습니다. 전 검각의 진정한 검의(劍意)가 거기에 있다고 생각하지 않습니다. 그래서 검을 버립니다. 검을 부러뜨리는 것이 검각이 추구해야 할 새로운 초식인 '대듀'요, 검을 버리고도 온전한 사람으로 살 수 있어야 하는 게 우리가 그토록 찾는 '따딴'이라고 생각합니다."

성윤위 귀에 옷깃이 부딪치는 소리와 콩콩콩 하는 소리가 들려왔다.

이번 소리는 무슨 의미인지 성윤위는 너무도 잘 알고 있었다.

자신의 스승에 대한 마지막 하례 인사를 드리는 것임을…….

"저는 갑니다. 하지만 항상 각주의 곁에 있습니다. 언제든 다시 뵐 것입니다."

"언제든 오너라. 내 오늘 네게 대듀와 따딴을 잘 받았느니라. 앞으로 성취할 너의 대듀와 따딴과 내가 새롭게 창안할 대듀와 따딴을 나중에 비교해 보자꾸나. 기다리겠다!"

성윤위는 한참 동안을 눈을 감고 있었다.

아득한 절망감, 그 악마 같던 자에게 느꼈던 공포감이 도영과 화무혼의 대화를 듣자 얼마간 씻겨 내려가는 것 같았다.

성윤위는 스스로 남의 비결을 들었다는 누명이 싫어 눈을 감고 있었던 게 아니란 걸 알 수 있었다. 만약 눈을 뜬다면, 자신의 모든 것이 허물어질 것 같았기 때문이란 걸 깨달을 수 있었다.

한 번도 패배를 몰랐던 자신이, 악마와 겨루어 힘없이 물러났다는 사실을 도저히 참을 수가 없었다.

그래서 만약 눈을 뜨고 다시 세상의 빛을 본다면 그대로 녹아버릴 것만 같은 절망감에 눈을 그토록 질끈 감고 있었음을……

"어떤가, 능히 다음 각주감이지 않나?"

화무혼의 말이 들리자 성윤위가 눈을 뜨고는 뒷머리를 벅벅 긁으며 일어나 앉았다.

"이 멍청한 동생이 보기에도 저보다 훨씬 낫습니다."

화무혼은 먼 곳을 바라보며 흐뭇한 웃음을 웃고 있었다.

절대 자신의 감정을 내보이지 않던 화무혼이 저토록 해맑은 웃음을 웃을 수 있다니!

성윤위는 내려가서 자신이 본 것을 아무리 침 튀기며 말한다 해도 아무도 믿어주지 않을 것을 이미 알았다.

자신이 악마를 보았단 얘기도…

악마와 겨루어졌다는 얘기도…

그리고 검귀 화무혼의 해맑게 웃는 웃음을 보았다는 이야기도……

"갔군요."

성윤위가 주위를 둘러보며 긴장이 한꺼번에 풀어진 듯한 목소리로 중얼거렸다.

"갔군."

화무흔 역시 살점들만 나뒹굴고 있는 송가채를 둘러보며 고개를 끄덕였다.

혹시 그 악마 같은 사람과 조우라도 하게 되면 어쩌나 하는 긴장감이 한꺼번에 풀어진 건 화무흔도 마찬가지인 것 같았다.

도무지 그런 인간이 있다는 게 믿기지 않아 다른 녹림의 식구들을 불러 모으기 전에 다시 한 번 와본 것이었는데…….

"꿈속의 일 같습니다."

"인생이 꿈이라네."

"어디로 갔을까요? 그 커다란 악마와 냄새 나는 악마는?"

"그들이 왔던 곳으로 갔겠지."

화무흔은 여기에서 볼일은 다 끝났다는 듯 휘적휘적 걸어 어디론가로 향하고 있었다.

"어디로 가십니까?"

"대듀……."

이해 못할 이야기.

하지만 고개를 돌린 화무흔이 입꼬리를 파르르 떨다 간신히 미소 하나를 지어 보이고는 다시 말을 이었다.

"따뗘이어도 좋고……."

그게 마지막이었다.

화무흔의 걸음은 검각의 각주라고는 전혀 믿지 못할 만큼 자유와 여유가 물씬 묻어나고 있었다.

악마와 부딪치기 전엔 잘 벼려진 한 자루 칼과도 같았던 사람이 불과 몇 시진 지나지 않아 저토록 허허로운 기운을 뿜어내다니…….

성윤위는 숨을 크게 몰아쉬고는 다시 한 번 인적을 느낄 수 없는 송가채를 둘러보았다.

"내가 갈 곳은 그럼 어디란 말인가……. 그냥 되는대로 발길을 옮기면 될까?"

성윤위는 건곤무적도를 옆구리에 끼고는 커다란 손바닥을 앞으로 내밀었다. 그리고는 침을 손바닥 위에 뱉고는 손가락 두 개로 힘껏 그 위로 내려쳤다.

칙~

침을 너무 뱉었는지 걸쭉한 침이 한쪽 방향으로 쏟아지듯 튀었다.

그 방향은 화무흔이 걸어간 방향도 아니었고, 도영이 걸어간 길도 아니었으며 결국 성윤위 혼자 걸어갈 방향이리라.

"좋아! 대둔가 뭔가, 아니, 따띤인가 뭔가는 몰라도 내 갈 길은 내가 결정하겠어! 그래, 띤띤! 내가 갈 곳은 띤띤이란 곳이야! 제길, 띤띤이 뭐지? 알 게 뭐람! 내가 방금 가져다 붙인 건데……."

성윤위는 실없는 웃음을 흘리며 침이 가르쳐 준 '띤띤'을 향해 커다란 발을 성큼성큼 옮기기 시작했다.

하지만 성윤위는 결코 알지 못했다.

그 '띤띤' 방향으로 가다 보면 무시무시한 사람 하나를 만나게 된다는 걸 말이다.

제 4 장

세 규합 —진금행 적과 동지를 나누고, 현통 머리 속이 나누어지다

세 규합

"그런데 정말 그 사람이……."

말을 하던 우문하가 진금행의 눈치를 보다가 말을 바꾸었다.

"그분이 고검사신이라면, 아니, 두 번째 고검사신이라면 우린 어떻게 되는 거지?"

구잔양이 퉁명스럽게 대답했다.

"어떻게 되긴. 그냥 똥구멍이 째져라 도망가는 수밖에!"

"으이그, 저 자식은 꼭 말을 해도……."

우문하는 발끈해서 구잔양을 쳐다보다 구잔양의 번질대는 잔인한 시선에 곧 눈을 내리깔았다.

다른 사람에겐 하등 이상할 게 없는 '똥구멍이 째져라 도망간다'는 말이 정말 똥구멍이 째져 본 우문하에겐 큰 상처가 되었음이 틀림없으리라.

"도망가면… 뭐 하고 살지요?"

불연이 긴 속눈썹을 파르르 떨며 되묻듯 중얼거렸다.

불연, 많이 변했다.

예전 같으면 뒤도 돌아보지 않고 구름 속 맑은 이슬에 잠긴 아미산으로 돌아갔을 순진한 여승이지만, 지금은 속세의 때가 너무 많이 묻어 일단 먹고 사는 문제부터 신경 쓰지는 게 사실이었다.

물론 그 원인은 너무도 많이 먹어치우는 주개육과 진금행이 존재하는 조천대의 살림을 꾸려가야 하는 중책을 맡았기 때문이겠지만.

안 그래도 찔리는 게 있었는지 주개육이 중얼거렸다.

"그러고 보니 내가 가장 편하군. 기껏해야 똥구멍이 찢어질 만큼 가난한 거지에 지나지 않으니."

"저 자식까지 날 무시하네!"

주개육의 말에 또 한 번 발끈하는 우문하.

역시 '똥구멍이 찢어질 만큼' 가난하다는 말에 자극을 받은 것이 틀림없었다.

"입 닥쳐!"

진금행의 일갈이 적절한 때 터져 나오자 일순 주위는 숨소리 하나 들리지 않는 정적 속에 잠겨 버렸다.

"끄응, 제길! 내가 고민하는 건 그 딴 게 아니야. 더 엄청나고도 더 황당한, 엄청 더 중요한 문제란 말이야!"

조천대원이 알고 있는 진금행에게 있어 엄청난 문제란 '먹을 것'과 '많은 돈'과 '예쁜 암컷'이었다.

하지만 지금 맞닥뜨린 문제는 그런 것들과는 거리가 먼 문제임이 확실하지 않은가.

적어도 제 아비를 먹거나 팔아서 돈을 만들거나, 아니면 그 짓을 할 대상으로 삼을 수 없기 때문이었다.

조천대원들의 호기심 어린 시선이 진금행을 향하자 진금행이 나름대로 고약한 인상을 써보려 노력하고 있다는 걸 금방 알 수 있었다.

하지만 노력만 가상할 뿐 푸짐하게 삐져 나온 볼 살 때문에 그리 큰 효과를 얻진 못하고 있었다.

"……?"

조천대원들의 호기심 어린 시선이 자못 부담스럽다는 듯 어깨를 한 번 움찔거린 진금행이 답답하다는 듯 중얼거렸다.

"유전이란 거 알아? 아비가 잘생기면 자식도 잘생기고, 아비가 지랄맞으면 자식도 지랄맞다는 거."

어디서 보고 들은 게 있었는지 일제히 끄덕끄덕.

"그렇다면 나도 혹시 그렇게 황당하게 미쳐 돌아가진 않을까? 아비 몸속에 그런 피가 흐른다면 나 역시……."

진금행이 말을 맺지 않았지만 무슨 뜻이란 건 모두가 확실히 알 수 있었다.

마혈(魔血)!

만약 진금행의 말처럼 아비의 피가 아들에게 유전된다면 그 엄청나고도 공포스런 물질이 저 투실투실한 몸뚱이 안에 가득할 거고, 그 많은 분량만큼 괴팍하게 미쳐 버릴 테니 정말 세상이 두 쪽이 나던가 진금행이 두 쪽이 나던가 하는 일이 벌어질 게 아닌가.

그리고 쭈욱 지켜봐 온 조천대로서는 아무래도 세상이 두 쪽 날 확률이 진금행이 두 쪽 날 확률보다는 더 크다는 결정적인 믿음이 있었다.

"……!"

모두들 입을 쩍 벌리고는 멍하니 서 있는데 눈동자가 사정없이 흔들리고 있었다.

저 엄청난 놈이! 미쳐서! 아가리를 쩍 벌리고! 쿠헤헤헤, 웃으며! 세상을 향해 화염불을 거대한 아가리로 뿜어대면서! 온 세상을 지근지근 투실투실한 발바닥으로 자근자근 밟는 장면이 눈앞에 생생하게 그려지고 있었다.

"오호~ 옹~ 그런 생지옥이… 설마아~"

묘웅이 헤벌쭉 벌린 두툼한 입술 사이로 손가락을 척 걸치고는 말도 되지 않는다는 듯 웅얼거렸다.

하지만 유일하게 다른 반응을 보이는 사람이 하나 있었다.

누구보다 오랫동안 진금행을 보아왔으며 나름대로 진금행을 잘 파악하고 있다고 자부하는 오필도였다.

"극락이 따로 없지!"

다른 사람들과는 달리 도리어 화사한 미소와 함께 희열에 찬 목소리로 외치는 것이 아닌가!

"으잉?"

모두들 일제히 오필도를 쳐다보자 머리가 달리는 다른 사람들이 답답하다는 듯 제 가슴까지 펑펑 쳐대며 설명하기 시작했다.

"이런 멍청이들. 생각해 봐, 미쳐 돌아간다는 게 뭐겠어? 미쳐 날뛴다는 게 뭐겠어? 보통과 달라진다는 것 아니야? 예를 들어 다소곳하고 얌전한 여자가 속곳을 벗어 던지고 갈구쟁이 쩍 벌리며 사방팔방 뛰어다니는 게 미친 거라구! 어제까지만 해도 고개 푹 숙이고 얼굴 빨갛게 물들이던 소심하기 짝이 없는 놈이 눈을 까뒤집고 칼로 제 배때지를 죽죽 그어가며 아무나 한번 붙어보자고 고래고래 고함 지르는 게 미친 거라고!"

"그걸 누가 몰라? 그러니까 걱정이지!"

별소리를 다 듣겠다는 듯 청성의 현통이 눈알을 부라리며 오필도를 향해 쏘아붙였다.

'그러니 더 큰일이 아닌가. 얌전한 사람도 미치면 그 지랄인데, 저 지랄맞은 놈이 미친다면 얼마나 더 큰일이겠냔 말이지!'

현통뿐만 아니라 바로 이 말이 하고 싶어 모두들 입이 근질근질거렸지만 감히 진금행 앞에서 입을 열어 함부로 내뱉을 수는 없기에 그저 않는 신음 소리만 가득해졌다.

하지만 배화교의 법술인 '요요화(妖曜譁)의 술(術)'에 걸려 한바탕 훼까닥했던 후유증이 남아서인지 아직 오필도는 상황의 심각성을 깨닫지 못한 채 큰 소리로 자신의 생각을 크게 떠벌리고 있었다.

"긍까, 생각해 보라구! 얌전한 처녀가 벌거벗고 다리 사이에 터럭(?)을 휘날리며 우혜혜~ 처웃으며 뛰어다니는 게 미친 거라면 말이야, 원래부터 벌거벗은 채 가랑이를 벌리고 뛰어다니던 여자가 미친다면 어떻게 되겠냔 말이지."

"그야 물론 요조숙녀가……!"

그제야 눈과 입을 동그랗게 뜨고 일제히 고개를 끄덕이는 조천대원들.

미친다는 것이 무엇을 뜻하는지 대강 감히 잡혔기 때문이다.

'만약 진금행이 미친다면? 지금의 진금행과 정반대로 변한다면?

모든 사람들의 머리 속엔 일제히 말도 되지 않는 상상이 이어졌다.

진금행이 자신이 먹을 것을 덜어주며 '주개육, 좀 더 먹을래? 그것만 먹어서 어디 힘이나 쓰겠어? 자자, 이것 더 먹고 힘내!' 하는 인자하고도 자상한 목소리가 들려오는 것 같자 주개육은 오금이 저려오는 듯한 쾌감을 느낄 수 있었다.

개방의 거지새끼에 지나지 않는 주개육마저 황홀한 진금행의 미친 모습에 오줌을 지릴 판인데 다른 사람이라고 다를 리가 있겠는가.

특히 우문하로서는 '어때, 우문하, 심심해? 심심하면 내 똥꼬에 말뚝 박으면서 놀아. 굵으면 굵을수록 더 재미있다고. 자자, 내가 이렇게 엉덩이까지 벌려줄게. 힘껏 박아봐~' 하며 푸짐한 엉덩이를 들이미는 진금행의 모습과 말을 상상하자, 마치 자신의 손에 커다란 말뚝이라도 있는 것처럼 땀방울 맺힌 손을 힘껏 꾹 눌러 쥐어보기까지 하고 있었다.

"오모못! 남사스러버라! 벌거벗고 뛰어다닌단 말이지이~"

하지만 묘웅만은 달랐다. 아직도 오필도가 비유해서 말한 '벌거벗고 뛰어다니는 미친년'의 환영에서 벗어 나오질 못하고 있었다.

아니, 지금 묘웅의 머리 속에서 그려지는 모습은 진금행이 벌거벗고 아랫물건을 덜렁거리며 '캬캬캬~' 하는 광소와 함께 열심히 굴러다니는 모습이 그려지고 있을 확률이 더 크리라.

"오호~ 축복된 세상일 거예요~ 이 불연이는 너무나 행복해요. 아미타불."

오죽하면 아미파의 여승인 불연마저도 무엇을 상상했는지는 모르겠지만 너무도 정갈한 태도로 두 손을 모으고 합장한 채 연신 불호를 외고 있을까.

"……?"

자신을 둘러싼 사람들의 이상한 시선에 문득 정신을 차린 진금행이 영문을 모르겠다는 듯 주위를 둘러보았다.

진금행이 제발 미쳐 줬으면… 하고 간절히 염원하는 수많은 눈동자들이 거북했음인지 진금행이 끝내 두툼한 손바닥을 내밀어 위아래로 흔들며 단호히 말했다.

"자, 이제 결단할 시간이군. 결정은 자유니까 모두들 알아서 결정하라고!"

진금행의 단호한 손짓과 말에 제일 먼저 현통이 두 손을 번쩍 들며 외쳤다.

"난 미쳤으면 좋겠어! 미치지 않는 게 좋겠다는 놈은 손바닥 도장뿐만 아니라 아예 손목아지를 뎅겅 잘라 젓을 담가 버릴 게야!"

우렁차고 걸걸한 목소리가 신경에 거슬렸는지 진금행이 오만상을 쓰며 투덜거렸다.

"무슨 소리야. 자신의 앞길을 결정하라고! 적이냐, 친구냐를 말이지."

진금행의 말에 현통이 번쩍 들어 올린 손을 머쓱하니 내리며 조심스럽게 되물었다.

"나? 나야 안 미치는 게 좋지. 대주는 미치는 게… 그런데 적이라니?"

분위기 파악 못하는 현통의 짓거리를 보자 진금행의 목소리가 차악 가라앉았다.

"적! 두 번째 고검사신이 나타났으니 강호에서 벌 떼처럼 일어날 거 아니야. 그러니까 적과 우리 편을 갈라놔야 하겠단 말이지. 난 누가 뭐래도 아들이니까 보호하는 편에 서야 하거든. 그러니까 그 반대 편에 있는 놈은 몽땅 적이란……."

현통이 그제야 진금행의 말이 무엇을 뜻하는지 알겠다는 듯 더욱더 자신있는 태도로 두 손을 번쩍 치켜들었다.

"난 당연히 적이지! 내가 만약 두 번째 고검사신의 손바닥을 잘라낼 수 있다면 제기랄 놈들의 손바닥 수천 개보다 값이 더욱더 나갈 테니 당연히……."

현통의 말을 중간에 냉큼 자르듯 진금행이 툭 내뱉었다.

"그럼 넌 나의 적이군."

"으잉?"

정신없이 중얼대던 현통이 그게 무슨 살 떨리는 말이냐는 듯 진금행을 향해 눈을 커다랗게 떴다.

"……?!!"

현통의 머리 속에선 그제야 모든 게 정리되기 시작했다.

어디서부터 꼬였는진 몰라도 하나하나 현통의 머리 속에서 낱낱이 분석되어져 갔다.

첫째, 두 번째 나타난 고검사신을 적으로 삼는다.

둘째, 그 두 번째 고검사신이 바로 진금행을 낳은 놈이란다.

셋째, 하긴 저렇게 지랄맞은 놈을 낳을 정도라면 마혈의 주인이어야 적당할 것이다.

넷째, 하지만 청출어람이란 말도 있듯이, 아마도 진금행이라면 마혈의 주인이 아니라 그 할아비라도 능히 바짝 말려 죽일 능력이 충분하고도 남을 것이다.

다섯째, 아무튼 저 지랄맞은 놈은 성질만 더러운 게 아니라 팅팅 분제 몸매를 유지하기 위해서 엄청나게 처먹는 놈이다.

여섯째, 주개육의 식욕은 세상 모든 것을 집어삼킬 만큼 대단한 것이지만 저 진금행이란 놈의 식욕은 주개육 셋쯤은 날 걸로 삼킬 만큼 더 대단한 놈이 분명하다.

일곱째, 지금 내 추리는 어디선가부터 잘못되어 가고 있다.

여덟째, 아무래도 셋째 번부터 다시 시작하는 게 좋겠다.

현통은 머리를 흔들고는 다시 열심히 하나하나 분석해 나갔다.

셋째, 그러므로 두 번째 고검사신을 적으로 돌린다면 자동적으로 진금행을 적으로 삼는 것과 같다.

넷째, 내 생존 철학은 강한 편이 우리 편이다.

다섯째, 내 냉철한 분석력으로 보자면 진금행은 대빵 세다!

여섯째, 그런데 난 적이 되겠다고 말했다.

일곱째, 다시 한 번 강조하지만 진금행은 대빵 세다!!

여덟째, 난 죽었다!!

현통의 얼굴이 갑자기 울상이 되더니 힘껏 쳐들었던 두 손을 조심스럽게 내리면서 웅얼거렸다.

"난… 난… 이해해 줘. 나 겉으로 보기보다 더 단순한 놈이라구. 오죽하면 낫살이나 먹은 놈이 손바닥이나 찾아다니겠어? 내 말 취소할게. 응?"

안 그래도 보기 거북한 현통의 낯짝이 우거지상으로 변한 채 진금행에게 하소연하는 모습은 참고 보기가 어려울 지경이었다.

"그럼 내 편?"

진금행이 묻고 현통은 열심히 고개를 끄덕끄덕.

일단 아무리 염두를 굴려봐도 자신이 죽는 결론밖에 나오지 않는 현통으로서는 정신없이 고개를 끄덕여 댈밖에.

"그럼 청성과는 적?"

끄덕끄덕.

"청성파에게로 검을 겨누고, 청성과는 인연을 끊고, 사부와 생사를 건 결투를 벌인단 말이지?"

끄덕끄덕.

아무래도 현통에게는 자신이 잘못하면 죽어 나갈지도 모른다는 사실이 충격이었나 보다.

지금 진금행이 무슨 말을 하는지, 일이 어떻게 흘러가고 있는지 따위에는 전혀 생각이 미치지 않고 있었다.

진금행이 입꼬리를 힘겹게 말아 올려 씨익 웃으며 얼굴을 현통의 면상 앞에 바짝 들이대고는 최후의 질문을 던졌다.

"내가 듣기론 청성에 섭각우(欐角牛)란 지랄맞은 도사가 있다던데… 그 사람과도 겨루게 될 텐데?"

끄덕끄덕. 잠시 얼어붙음. 절레절레. 그러다 진금행과 시선이 마주침. 다시 끄덕끄덕. 그러다 섭각우 도현이 생각남. 자동적으로 도현의 무지막지하게 크고 엄청나게 강한 커다란 주먹이 떠오름. 다시 절레절레. 진금행의 입꼬리가 미묘하게 뒤틀리며 웃는 게 눈으로 똑똑히 확인됨. 미친 듯이 끄덕끄덕.

현통의 대가리가 좌우로 흔들리다 다시 위아래로 미친 듯 꺼떡대는 것을 보다 못했는지 이교옥이 호로병에서 입을 떼고는 커다란 트림을 내뱉었다.

"꺼억~ 이봐, 대주. 불쌍한 애(?) 그만 놀려. 사실 현통 도사나 나나 각자 청성과 화산에서 버림받다시피 한 몸이라 일이 어떻게 되든 괜찮지만, 저기 어여쁜 아미파의 여승은 돌아갈 몸이 없게 된다구. 그렇게 쉽게 결정할 문제가 아니란 말이야."

대주에게 대놓고 반발하는 놈이 있다니!

화산의 이교옥이 미쳤다는 소문이 정말이었구나 하고 생각한 사람들의 시선이 일제히 휘검청학 이교옥을 향해 떼구르르 굴러갔다.

이교옥은 술에 취해 불콰해진 얼굴로 주위를 둘러보곤 말을 이었다.

"고검사신이 언제적 고검사신이야? 난 신경 안 써. 두 번째 고검사신? 나랑 무슨 원수를 졌지? 신경 안 써. 기분이 내키면 대주를 도와 대주의 부친에게 한 수 보낼 수도 있겠지. 하지만 막돼먹은 나 이교옥! 다른 사람도 아니고 검의 천재이자 검을 들어 선학을 불러오는 휘검청학 이교옥은 절대루 착한 놈은 아니지만 그렇다고 남들이 죄없이 죽어 나자빠지는 것을 지켜볼 만큼 나쁜 놈도 아니란 말이야."

이교옥은 말을 하느라 숨이 가빴는지 비칠대는 신형을 바로잡은 후 다시 커다란 트림 소리를 내기 시작했다.

"꺼억~ 꺽~ 부친이 미쳤다면서? 물론 알고 보면 불쌍하기도 하지. 하지만 미친 사람이 이유없이 사람 잡는 건 못 봐준다고. 잘못하면 자식인 대주까지 죽일지도 모르는 사람인데 보호해야 할 가치가 있을까?"

이교옥의 지적은 따끔한 것이었다.

대의를 따르기 위함이나 그저 마혈의 주인을 죽여야 한다는 차원이 아니라 미친 사람의 일방적 도살을 도와줄 이유가 없다는 것은 누구도 금방 동의하는 사항이었다.

진금행이 크게 숨을 들이마시고는 깊숙이 내쉬었다.

"아마도… 잠시 잠깐일 거야. 뒤통수 한번 딱 때려주면 금방 제정신 차릴 양반이라고. 예전 고검사신이 외눈박이 째보였다고 세상 모든 외눈박이 째보가 다 살귀는 아니잖아? 난 마혈도 그렇다고 생각해. 괜히 마혈마혈 하면서 겁주는 얘기라고. 좋아! 내가 보장하지. 일단 아버님이 내 보호 하에 있게만 된다면 더 이상의 무모한 살인은 없어!"

진금행이 단정 짓듯 얘기하자 이교옥이 마음에 든다는 듯 고개를 끄덕였다.

"그 말은 참 안심이 되는군. 하긴 천잔평에서의 일은 누구도 따질 수 없는 문제가 되긴 했어. 당시 피해를 입은 건 마교와 무림맹인데, 두 세력이 모두 책임을 묻지 않았잖아? 무림맹주는 어찌 됐든 딸을 넘겨주기까지 했고 마교 교주는 제 수하 둘을 딸려 보낸 셈이니 공적이면 공적이지 책임을 물을 순 없다 이거야. 하지만… 내가 왜 도와야 하지? 단지 대주의 적이 되는 걸 피하기 위해서?"

모든 사람의 시선이 이번엔 진금행을 향했다.

하지만 진금행은 당연하다는 듯 고개를 힘껏 끄덕였다.

"그럼. 난 그렇게 생각해!"

진금행의 너무도 확실한 의사 표명에 이교옥의 얼굴이 순간적으로 얼이 나간 듯해 보였다.

하지만 그도 잠시뿐 너무도 우스운 이야기를 들었다는 듯 어깨까지 들썩이며 키득거리기 시작했다.

"킥킥~ 정말 재미있군. 고검사신? 암, 무섭지. 내가 들은 전설의 반의 반만 사실이라 해도 정말 무서운 존재야. 내가 인정하지. 하지만 그 반대 편의 세력은? 무림 전체야. 고검사신, 아니, 확실하게 해두어야겠군. 두 번째 마혈의 주인을 상대하겠다는 사람은 무림 전체라고. 무림맹뿐만 아니라 마교 역시 가만히 있지 않을걸? 거기다 정파와 사파에 들지 않은 사람들까지 몽땅 다 마혈의 주인을 상대하려고 이빨을 갈고 있을걸? 그런데 우리들은 고검사신도 아니고 무림 전체도 아닌 단지 대주가 무서워서 대주 편에 서리라고 생각한다는 거야? 정말? 킬킬킬~ 대주의 배짱은 정말 날 놀라게 하는군."

이교옥이 아예 허리까지 접으며 너무도 우습다는 듯 키득거릴 때였다.

"그리 놀랄 만한 일은 아니지."

냉정한 어투. 하지만 왠지 밝게 윤기 도는 목소리.

이교옥마저 웃음을 멈추고 방금 말한 사람을 쳐다보았다.

있었다. 보는 사람이 민망할 정도로 함박웃음을 짓고 있는 온양이 거기에 있었다.

온양이 시선을 돌려 진금행을 향해 서서는 얼굴과는 달리 전혀 웃음기가 묻어나지 않는 어투로 말을 꺼냈다.

"난 대주 편에 서겠소. 만약… 만약 나와 우리 낭기촌 식구들을 용서해 준다면… 우린 항상 쫓겼고, 이젠 그 짓도 신물이 날 지경이오. 어느 편에 서던 쫓겨야 한다면 난 대주에게만은 쫓기고 싶지 않소."

너무도 신중한 목소리.

진금행이 천천히 온양을 바라보는데 또 다른 목소리가 불쑥 끼어들었다.

"이미 나무가 기울어지고 있어. 도망가긴 늦었고. 그렇다면 남은 건 단 하나, 내 머리 위로 나무가 쓰러지지 않기만을 바랄밖에. 난 항상 그래 왔듯이 금행이에게 걸겠어."

구잔양이었다.

구잔양은 이미 자신의 판단을 진금행이 알고 있으리라 믿었던지 진금행 쪽은 쳐다보지도 않았다. 그저 번질거리는 살기 어린 시선을 조천대원들의 얼굴 위로 하나하나 던지고만 있었다.

만약 진금행의 반대 편에 서겠다는 놈이 있다면 지금 당장 요절을 내주겠다는 듯이.

"우, 우리들은 다, 다, 다, 다, 다, 당연히……."

종리혁이 긴장했는지 더욱더 말을 더듬었다.

한참을 다다다거리고 있으니 사람들의 시선이 쏠린 건 당연한 일.

종리혁은 슬며시 제 몸 위를 덮고 있던 옷을 더욱더 고쳐 당겨 위로 끌어올리며 민둥머리까지 벌겋게 변했다.

사람들의 시선, 그중에서도 묘옹의 시선이 너무도 거북스러웠기 때문이다.

처음 벌거벗고 나타났을 때부터 이상한 시선을 던지던, 한눈에 보기에도 거북해 보이는 얼굴의 묘옹이 이상하게 신경 쓰이는 종리혁이었다.

형제라 마음이 통해서일까? 종리우가 종리혁의 말을 이어서 하고 있었다.

"나 역시 진 대주 편에 서겠어. 우리 배교를 멸망케 한 마교나 손가락질 해대고 침을 뱉던 정파무림, 모두 마음에 들지 않아. 우린 생명을 진 대주와 함께하기로 했으니 제기랄! 어찌 됐든 끝까지 해 나가는 수밖에. 우리 종리 형제들은 세상에 무서울 게 하나도 없어! 설령 염라대왕이라 하더라도 말이야!"

종리우는 날카롭게 찢어진 눈으로 주위를 훑어보다 구잔양과 시선이 맞추어졌다.

실상 자신이 진 대주와 함께하겠다는 이유는 말한 대로 배교의 몰락 때문이기도 했지만, 어찌 보면 구잔양과 절대로 다른 편에 서고 싶지 않아서가 더 큰 이유일지도 몰랐다.

구잔양의 시선에 괜히 속마음을 들킨 것 같아 종리우가 민망한 웃음을 웃었을 때였다.

구잔양이 천천히 한 손을 들어 올리는 게 보였다.

'혹시?'

종리우는 순간적으로 온몸이 바싹 굳어버렸다.

저러다 손가락 하나를 펴 구잔양 자신의 목에 대고 그어대는 시늉을 하진 않을까 하는 걱정 때문이었다.

종리우 자신을 확실하게 죽여주겠다는 의사 표현을 하기 위해 손을 들어 올린 거란 지레짐작과는 달리 구잔양의 손에선 엄지손가락 하나가 튕겨지듯 솟아오르고 있었다.

'……!'

그 뜻이 '최고다!' 란 말이었음을 알고 종리우는 가슴 한 켠에 왠지 아린 것처럼 뿌듯한 기쁨이 자리 잡았다.

구잔양은 그렇게 엄지손가락을 치켜들며 씨익 웃고는 곧 고개를 다른 사람들에게로 향했다.

온양은 혈루소면객의 실수였다.

구잔양은 염효로 날리던 하오문 중의 사람이었다.

종리 형제는 숨어 살던 배교의 마지막 전수자들이었다.

결국 그 말은 모두들 무림에서 주름잡으며 사는 인생과는 거리가 멀다는 뜻이었다.

하지만 이 자리엔 당당한 구대문파에 들어 있는 사람들 또한 있지 않은가.

과연 구대문파에 소속된 제자들이 진금행과 같이 손을 합쳐 마혈의 주인을 지켜줄 수 있을까 하는 의문이 모두의 머리 속에 떠오를 때, 가장 먼저 과감히 의사 표현을 한 것은 뜻밖에도 불연이었다.

"아미타불. 이 불연이는요……."

작고 도톰한 앵두 같은 입술이 벌어지며 꾀꼬리같이 경쾌한 목소리가 흘러나왔다.

하지만 그 무게는 결코 적지 않았다.

조천대 중엔 가장 순수하다고 알려졌고, 가장 착한 존재임이 증명된―아마도 뱃속 고름이 빨린 당경은 절대 동의하지 않겠지만―불연의 말 한 마디는 이 자리에 있는 구대문파 수하들의 마음을 움직일 충분한 힘이 있었기 때문이다.

당연히 모든 사람은 일제히 불연의 입술만 쳐다보며 숨소리조차 죽이고 있었다.

"가만히 생각해 보니까요, 그분, 그러니까 대주의 아버님이 너무나 불쌍한 거예요. 그리구요, 가만히 따져 보면요, 그분이 미쳐 휘까닥 대가리가 돌아간… 어머! 아니아니, 잠시 광태에 빠지신 건요, 잠시 잠깐이었단 말이에요. 그러니까 그게 병, 그중에서도 정신병이라 볼 수 있지요. 그걸 이 불연이가요, 꼭 고쳐 주고 싶네요. 아미타불. 그리고 그 이후 살아온 인생도 따져 보면 너무나 불쌍하지 않나요? 아아~ 어찌 그분에게 손가락질을 할 수 있겠어요. 이 불연이는요, 자신있어요. 저 당경 시주만 해도 보세요. 뱃속 고름을 뽑자 금방 다 나았잖아요?"

불연의 말소리가 길게 이어지고 있는데 어디선가 괴상한 소리가 들려오기 시작했다.

"힛꾹~ 힛꾹~ 힛힛꾹~"

흡사 뻐꾹새 울음소리와도 같은 딸꾹질 소리.

불연이란 존재를 도저히 참고 견디지 못하는 당경의 딸꾹질 소리가 틀림없었다.

"그러니까요, 이 불연이 말은요, 그분의 머리 속도 아마 고름으로 꽉 차 있지 않을까 싶네요. 이 착하고 어린 소사미가요, 그분을 어루만져(?) 주면 분명 제정신으로 돌아올 거예요. 그럼 무림의 평화도 올 거고 더 이상의 불필요한 살생도 막을 수 있을 거예요. 전 믿어요. 반드시 해낼 거예요. 혹시 이 중에 제 치료법(!)에 의문이 있는 분 계신가요?"

불연의 시선이 주위를 훑자 모두의 대가리가 일제히 위아래로 힘차게 끄덕여졌다.

당경의 뱃속 고름이 마흔 하고도 일곱 번이나 빨려 나갔다는 엄청난 사실을 알고 있는 사람이라면 절대로 그 치료술(!)을 검증해 볼 간 큰 놈은 하나도 없었기에.

"아미타불."

불연이 만족스럽다는 듯 미소 띤 얼굴과 함께 불호를 외자 이미 분위기상 대세는 기운 것과 다름이 없었다.

"일단 먹고 살자는 문제 아니겠어? 죽으면 못 먹으니까 큰일이란 것 아니겠어? 나 주개육은 무조건 진 대주 편에 설 거야. 왜냐면 우리 개 방의 방주 또한 진 대주 편이 분명하니까. 아님 말구!"

주개육이 입가를 혀로 축이며 진금행에게 눈웃음을 웃었다.

하지만 주개육의 의도는 개방 방주의 뜻에 따르겠다는 게 아닌 순전 히 진금행 곁에선 배가 빠방할 정도로 잘 처먹을 수 있다는 걸 모르는 사람은 아무도 없었다.

"어모못, 이 묘옹이 역시 대주 옆에… 그동안 날 이상하게 쳐다보는 시선이 너무나 싫었는데… 난 여기 온 이후론 너무나 행복하거든."

묘옹이 얼굴에 미소를 띠며 말하자 왠지 우문하의 양손이 뒤로 돌아가 힘껏 자신의 막창자를 서둘러 보호하고는 찔끔 놀라며 물었다.

"왜, 왜지?"

혹시 묘옹의 행복이란 게 자신의 똥구멍(!)을 노리고 있는 게 아닌가 싶어 잔뜩 긴장한 우문하의 질문에 묘옹이 한껏 교소를 터뜨렸다.

"오호홋~ 오빠아두우~ 사람들이 날 이상하게 쳐다보는 세상에서 살다 여기 와봐, 얼마나 살맛나는데. 여기선 내가 사람들을 이상한 눈으로 쳐다보거드은. 얼마나 행복한데엣!"

묘옹이 말이 맞긴 맞았다.

묘옹보다 더 이상한 종자들을 조천대라면 실컷 찾아볼 수 있는 게 사실이었으므로.

현통은 이제 약간은 맑아진 머리로 다시 한 번 통빡을 굴려보기라도 하는지 오만 가지 우거지상을 하고 있었다.

아니나 다를까, 현통의 머리 속에는 지금 상황과 자신이 헤쳐 나가야 할 상황을 다시 한 번 하나하나 풀어 헤쳐 보고 있었다.

첫째, 나는 무엇보다 절실하게 필요한 게 바로 손바닥이다.
둘째, 무엇보다 두툼하고 커다란 손바닥이 제일 딱이다.
셋째, 커다랗고 두툼한 거라면 진금행 손바닥이 최고다.
넷째, 진금행 손바닥을 노린다.
다섯째, 나는 죽는다.

여섯째, 지금 난 똑같은 실수를 두 번씩 하고 있다.

일곱째, 아예 속 편하게 두 번째부터 다시 시작하자.

현통이 얼굴을 잔뜩 더 찡그리며 고개를 신경질적으로 좌우로 흔들었다.

둘째, 역시나 손바닥 하면 최고 악인의 손바닥이 제격이다.

셋째, 하지만 죽여 없애고 받은 손도장보다 개과천선한 손바닥이 더 윗길이다.

넷째, 마혈의 주인이 개과천선한다면 그 가치는 무궁무진하다.

다섯째, 아미파의 불연이라면 혹시 고칠지 모른다. 그래서 만약 마혈의 주인이 제정신을 차린다면……?

여섯째, 잽싸게 손도장을 받는다.

일곱째, 제정신을 못 차리면……?

여덟째, 진금행이 책임진다 했으니 진금행을 붙잡고 늘어진다.

아홉째, 이러나저러나 난 밑질 게 없다.

열 번째, 난 역시 무척이나 똑똑하다!!

현통이 모든 계산을 끝낸 후 활짝 펴진 얼굴을 들며 큰 소리로 외쳤다.

"난 진 대주 편!"

하지만 불행히도 현통 따위를(?) 주시하는 사람은 하나도 없었다.

막 이교옥이 자신의 뜻을 나타내고 있었기 때문이다.

"좋아, 배짱 좋고! 소신 좋고! 제기랄, 구대문파에서 알아주는 문제

아인 나 휘검청학 이교옥이 문제를 안 일으킨다면 그게 더 이상한 거지! 좋아, 나중 일은 나중에 생각하고 일단 나도 진 대주 편에 서겠어!"

일이 이상하게 돌아가 모두 진금행 편에 서겠다고 하자, 가진 건 찢어지고 거덜난 똥구멍밖에 없는 우문하가 무슨 힘으로 반대하겠는가.

당연히 입에 침을 튀겨가며 열열히 진금행을 칭송할밖에.

오필도야 당연히 원래부터 진금행의 밥(!)이었으니 의견을 묻는 사람조차 없었던 것 또한 당연한 얘기.

게다가 사천 밤의 지배자인 강구의는 진금행에게 두 손가락이 잘린 몸뚱어리니 그 주둥이가 큰 역할을 하지 못하는 것도 이상한 일은 아니리라.

제 5 장

만남 —마 총관 진금행을 만나고, 진금행 천하오시와 만나다

만
남

"이상한 사람이 옵니다!"

다급하게 뛰어내려 와 헐떡이며 말하는 얼굴이 길고 검은 사람.

하지만 얼굴의 길이는 그리 눈길을 끌 만큼 길다고는 볼 수 없었다.

그럼에도 불구하고 일행의 눈길을 확 휘어잡는 독특한 그 무언가가 분명 있었다.

일 장여가 넘는 지붕 위에서 훌쩍 뛰어내려 왔기 때문이었다.

보통 사람에겐 어렵겠지만 경공술을 익힌 무림인에겐 쉬운 높이.

그러나 흡사 도마뱀처럼 온몸을 뒤틀어 내리면서도 흙먼지 하나 일지 않았다는 것은 무림인과는 또 다른 능력이 있음을 입증해 보였기 때문이다.

그리고 무엇보다 눈길을 끄는 것은 그 사람이 바로 그런 능력, 즉 기예를 몸으로 익힌 기예인들의 모임인 낭가촌의 일원이란 점이리라.

"이상한 사람?"

하지만 그 무엇이 진금행을 놀라게 할 것인가.

아버지인 진충덕의 얘기에 충격을 받긴 했지만 이미 그 일에도 심드렁해졌을 게 분명한 놈이었다.

얼굴이 긴 사내는 침을 꿀꺽 삼키고는 두려운 눈빛으로 진금행을 쳐다보는 태도로 보아 극도의 긴장을 하고 있었다.

이해가 가지 않는 일도 아니다.

자신들이 신처럼 우러러보던 사람.

자신들을 넓은 대지처럼 포용해 주었던 사람.

저 사람이 곁에 있음으로 해서 세상에 두려울 게 하나도 없었던 사람.

자신들을 보며 항상 함박웃음을 지었던 사람.

전설과도 같은 살수행을 백서른네 번이나 성공했던 사람.

바로 흑지주(黑蜘蛛)이자 혈루소면객(血淚笑面客) 온양을 하룻밤 만에 동네 똥개도 쳐다보지 않을 만큼 죽사발을 내놓은 푸짐한 인물과 처음으로 말을 나누는 중이었으니까.

사내의 보고를 받는 사람이 온양이 아니라 진금행이란 사실이 온양을 비롯하여 낭가촌의 식구들의 등줄기에 찬물처럼 끼얹어졌다.

드디어 주인이 바뀐 것이다!

전 주인이자 큰형님이었던 온양마저도 꼬리를 사정없이 내리게 만든 인물이 자신들의 생살여탈권을 쥐고 있었다.

바로 진금행이!

긴 면상의 사내는 흡사 자신의 속마음처럼 흔들리는 눈동자를 고정시켜 보려 했지만 불가능한 일이란 걸 곧 깨달아야 했다.

사람과의 대화에서 주로 눈을 맞추고 얘기해야만 하는데 저 푸짐한 인간의 눈동자가 있어야 할 자리엔 그저 살짝 집어놓은 듯한 흠집만 있으니 눈을 맞출 기회란 아예 주어지지 않은 것이다.

그래서 대강 얼굴만이라도 훑어보려는데, 그것도 그리 녹록한 일은 아니라서 마음먹고 얼추 쳐다보려면 대략 차 한 잔은 들이킬 시간이 필요할 정도로 널찍한 얼굴이었다.

그렇다면 그렇게 널찍한 얼굴을 떠받드는 몸집은?

'너무나 부담되는군!'

사내는 아예 두 눈을 질끈 감고는 되는대로 보고 들은 것을 토해놓는 수밖에 없었다.

"예, 노인이 다가오고 있습니다. 바짝 마른 데다가 복이란 하나도 들어 있지 않은 추레한 면상의 노인입니다. 아마도 서역(西域)이나 해동(海東)에서 온 게 분명합니다."

사내가 어렵게 말을 이었지만 진금행의 반응은 너무도 차가웠다.

"근데? 그게 뭐? 묘웅 같은 개잡종 종자 정도라면 눈에 확 띄겠지만 노인 정도야 너무도 흔한 거 아니겠어?"

사내는 너무 썰렁한 반응에 두 눈을 떴다가 다시 질끈 감았다.

진금행의 두툼한 손가락이 그 조그마한 콧구멍 안을 들락날락하는 걸 보자 속이 뒤집힐 것 같았기 때문이다.

"노인이 고수인 것 같습니다."

"고수?"

그제야 이교옥이 누워 있던 몸을 천천히 일으키며 관심을 보였다.

사내는 이교옥 쪽을 흘깃 쳐다보다 다시 진금행 쪽을 향해 대답했다.

"예, 고수입니다. 서른셋째 동생이 가까이 다가가 보려 했지만 이상한 기파, 그러니까 고수들만 내보일 수 있는 기파에 뒤로 조용히 물러서야 했답니다."

"……."

사내의 말에도 한참 콧구멍 후비는 데만 열중이던 진금행의 눈동자가 갑자기 번쩍 뜨여졌다.

사내는 펑퍼짐한 진금행의 낯짝이 제 얼굴 가까이로 다가올 때 흘깃 눈동자를 본 것도 같다는 웃기지도 않은 생각을 할 때였다.

"승려였나?"

진금행의 물음.

다른 사람에겐 뜻밖이겠지만 진금행에게 있어서 그건 너무도 중요한 문제였다.

자신의 사부(!), 그러니까 무림맹의 귀역에 스스로를 가두어두고 있는, 유효 기간이 지났음에도 너무도 젊은 사람이 언젠가 서역의 승려를 조심하란 말을 꺼내지 않았는가!

뒤늦게 생각이 거기에 미친 진금행이 다급히 묻자 사내가 대답했다.

"아닙니다. 승려는 아니었던 것 같습니다. 입은 형색으로 보아 중원인 같은데, 그 먹는 음식과 말이 이상해서……."

"말?"

"예, 먼 길을 왔는지 무슨 기다란 곱창 같은 걸 입으로 질겅질겅 씹으며 정신없이 뭐라고 중얼중얼거리는데 그게 무슨 말인지 들어보질 못해서……."

사내의 말이 거기까지 이어지자 진금행의 뺨이 씰룩거리기 시작했다.

"무슨 말이었는데?"

진금행의 물음이 의외였는지 사내는 눈을 떴다가 인상을 찡그렸다.

분명히 서역의 말이나 아니면 먼 해동의 말이라고 말했는데, 무슨 말이냐고 도로 묻다니?

기예단에 속한 자신이 허리를 꺾고 물구나무를 서서 발로 젓가락을 놀려 땅에 떨어진 콩을 집어 먹으라면 하겠지만, 그 어려운 이역 땅의 말을 전하라니?

하지만 상대가 누구던가.

바로 진금행이었다. 당연히 사내는 그 사내의 말을 기억해 내려 갖은 인상을 쓰다가 떠듬떠듬 토막난 말을 전하기 시작했다.

"아마도 이런 식의 말이었던 것 같습니다. 음, 딴… 뭐란 말도 있었던 것 같고… 아! 딴끔행 개때끼 띠뎌 듀길 테다. 으드득~ 아마도 이런 비슷한 말이 아닐까 싶은데요? 그런데 말이 이역의 말에다 입으론 정신없이 시뻘건 창자를 질겅질겅 씹어대며 걸어오니 그 우물대는 말을 알아듣지는……."

진금행의 신형이 벼락을 맞은 듯 제자리에서 벌떡 일어났다.

그리고는 뱃속 가득 들어 있던 분노의 외침을 그 커다란 아가리를 쩍 벌려 크게 토해놓았다.

"마~통~관~! 감히 내 아버지이자 주인을 배신한 천한 잡종 놈이 끝내 내 손아귀 속으로 걸어온단 말이로군!"

그랬다.

그 인물은…

마 총관이었다.

그리고 분명히 해둘 것은.

마 총관은 길 가면서 군것질을 즐기지 않는다는 사실이다.

더더구나 시뻘건 살아 있는 곱창 따위는 절대로!

단, 간혹 먼 길을 투덜대며 갈 때 가끔 긴 혀가 입 밖으로 나와 나불대는 적은 있어도 말이다.

*   *   *

"내가 왜 그 따딕을… 튜우우~"

마 총관, 전에 일월신교, 즉 마교의 좌사였고 제2의 마혈의 주인을 감시하였으며 세상을 능히 오시할 수 있는 가공할 능력의 소유자는 지금 한숨을 불어 내쉬고 있었다.

하지만 그 한숨 역시 대단한 내공의 소유자가 불어낸 것이라 그런지 곱창으로 오인받은 기다란 혀가 장대에 매달린 빨랫감처럼 마 총관 입 밖에서 한참을 나불댄 뒤에야 축 늘어지고 있었다.

"내가 왜. 내가 왜!"

마 총관의 벌겋게 충혈된 눈이 언덕 너머 양추산(釀秋山)으로 향했다.

그곳에 가공할 고수인 마 총관을 사정없이 뒤집어지게 만든 진금행이란 존재가 있었기 때문이다.

*   *   *

"오호~ 마 총관, 갑작스럽게, 전혀 뜻밖으로, 너무도 예상치 못하게, 이렇게 우연히 만나다니!"

두 손을 가득 벌려 자신을 향해 활짝 웃는 저 징그러운 두툼한 진금행의 낯짝!

'개때끼! 그동안 무공 훈련을 한답띠고 살이 빠진 줄 알았떠니 기름기만 더욱더 뒬뒬 흐르네!'

마 총관은 뒤집히려는 속을 간신히 억누르고는 억지로 미소를 띠며 대답했다.

"반갑뜹니다요! 물어물어 이리로 갔딴 말만 듣고 오던 차에 이렇게 딴따로 만나게 될 뚤 누가 알았껬뜹니까요!"

진금행은 과장된 게 분명할 정도로 두 눈을 동그랗게(?) 뜨고는 손바닥으로 자신의 가슴에 가져다 댔다.

"나~아~를? 날 말이지? 아니, 왜 마 총관이 나를 찾을까나?"

'으아아~ 딴따 띠뎌 듀기고 딴따!'

마 총관은 그냥 이대로 진금행의 사지를 붙잡고 갈가리 찢어발기고 싶다는 충동을 다시 한 번 극도의 인내심으로 억눌러야만 했다.

"예, 당듀님이 탸드뜹니다. 무림맹에서 나오뗬으면 아버님을 뵈러 오뗘뗘야디요! 아버님이 얼른 보고 띠프따다고 급히 모뗘오라고 하뗬뜹니다요." ·

"아버님이 나를 찾아? 아니, 왜 나를? 그 정신없는 분이 왜 나를?"

진금행이 또다시 의외라는 듯 되묻는데 마 총관은 가슴 한구석이 뜨끔해졌다.

진금행이 말한 '정신없는 분' 이란 말이 꼭 무언가 알고 있으면서 비아냥대는 듯이 느껴졌기 때문이다.

"그, 그게……"

마 총관은 혹시 진금행이 알고 있는 게 아닌가 싶어 주위를 둘러보았다. 과연 사람들이 득시글득시글하게 모여 있는 게 그제야 눈에 들어왔다.

사람들, 아니, 하지만 그중에 과연 사람이라고 부를 만한 물건이 있을까?

혹시 강호에 소식이 밝은 사람이 있어 진충덕의 소식을 진금행에게 알려준 게 아닐까 하는 걱정에 둘러본 시선을 마 총관은 좀체로 거두지를 못하고 있었다.

입을 함지박만하게 벌려 무조건 처웃는 놈도 몇 날 며칠 두고 봐도 지루하지 않을 판인데 그보다 더 괴상하게 생긴 놈들 역시 푸짐하게 널려 있으니 한 일 년 한자리를 깔고 앉아 구경해도 지겨울 일은 없어 보였다.

"……"

멍하니 주위를 둘러보는 마 총관을 보자 진금행이 그제야 기억이 났는지 활짝 웃었다.

"아! 인사가 늦었군. 마 총관, 늦었지만 인사해. 참, 내가 조천대의 대주란 건 알고 있었나? 이게 다 내 따까리라고! 아버님 따까리보다야 낫지!"

진금행이 서둘러 두툼한 손바닥으로 뒤에 서 있던 사람들을 가리키는데, 그 말속에 든 뜻 또한 마 총관의 속을 후벼 파고 있었다.

'뭐? 내가 저 괴망하게 땡긴 놈들보다 못하단 말이다! 이런 따부럴!'

마 총관은 결코 흥분하지 말았어야 했다.

만약 조금이라도 냉정을 되찾았다면, 진금행이 지금 건네고 있는 말에 흥분하기도 전에 어느덧 자신에게 말을 건네는 것이 반말지거리로 변해 있다는 것을 알아차릴 수 있었으리라.

아무리 마 총관을 우습게 보는 진금행이었지만 결코 하대는 하지 못하지 않았던가.

하기야 아무리 냉정을 되찾으려 했더라도 진금행을 보는 순간 무너져 버렸을 냉정함이었겠지만 말이다.

진금행의 말이 떨어지기 무섭게 한쪽에서 땟국물이 줄줄 흐르는 데다가 지독한 술 냄새마저 풍기는 괴상한 젊은 도사 하나가 비틀거리며 다가왔다.

"우와아~ 이 늙은 사람이 바로 그 유명한 사람이었군요. 말 많이 들었어요. 정말 반가워요. 말만 들었지 한 번도 만나보지 못했는데……. 아~ 나요? 난 이교옥이오. 왜 거 있잖소. 검을 들면 선학을 불러온다는 화산파가 배출한 불세출의 기린아! 그게 나란 말이오!"

'저놈이 날 어디서 들어따구?'

마 총관은 눈이 둥그레져서 비칠거리며 다가와 자신의 오른 손바닥을 양손으로 맞잡고 너무너무 반갑다는 듯 위아래로 힘차게 흔드는 이교옥을 멍청히 바라보았다.

"우하하~ 난 청성의 현통이라고 하오. 내 이름이 그리 향기롭게 강호에 알려지진 않았지만 화산의 이교옥보다야 향기롭지. 아무튼 반갑소. 그나저나 손바닥이 얄팍하긴 해도 손가락이 매우 길구랴. 참 맘에 드는 손바닥이구려! 혹시 손바닥을 벌겋게 칠해서 책에다 손바닥 도장을 찍는 취미를 가져볼 생각 없수? 거참, 재미있는 놀이인데?"

거무튀튀한 데다 무지막지하게 생겨먹은 도사 놈은 이번엔 마 총관의 왼손을 부여잡고 뭐가 그렇게 맘에 드는지 위아래로 견주어보며 보물 보듯 황홀한 눈으로 쳐다보고 있었다.

"……?"

마 총관이 어디서 이런 환대를 받아보았던가.

그저 사천의 진전장에 총관이나 맡아보았던 자신이 왜 이리 유명해졌나를 따져 볼 틈도 없이 또 다른 지극한 환대가 자신의 왼 옆구리에서 사정없이 퍼부어지고 있음을 알아차릴 수가 있었다.

"흥흥흥~ 저는 묘웅이라고 하네요. 늙은 오라버니께서 들어보진 못하셨겠지만 말이에요오~ 흥흥흥~ 아이, 좋아라~"

치명적이었다.

묘웅은 아예 왼쪽 옆구리에 찰싹 들러붙어 왼 다리를 마 총관 몸에 턱 가져다 올려 붙이고는 위아래로 천천히 부벼대기 시작했다.

갑자기, 이유없이, 뜬금없이 마 총관의 온몸에 소름이 돋아나기 시작했다.

뿐이랴?

"어허, 영감이 바로 말로만 전해 들었던 그 마 총관이었구랴. 엉덩이가 참으로 튼실하오. 저 금행이와 오래 지냈으면서도 엉덩이 사이에 있는 구멍이 온전하다는 점에 탄복을 금치 못하겠소. 어허, 부럽구려. 참으로 예쁘게 생긴 엉덩이구랴!"

웬 이상한 놈이—우문하이다—마 총관의 뒷자락 옷을 들추고는 엉덩이만 사정없이 노려보고 있으니 마 총관으로서는 기겁할 일이 아닐 수 없었다.

생긴 건 옆구리에 아직도 뜨뜻하게 비벼대는 묘웅이란 놈과는 달리 남색에 취미가 없어 보이는 놈이었는데 왜 자신의 엉덩이에 그토록 지극한 관심을 보이는지 마 총관은 전혀 이해할 수가 없었다.

"오랜만이군요. 인사드립니다."

그 눈빛을 처음 봤을 때 '언젠가 한번 큰일을 낼 것'이란 생각을 품

게 했던 구잔양을 사천에서 멀리 떨어진 이곳에서 볼 줄은 몰랐다.

'……!!'

한동안 개 떼같이 주위에 붙어선 괴상한 종자들 때문에 정신을 차리지 못하던 마 총관의 몸이 긴장으로 뻣뻣이 굳었다.

새로운 사실, 즉 이 개 떼들처럼 붙어선 개잡종들이 쓰다듬고 있는 손 아래 자신 몸뚱어리에 있는 중요한 혈들이 노출되어 있다는 걸 뒤늦게 깨달은 것이다.

설령 그들이 마 총관의 혈을 짚으려는 생각을 가졌다면 마 총관이 그 점에 경각심을 가지는 순간 꿈을 접어야만 할 일이었다.

적어도 마불통과 문추룡이 마교의 좌우쌍사로 있을 때 감히 마교를 넘볼 사람은 하나도 없었다는 사실을 알고 있는 사람이라면 말이다.

'요놈들이 감히 나를!'

마 총관의 검미가 꿈틀거렸다.

마 총관이 내공을 격탕시켜 배출하는 즉시, 몸뚱이에 붙어 몸을 비벼대고 있는 묘옹이의 몸은 한 줌 핏줄기로 변하리라.

비록 괴상한 종자들 때문에 분산되었던 집중력이 마 총관에게 새롭게 자리 잡는 순간이 이교옥과 현통을 비롯한 모든 사람들의 시도가 허망하게 스러지는 순간이었다.

하지만 그 집중된 주의는 도리어 커다란 실수를 자아내고 말았다.

바로 마 총관에게서 얼마 떨어지지 않은 바로 옆에 공포스런 존재가 자리 잡고 있다는 걸 깜빡했기 때문이었다.

마 총관은 온몸의 내력을 급히 되돌리려는 순간 갑자기 뺨 옆에서 거대한 그 무엇인가가 다가오며 뜨뜻미지근한 숨결을 뿜어대는 걸 느낄 수 있었다.

마 총관은 갑작스럽게 신경이 날카롭게 곤두서는 걸로 보아 그 존재가 바로 진금행이란 걸 알 수 있었다.

그리고 그 뜨뜻미지근한 숨결과 함께 진금행의 말이 마 총관의 귀에 속삭이듯 들려오고 있었다.

"그런데 왜 아버님이 날 보자고 하시지? 마혈이 발동되니 갑자기 내가 보고 싶으시데?"

"……!"

마 총관의 축 늘어진 주름진 눈이 번쩍 떠졌다.

"아니면 너와 네 친구가 내 몸에도 마혈이 도는지 한번 염통을 갈라 보고 싶기라도 했나?"

속삭이듯 들려오는 목소리는 치명적이었다.

마 총관의 온몸에서 힘이 쭉 빠지며 정신이 아득해졌다.

뎅~

어디선가 커다란 종이 자신의 머리를 강타하는 듯 모든 생각이 뒤죽박죽되어 버렸다.

그리고…

온몸이 나무처럼 뻣뻣하게 굳어져 버렸다.

이교옥과 현통이 잡고 있던 손과 팔꿈치를 지나 어깨와 가슴 어림까지 점혈했을 때 이미 마 총관은 모든 기력을 잃어버렸다.

무수한 손들이 여기저기서 뻗어 나와 혈도란 혈도는 모두 짚어갔기 때문이다.

'……'

뒤로 넘어가는 마 총관 뇌리에 마지막으로 떠오른 생각은 진금행이 그 사실을 어떻게 알고 있는가 보다는 도대체 회음혈을 짚은 놈이 누굴까 하는 궁금증이었다.

회음혈(會陰穴).

사람의 몸에 항문과 생식기 사이에 있는 중요한 혈도.

하지만 이놈은 너무나 무공이 달리는 놈이 분명했다.

회음혈을 짚는다는 게 실수로 손가락을 항문 속으로 푹 찔러 넣었으
니 말이다.

하지만 마 총관은 절대로 알 수가 없었으리라.

우문하가 원래부터 노렸던 것은 절대로 회음혈 따위가 아니었음
을…….

"끄응~"

무거워진 머리를 간신히 일으킨 마 총관은 곧 자신 앞에 떡 버티고
있는 떡 벌어진 체격에 숨이 턱 막혀왔다.

'진금행!'

갑작스레 요란한 경고음이 마 총관 귀에 연이어 폭죽처럼 터지고 있
었다.

"왜 나를……."

"몰라서 묻나?"

비릿하게 웃는 진금행의 웃음.

아주 교활하고도 심술맞고도 지랄맞은 진금행의 성격을 그대로 나
타내 주는 보기 역겨운 그 비릿한 웃음이 진금행의 입가에 떠오르고
있었다.

절대로 제 아비인 진충덕 앞에선 보여준 일이 단 한 번도 없던 그 웃
음이!

'그러니 그 아비가 그리 눈이 먼 게야!'

괜히 억울해진 마 총관이 진금행의 얼굴을 마주 쳐다보았다.

"왜? 개가 주인을 잡아먹고 나니 주인의 아들까지 마저 잡아먹고 싶어졌나 보지?"

"듀인?"

마 총관이 이해하지 못하겠다는 듯 반문하자 진금행이 마 총관의 먹살을 힘껏 움켜쥐었다.

"내 아버님! 그리고 내 어머님! 아니, 내 아버지를 노리고 왔으니 개 같은 년이라고 해야 하나? 아니면 날 낳아주셨으니 그래도 어머니라 불러야 하나?"

으르렁거리는 진금행의 말엔 왠지 알 수 없는 아픔이 가득 채워졌다.

하지만 그 말을 들은 마 총관의 반응은 전혀 뜻밖이었다.

"그분을 욕되게 하디 말아라! 그분은 하늘의 선녀보다 더 착하띤 분……."

"오호~"

이미 제압당한 몸임에도 대들듯이 악을 써대는 마 총관이 신기했기 때문이었다.

"마교의 개잡종이 무림맹의 여식에게 반했나 보군."

진금행이 알겠다는 듯 고개를 끄덕이고는 다시 마 총관의 귀를 핥으려는 것처럼 바싹 다가가 속삭였다.

"어때? 내 어머니의 속살이 보드랍던가? 아니, 가만… 내가 진충덕이란 사람의 아들이 아니라 비쩍 마른 네놈의 자식일지도……."

"닥텨! 그 더러븐 입 닥텨! 그분은 성스런 분! 네놈이 그렇게 내뱉을

분이 아니따다! 내가 모따는 듀인에게 어울리는 분이 있다면 바로 그 분뿐이었고, 그 성스런 분에게 딱 맞는 남자가 있다면 내 듀인뿐이었뜨니까!"

마 총관의 외침은 처절했다.

비록 제압당한 몸이 아니었다면 감히 그 욕을 들은 귀라도 자기 자신이 잘라냈을 만큼의 분노가 그 안에 담겨 있었다.

그 모습이 의외였는지 진금행 또한 뒤로 한 발 물러서 의아한 듯 마 총관을 바라보았다.

"어라라? 웬 뒤늦은 충성? 목숨을 구걸하려고? 이미 늦었어. 난 주인을 무는 개는 절대 용서 안 하거든? 아무리 금슬이 좋은 부부라 해도 여자는 남자를 감시하러 왔는데 잘 어울린다니? 그런 궤변은 때려쳐!"

진금행은 미소를 띠며 이죽이고 있었지만 그 내용은 비장하기 짝이 없었다.

미쳐 버린 아비, 그런 아비를 감시하기 위해 파견된 어미, 그리고 주인의 뒷등에 비수를 꽂기 위해 기다리던 수하.

그 모든 것에 대한 분노가 진금행의 말속에 올올이 맺혀 있었다.

마 총관도 그 같은 사실을 알고 있었던 것일까?

축 늘어진 눈꺼풀을 힘있게 내리감고는 조용히 뇌까렸다.

"됴타! 듀겨라! 듀기고 띠프면 듀겨라! 하디만 한 가디는 분명히 알고 있어다오! 내 안듀인은 바깥듀인을 뎡말 따랑하뎠다. 내 바깥듀인은 안듀인 마님을 뎡말 따랑하뗬고. 그리고⋯ 듀인들이 거느리던 따람들은 모두 듀인을 딘뎡으로 따랑하고 따랐다. 설령 지옥에 들어가는 일이 있더라도 따랐을 만큼⋯⋯. 단지 듀인들이 낳은 놈이 디랄마즌 놈이란 게 문제였띠만! 듀겨라! 하디만 내 앞에서 더 이상 그분들을 욕

하던 말아라!'

"좋아!"

마 총관의 말이 끝나자마자 진금행은 준비해 둔 검을 힘껏 뽑아 들었다.

하지만 들고 있는 그 검을 쉽게 내려치진 못했다.

그 무언가 자신이 알고 있지 못하는 사실.

분명히 있지만 자신은 모르는 그 사실이 자신의 뒷목을 잡아끌고 있었기 때문이다.

"그렇게 따르던 사람들이라면……."

검을 높이 들어 올리고는 머뭇대던 진금행이 조용히 낮은 음성으로 말을 건넸다.

"왜 배신을 한 거지? 그렇게 사랑했던 어머니께선 왜 몸종들과 손을 합쳐 아버님을 감시했던 거지? 그렇게 따르고 사랑하고 화목한 가문이 왜 이렇게 무너진 거지? 그리고 왜 그 주인이 미쳐 돌아가는지 실험하고, 정작 미치게 되자 사정없이 버린 거지? 그래고 왜 나를 만나러 온 거지?"

진금행은 억울하다는 듯, 아니, 모든 것이 정말 이해할 수 없다는 듯 마 총관을 향해 묻고 있었다.

아니, 그것은 세상에 대한 물음이었는지도 몰랐다.

"그건……."

마 총관도 그것을 알았는지 감았던 두 눈을 떴다.

"아마도 이 떼땅이 무림이라서 그렇겠띠! 그게 잘못이었어. 따람이 발을 딛고 사는 이 떼땅이 무림이란 게……."

진금행이 재미있다는 듯 허공으로 고개를 들고 푸훗~ 하는 웃음을 토해내었다.

하지만 그도 잠시, 곧 고개를 돌려 마 총관을 보며 이를 갈아붙이고는 쏘아붙였다.

"이 세상이 무림이라서? 그래서? 그게 이유인가? 그게 이유란 말이지! 좋아, 망할 무림! 내가 없애야겠지! 서로 죽고 죽이는 이 무림에 한 목숨 더 보태야겠지! 그게 바로 네 목숨이야!"

참을 수 없는 분노가 치밀어 올랐음인가, 진금행의 검이 사정없이 마 총관의 목을 향했다.

마 총관은 도리어 잘됐다는 듯 눈을 감고 조용히 진금행의 검을 맞이하고 있었다.

너무도 편안해 보이는 얼굴, 모든 짐을 다 벗어버린 듯 한없는 안락함이 마 총관의 얼굴은 물론 길게 내민 혀 위에까지도 내려앉아 있는 듯 보일 정도였다.

하지만 진금행의 검은 마 총관의 숨통을 끊어놓지 못했다.

진금행의 검과 마 총관의 몸뚱어리 사이를 그 무언가가 막아섰기 때문이다.

진금행은 두 눈을 크게 뜨고 자신의 검끝을 쥐고 있는 손을 보았다.

손. 하지만 분명하지 않았다.

흡사 안개에 휩싸인 듯, 검은 연기가 손임에 틀림없을 그것을 보이지 않게 하고 있었다.

아니, 검은 연기가 아니었다.

무언가 봄날의 아지랑이 같은 그 흐릿한 그 무엇인가였다.

진금행의 눈이 자신의 검끝을 지나 팔이라 짐작되는 부분을 지나 몸통과 그 위에 얼굴이라 짐작되는 부분을 노려보았다.

있었다. 하지만 없는 것과 다르지 않았다.

손과 마찬가지로 그 무엇인가가 뿌옇게 모든 것을 지우고 있었다.

그리고 그 뿌연 그림자가 카랑카랑한 목소리를 내고 있었다.

"개가 죽을죄를 지었다면, 그 개를 푼 주인의 죄는 더욱 큰 것이겠지."

사람의 고막뿐 아니라 마음속까지 파고드는 목소리.

하지만 겉으로 보이는 신형만큼 그 목소리 역시 종잡을 수 없는 목소리였다.

까마귀의 울음소리와 같기도 하고, 밤중에 떠도는 발정난 주인 없는 고양이의 울음소리와 비슷하기도 했으며, 또 어떤 면에선 아이에게 들려주는 어머니의 자장가처럼 편안하기도 한 종잡을 수 없는 무엇인가가 그 목소리에 들어 있었다.

눈을 감고 죽음을 기다리던 마 총관의 고개가 땅에 튕겨진 공처럼 발딱 들려졌다.

"교듀!!"

단말마의 비명과도 같은 부르짖음.

마 총관의 외침은 흡사 어머니를 찾은 아이의 울음과도 같은 울림이 있었다.

뿌옇게 흐린 신형의 고개가 천천히 돌아갔다.

눈알에 재를 뿌리고 한참을 비비고 눈을 뜬다면 재와 눈물에 뒤범벅이 되어 보이는 사람의 모습이 그런 것일까?

분명 고개가 돌아갔다는 것은 알겠지만 어떻게 생겼는지, 아니, 어떤 옷을 입었는지도 분명하게 보이지 않는 사람이 신비로운 목소리로 마 총관에게 말했다.

"참으로 오랜만이구나. 내가 너에게 너무 무거운 짐을 지웠구나."

"아닙니다, 교듀! 성세천추(盛世千秋) 천하오시(天下傲視)! 명교의 됴따 마불통이 교듀를 뵙뜹니다요!"

마 총관의 부르짖음이 허공을 가득 채웠다.

그리고 그 목소리가 조천대원들의 신형을 빳빳하게 굳게 만들어 버렸다.

성세천추 천하오시!

세상에서 그토록 오만한 외호를 지닌 사람은 단 한 사람밖에 없었다.

또한 그 사람만이 그런 외호를 능히 어깨에 짊어질 수 있었다.

십 만 교도의 우두머리.

바로 명교라 불리는 일월교의 교주, 그 사람뿐이었다.

또 다른 세상의 절대적인 지배자!

아무도 그 본래 모습을 본 사람이 없고, 그 본래 모습을 본 사람들 중 살아남은 자가 없다는 전설을 만들어낸 사람.

"이 아이를 살려주겠는가?"

교주의 머리라 짐작되는 어슴푸레한 그것이 다시 진금행을 향했다.

하지만 진금행으로서는 살려주고 싶지 않아도 살려줄 수밖에 없었다.

마불통의 원래 주인이자 마교의 교주가 눈앞에 있는데 그 눈을 벗어나 어찌 죽일 수 있겠는가.

더더구나 교주의 손가락 끝에는 진금행의 검끝의 조각만이 들려져 있을 뿐이었다.

검의 손잡이는 아직 진금행의 손아귀 속에 있었지만 검병(劍柄)과 마교 교주의 손가락 끝에 남은 검신의 끝 조각만 빼고는 모두 먼지로 향해 바람에 날아가 버렸기 때문이다.

진금행은 이제 손잡이밖에 남지 않은 것을 보고는 빙긋 웃었다.

"애당초 죽이려곤 안 했소. 그저 겁만 주려 했지."

무거운 적막.

마교 교주가 나타났다는 충격적인 사건이 만들어낸 적막을 뚫고 억울하다는 듯한 외침이 허공을 갈랐다.

"어쩐지 너무 쉽게(!) 편안히(!) 죽인다 했어!"

아예 죽는 게 나을 뻔했던 공포스런 경험을 했던 우문하의 너무도 억울한 항변이었다.

자기 자신은 죽고 싶어도 죽지 못하는 고통을 경험했는데, 어쩐지 저 노인에겐 너무도 손쉬운(?) 죽음을 선물하는 게 큰 불만이었던 게 틀림없었다.

공간 속에서 교주의 어른거리는 그림자가 순간 움찔거렸다.

하지만 그도 잠시 다시 까마귀와도 같은 긁는 듯한 목소리가 들렸다.

"내가 미처 몰랐군. 그런 줄 알았다면 나타나지 않았을 것을……."

"아닙니다! 이 미천한 놈의 잘못으로 교듀께서 이리로 발걸음을 하셨뜨니 이 못난 놈의 잘못입니다!"

마 총관은 길게 부르짖고는 고개를 까딱대다가 곧 두 눈에서 눈물을 흘렸다.

아마도 할 수만 있다면 바닥에 머리를 찧고 죽어버리려다 마혈이 제압당해 그 뜻을 이루지 못한 게 분명해 보였다.

"문추룡은 잘 있지?"

교주의 물음에 마 총관이 고개만 약하게 위아래로 끄덕일 뿐 대답을 하지 못했다.

교주의 대가리라 짐작되는 한쪽 공간이 어슴푸레하게 일렁댔다.

아마도 고개를 돌려 주위를 둘러보는 게 분명하리라.

"날 탐탁지 않게 여기는 사람들이 많은 것 같군."

한참 둘러보던 교주가 한마디 던졌다.

아닌 게 아니라 그 또한 사실이었다.

구대문파와 마교는 같은 하늘을 이고 살지 못하는 존재가 분명했고, 이곳에선 구대문파에 몸담은 사람이 넷씩이나 되었으니까.

이교옥이 흥미롭다는 듯 교주를 보다가 문득 물었다.

"당신이 천하에 진정한 모습과 얼굴을 보인 적이 없다던 바로 천하오시(天下傲視)?"

이교옥의 물음에 공간 한쪽이 위아래로 일렁였다.

"과연……."

그 모습을 본 이교옥이 이제 알겠다는 듯 신기하단 눈빛을 던졌다.

항상 저렇게 희뿌옇게 일렁이고 있다면 누가 마교 교주의 얼굴을 볼 수가 있겠는가.

"무슨 소리! 탐탁지 않긴! 너무나 반가워하는 사람도 있어!"

현통이 교주를 노려보며 일갈했다.

하지만 현통의 시선은 교주의 몸통 한가운데 부분, 즉 손이 있을 거라 짐작되는 부분만 사정없이 노려보고 있었다.

만약 현통의 시선이 조금만 더 강했더라면 일렁이는 교주의 허깨비 같은 부분을 휘저어 손마디에 있는 뼈마저도 갈라냈으리라.

"여긴 거북하군. 잠시 우리 둘만 얘기했으면 하는데."

거무튀튀한 현통의 면상이 자신의 손 부분을 노려보는 시선이 부담스러웠는지 교주가 문득 말을 꺼냈다.

"지금 내게 얘기하는 것이오?"

"내가 다른 건 몰라도 네 아비를 어릴 때부터 키운 사람이다. 아무렇게나 말하는 건 참기 거북하군."

진금행의 뜻 모를 질문에 교주가 기분이 상한 것 같았다.

하지만 진금행은 교주의 대가리 부분을 노려보며 다시 물었다.

"지금 다른 사람이 아닌 날 보고 얘기하는 것이오?"

하지만 진금행은 군이 확인해야겠다는 듯 똑같은 질문을 던지는 게 아닌가.

물론 천하오시. 즉, 하늘 아래 모든 존재를 오만하게 눈 아래 내려다본다는 교주의 모습이 저 모양 저 꼴이니 진금행이 확인하는 것도 당연한 일이었다.

하지만 뿌옇게 흐려져서 보이지 않는 게 아니라 너무도 확연하게 보인다는 듯 진금행의 눈은 한 점에 모아져 쏘아보고 있는 게 이상하지 않는가.

그 점을 교주 역시 이상하게 생각했는지 허공을 긁어낼 듯한 목소리가 다시 들렸다.

"넌 내 진정한 모습이 보이는 것이냐?"

하지만 진금행은 그 말엔 대꾸도 하지 않고 같은 질문만 하고 있었다.

"지금 나더러 말하는 것이오?"

조금씩 바뀌었지만 같은 내용의 질문.

하지만 그 질문을 받는 교주의 그림자가 순간 크게 흔들리는 것을 모두 똑똑히 볼 수 있었다.

"나에게 하는 말이 맞다면, 좋수다. 우리 둘이 따로 할 말이 많겠군. 왜 우리 아버님을 소교주 자리에 올려놓고 나서 처참하게 지옥으로 떨어뜨렸는지."

진금행이 몸을 돌려 뒤돌아가자 종리우와 온양이 그 뒤를 바싹 따랐다.

그리고 온몸에 털이란 털은 모두 타버려 벌거벗어 검붉은 속살을 내밀고 살아가야 하게 된 민둥머리 종리혁이 진금행에게 몰래 속삭였다.

"내가 모, 몰래 따라갈까? 마, 마교 교주의 눈은 속일 자신이 어, 없지만……."

다른 사람도 아닌 마교 교주였다.

그런 사람과 조천대의 대주를 단둘이 보내기엔 너무도 위험한 일이었다.

"누가 걱정되는 거야? 마교 교주 따위가?"

한 켠에서 보고 있던 구잔양이 우습지도 않다는 듯 한마디 툭 던졌다.

"……!"

진금행의 뒤를 따르던 종리 형제와 웃는 얼굴의 온양의 몸이 그 자리에 굳었다.

말이야 맞았다.

만약 마교 교주와 진금행 단둘이 으슥한 곳에 있다면 정말 골머리를 싸매고 걱정해야 할 사람들은 다름 아닌 마교 교도들이리라.

구잔양의 말을 들은 교주의 일렁이는 신형도 순간적으로 멈칫거렸다. 그리고 싸늘한 냉기를 던지는 구잔양의 눈을 한동안 바라보는 듯하던 교주의 신형이 진금행의 뒤를 따랐다.

"놈, 마음에 드는군!"

교주의 신형이 사라지면서 마지막으로 남긴 말소리가 구잔양의 귀에 똑똑히 들렸다.

"난 네놈이 맘에 안 들어. 바로 그 신비스러운 척하는 작태가!"

구잔양이 겁없이 킥킥대며 조용히 혼잣말처럼 중얼거렸다.

제 6 장

시선 —교주 눈 둘 곳을 모르고, 마 총관 몸 둘 곳을 모르다

시선

"좌사를 용서해 다오. 그 사람은 죄가 없다. 왜냐면 저지른 잘못이 없……."

"지금 날 보고 얘기하는 거요?"

"으흠……."

마교 교주와 진금행은 양추산 절벽에 걸쳐 있는 높은 언덕에 엉덩이를 맞대고 나란히 앉아 이야기를 주고받는 중이었다.

언덕 아래로 구릉이 이어졌고 그 아래론 절벽이 자리 잡고 있어 멋진 풍경이 발 아래 펼쳐져 있는 그곳엔, 어느덧 일렁이는 신형을 지워 버렸는지 온몸에 운문(雲紋)이 새겨져 있는 은색의 도포를 몸에 걸친 노인과 너무도 옆으로 퍼져 있는 진금행의 모습을 볼 수 있었다.

은색의 멋진 도포는 과연 마교 교주의 신분이 얼마나 높은지 한눈에 보여주듯 섬세하고도 품격이 높아 보였다.

하지만 정작 그 옷을 걸친 인물은 그 옷엔 어울리지 않을 만큼 왜소하고도 깡마른 늙은이가 아닌가.

게다가 늙어 주름으로 가득 찬 얼굴을 보자면 매부리코와 쭉 째진 강퍅해 보이는 눈매, 그리고 녹록한 성질과는 거리가 멀어 보이는 얇고 작은 입이 얼굴 한가운데 똘똘 뭉쳐 있었다.

아니, 얼굴에 눈, 코, 입만 뭉쳐 있는 게 아니었다.

길게 찢어진 눈 한가운데 있어야 할 눈동자가 한가운데 치우쳐 있는 게 아닌가.

그랬다.

사팔뜨기!

마교 교주는 일명 사시라 불리는 사팔뜨기였던 것이다.

천하오시(天下傲視), 즉 세상을 오만하게 굽어본다는 마교 교주가 한가운데로 모인 두 눈동자를 가졌으리라 누가 감히 상상이나 했겠는가!

"끄응… 사실 이 세상은 눈에 보이는 게 다가 아닌 경우가 있단다. 그래서 사람들은 때때로 잘못 보고……."

"교주처럼 말이오? 내 하나 물어봅시다. 그런 눈동자를 가지면 세상이 어떻게 보이는 거요? 이봐요, 교주 늙은이! 지금 내가 말하지 않소! 그러니 날 보고 대화하는 게 예의인 것 같은데?"

"끄응~ 난 지금 널 똑똑히 보고 있다! 그럼 내가 뭘 보고 있다고 생각하느냐! 안 그래도 작은 눈알이라 눈을 맞추기가 힘들기 짝이 없는데!"

진금행이 그제야 뒤통수를 벅벅 긁으며 민망하단 표정을 억지로(!),

의도적으로(!) 나타내고 있었다.

"아항~ 그런 거요? 에이, 제기랄. 그 종리혁인가는 눈이 너무 멀어 적응이 안 됐는데, 간신히 적응했다 싶었더니 이젠 또 괴상한 눈을 가진… 어이, 영감. 방금 딴 데 보고 있었지! 이 양반, 정말 기본이 안 되어먹었네."

"끄으응~ 그래, 나 먼 산 봤다."

마교 교주는 오늘 엄청 참는 게 분명했다.

하지만 그 부글부글 끓어오르는 속내를 참기 위함인지 고개를 홱 돌려 발 아래 먼 곳을 쳐다봐야만 했다.

"……."

한동안 기묘한 이 둘 사이엔 아무런 말도 오가지 않았다.

마교 교주가 어떤 사람인가. 그 존재만으로도 사람들의 심장을 터뜨릴 만한 가공한 능력의 소유자가 바로 마교 교주였다.

하지만 맹세코 마교 교주는 진금행 같은 자를 만나보지 못했으리라.

자신의 기세에도 억눌리지 않고 이죽대는 저 천부적인 능력.

물론 진금행 천성이 염라대왕과 붙어도 전혀 꿇리지 않을 놈이기도 했지만, 지금 진금행은 이미 그 단계를 훨씬 넘어서고 있다는 걸 마교 교주는 알 수가 없었다.

무림맹 귀역에 있는 사부와 살을 부대끼며 살았던 인물이 바로 진금행이었다.

무림맹주가 평하길, 자신은 황하강의 물방울에 지나지 않지만 그 신비인은 바다와도 같다고 했던 사람.

그런 사람과 댓거리질을 일삼으면서도 당당하게(?) 살아남은 사람이 바로 진금행이었으니 지금 마교 교주의 수준이 두세 배 이상 높아지지 않는다면 진금행에겐 콧속에 코딱지 정도의 취급밖에 받지 못하리라.

결국 마교 교주는 진금행을 만나 엄청 당황하고 있는 중이지만, 신비인의 제자(?)를 자처하는 진금행에겐 마교 교주쯤은 너무나도 손쉬운 상대가 분명했다.

산들바람이 둘 사이를 헤집고 들려다가 푸짐한 진금행의 옆구리 살에 밀려 샐쭉해진 채 마교 교주의 은발 위로 타 넘고 있었다.

얼마 동안인가 말이 없던 두 사람.

하지만 어찌 됐든 볼일이 있어 온 건 마교 교주였다.

먼 산을 보며 혼잣말하듯 중얼거린 마교 교주의 말이 잔잔한 바람에 실린 채 허공을 부유하고 있었다.

"예전에 사랑하던 아이가 있었네. 노비 출신의 비천한 몸이었지만 우리 명존(明尊)을 모시는 사람들 사이엔 애당초 세속의 신분은 문제가 아니었지. 그 아이를 진정 아끼고 사랑했네. 가정을 이루지 못한 내게는, 어머니와 나를 버렸던 아버지가 싫어 나 또한 자식을 낳지 않았던 나에게 그 아이는 아들과 다름없었지. 아니, 아들보다 더 귀한 존재였어. 눈에 넣어도 아프지 않을 만큼."

"에이~ 그 눈에? 그 몰린 눈동자에 넣기엔 너무 푸짐해. 그 얘기 우리 아버지 얘기 아니었수? 그 몰린 눈동자엔 너무 무리라구."

교주의 고개가 발작하듯 옆으로 홱 돌아가 진금행을 쏘아보았다.

"어라? 쏘아보는 거유? 아니면 먼 산 보는 거유? 지금 날 보긴 보는 거……."

진금행이 고개까지 갸웃거리며 되묻자 마교 교주의 고개가 다시 힘없이 정면을 향했다.

"끄으응~ 먼 산 봤다. 왼쪽 산들은 어떻게 생겼는지 궁금해서."

진금행도 계면쩍었는지 고개를 정면으로 향하고는 아무 말도 없었다.

기묘한 젊은이와 괴상한 늙은이.

둘 사이엔 또다시 정적이 찾아왔고 그렇게 한동안 시간이 흘러갔다.

"그리고……."

이번 적막은 진금행이 깼다.

"거 이상한 기운으로 일렁일렁거리면서 허깨비처럼 하고 다니지 마슈. 보는 사람 겁먹고 놀란다우. 거 눈이 그런 거야 어쩌겠수. 그렇다고 그쯤에 마교의 교주쯤 되는 사람이 자격지심 때문에 잔꾀를 부려 본모습을 감추고 거창하게 천하오시라고 하면서 떠벌려서야 되겠수?"

진금행의 말이 길어지는 것과 동시에 마교 교주의 오른손이 땅속으로 천천히 파고들고 있었다.

둘이 엉덩이를 붙이고 주저앉아 있는 곳은 거대한 암석이었음에도 흡사 두부처럼 손쉽게 교주의 손아귀에서 부서지고 있는 것이다.

"날 보쇼. 이렇게 잘생기고 천하절정의 무공을 지니게 된 천형(天刑)에도 잘 살고 있지 않수. 다 생각하기 나름이라오. 아참, 그런데 혹시 그 사람 아슈?"

진금행은 말하다 말고 불쑥 생각난 듯이 묻자 교주의 고개가 진금행 쪽을 향했다가 급히 앞으로 돌아갔다.

분명 진금행이 자신을 보고 얘기하는 거냐고 물을 게 분명했기 때문이었다.

그리고 그것은 마교 교주에게 있어선 너무도 두려운 일이었다.

"혹시 무림맹에 있는, 죽어도 죽지 않고 늙어도 늙지 않는 사람에 대해서 아는 바 있수?"

마교와 무림맹은 극과 극인 단체.

자연 서로에게 간자를 심어두고 있을 건 분명한 사실이었으니 진금행이 에둘러 교주에게 무림맹에 대해 묻는 것이 보다 더 확실하게 알 수 있는 방법일지도 몰랐다.

"그 사람……."

교주의 눈알이 더욱더 가운데로 몰리면서 먼 산을 바라보며 말끝을 흐렸다.

"나보다 더 잘 아는 사람은 없지……."

"그러슈?"

진금행이 반색하며 상체까지 기울이고는 그 사람에 대해 물어보려 할 때였다.

"하지만 우리에겐 눈앞에 닥친 일이 있지 않은가. 그 일을 해결하려면……."

"눈앞에 닥친 일이라……."

교주의 말에 진금행이 의미를 알 수 없는 비웃음과 함께 교주의 얼굴을 쳐다보았다.

눈.

그것도 한가운데로 몰린 눈.

몰려도 너무나 과도하게 중앙으로 쏠린 눈.

마교 교주에게 있어서 그 사실은 너무나 큰 치명타였다.

"우리 앞에 닥친 일이라고 해둠세. 아무튼 내가 왜 자네를 찾아왔는지 아는가?"

"서로 생각이 다르고, 가치관이 다르고, 세상 보는 눈! 바로 그 눈이 다른데 어찌 알겠수?"

"으흠……."

마교 교주의 얼굴은 또다시 눈앞의 먼 산을 향했다.

"육충덕, 아니, 이젠 진충덕이라고 부르더군. 아무튼 그 아이는 내게 있어 단 하나의 제자였으며, 단 하나의 아들이었으며, 내 눈에 넣어도… 아니아니, 내 영혼까지도 아낌없이 주고 싶은 존재였다네."

이번엔 진금행도 가만히 있었다.

그냥 담담히 시선을 먼 산에 같이 던지며 정면만 묵묵히 보고 있었다.

내심 가슴을 쓸어 내린 교주가 다시 천천히 말을 이었다.

"난 그 아이를 너무도 아낀다네. 그러니 자네는 내 손자가 되고 내 사손이 되니 난 자네 또한 아끼지 않을 수가 없다네."

"……."

이번에도 진금행은 아무런 딴지도 걸지 않고 잠자코 있을 뿐이었다.

'됐어. 이놈이 그래도 진지해지고 있어!'

마교 교주는 그 같은 진금행 태도에 흥분했는지 더욱더 눈알이 가운데로 몰리고 있었다.

"왜 내가 육충덕, 아니, 진충덕을 그렇게 버려두는지 아는가? 왜 마불통, 그 아이가 그 아이를 감시해 왔는지 아는가? 바로 아끼기 때문에 보호하려고 그런 것이네. 너무도 아끼기 때문에."

마교 교주는 거기까지 진정으로 애달프게 말하고는 천천히 조심스럽게 고개를 왼쪽으로 돌렸다.

두근거리는 가슴을 안고.

하지만 진금행은 교주를 쳐다보지도 않았고, 눈을 맞추려고 하지도 않았으며, 눈 가지고 뭐라고 타박하지도 않았다.

그저 묵묵히 듣고만 있을 뿐이었다.

"마불통이 왜 그 아이가 마혈의 주인으로 변화할지 시험해 봤겠는가? 너무도 아끼기 때문이지. 마불통이 그렇게 급하게 일 처리를 한 것은 바로 혈첩 때문이야. 만약 그것만 아니었다면 마불통은 그러지 않았겠지. 지켜보고 따르고 충성하다가 만약 마혈이 발동한다면 목숨을 던져 막아내고, 또 다른 한편으론 세상 무림인으로부터 보호했을 것이네. 그런데 그 빌어먹을 혈첩이 나타난 게야, 그 혈첩이!"

그때 불쑥 진금행이 말을 건넸다.

"그래, 왼쪽 산은 멋있게 생겼수? 아까 보니 그리 오래 볼 만한 산은 아닌 거 같던데, 뭘 그렇게 열심히 보우?"

"끄응~ 저 산에 혹시 객잔이라도 있는가 해서. 아까부터 배가 고프더군."

교주의 고개가 자동적으로 정면으로 돌아오면서 궁시렁거렸다.

하지만 이대로 아까운 기회를 흘려 보낼 수는 없었다.

눈 가지고 뭐라 하든 말든 일단 자신이 말할 내용을 줄줄 읊어내는 수밖엔 없었다.

"혈첩엔 고검사신의 무공과 영혼이 담겨 있지. 그걸 진충덕이 알게 된다면… 정말 고검사신이 강호에 등장하게 되지. 그걸 막아야 하네. 그러자면 진충덕의 마혈이 과연 발동하는지 알아볼 필요가 있었지. 무림맹주와 뜻을 합쳐서 그걸 알아봐야만 했네. 그 결과는 결국 우려했던 대로였지……."

교주는 순간적으로 자신의 말을 잘 알아듣는지 알아보려 하마터면 고개를 왼쪽으로 돌릴 뻔했다.

다급히 목뼈에 힘을 주어 정면 쪽을 향하며 고정시키고는 다시 말을 이었다.

"이젠 방법이 없다 생각하고 모든 걸 포기하려 했네. 하지만 조그마한 희망이 생겼네. 바로 마혈 주인의 능력은 정말 대단한 것이었지만, 마혈을 따르는 사대봉공은 예전 사대봉공이 아니었네. 그들은 도리어 우리보다 더 마혈의 주인을 두려워하고 없애려 했지. 마혈의 주인을 없애고 혈첩 안의 무공을 얻는다면 자신들이 고검사신이 되리라 생각한 거야. 바로 그 점에 우린 집중해야 하네. 그런데 일은 더 복잡해졌네."

"……."

'잘돼가는군!'

교주는 진금행이 묵묵히 있자 가슴을 쓸어 내리고는 다시 말을 이었다.

"사대봉공과 무림맹의 오대세가가 손을 잡았다네."

"그 둘이? 손을?"

진금행이 의외였는지 고개를 돌렸다.

교주는 고개를 끄덕였다.

"그래, 적이지. 적들끼리 손을 잡은 게야. 자네도 오래 살게 된다면 흔히 보게 될 일이네. 그리 이상한 일은 아니지. 간혹 가다 보면……."

교주의 말을 진금행이 받았다.

"때로는 친구로부터 받는 것보다 적에게 얻는 것이 더 많을 때도 있지."

진금행의 이해력이 빠른 게 흡족한지 교주가 얇은 입술을 움직여 씨익 웃었다.

"그뿐만 아니야. 혈첩의 매력, 또 그 결과 얻게 될 달콤한 권력. 거기에 부나방처럼 장강수로맹이 걸려들었지. 오대세가, 사대봉공, 장강수로맹. 그 셋이 손을 합친다면 능히 무림맹이나 우리 일월신교보다 더 큰 세력을 이룰 수 있지."

"그럼 교주도 무림맹의 그 어벙한 영감탱이와 손을 잡지 그러슈?"

진금행의 대꾸에 교주의 고개가 가로저어졌다.

"뜻은 같아. 무림맹의 진근양 맹주 역시 자네 아비를 아낀다네. 자신의 사위일 뿐만 아니라 그 아들이자 자신의 외손인 자네를 사랑하기에."

진금행이 어이없다는 듯 고개를 돌리며 칫 하는 비웃음을 날렸다.

"힘들군. 너무 인기가 좋아도, 너무 잘생겨도 탈이라니까."

교주는 그 말이 농담이 아님을 본능적으로 알아차리고는 믿기지가 않아 잠시 입을 헤벌레~ 벌렸다가 곧 정신을 차렸다.

"하지만 손은 합칠 수 없지. 오대세가가 빠진 무림맹은 명교라면 이를 가는 구대문파와 맹주 세력만 남았을 뿐이고, 우리 명교 역시 구대문파라면 이를 가니까. 또한 명교가 섣불리 발을 담갔다간 전 무림이 전쟁으로 빠져들 게 뻔하다네. 더더구나 명분도 없지. 마혈의 주인을 지키기 위해 무림맹과 명교에게 희생을 요구할 수도 없으니 말일세. 결국 진충덕을 아끼는 사람들끼리 손을 합쳐야 하지. 그것도 아주 은밀하게. 그리고 혈첩이 진충덕에게 가기 전에 아주 재빠르게. 그래서 마불통이 자네한테 온 거야. 자네를 보호하려고, 사대봉공과 오대세가, 그리고 장강수로맹으로부터."

이해가 안 된다는 듯 진금행의 고개가 다시 반대쪽으로 삐뚜름하게 돌아갔다.

"거 무림맹에 그 늙어도 늙지 않고 죽어도 죽지 않는 이상한 사람이 있지 않소. 그 사람이라면 고검사신 열댓 명이 덤벼도 끄떡없을 텐데?"

"그분은……."

마교 교주는 말을 하다 말고 가슴에 통증이라도 느끼는 것처럼 인상을 구겼다.

"없다고 생각하는 게 편할 걸세. 그러니 문제야. 무림맹주가 마혈의 주인을 지키기 위해 나설 수는 없고, 그렇다고 일월신교의 교주인 나 또한 그렇고. 결국 겉으로 나타나 진충덕을 지켜줄 사람은……."

"애꿎은 아들뿐이군. 결국 치매 걸린 노인 땜에 자식이 고생해야 한다 이 말이군."

마교 교주가 고개를 끄덕였다.

"자네밖에 없어. 듣자니 자네, 그분… 무림맹에 있는 신비인의 성취를 조금은 나눠가졌다더군. 믿지 않았지만 내 본래 모습을 꿰뚫어 보는 걸 보니 사실이란 걸 알겠네. 또 조천대란 조직도 훌륭하게 이끄는 걸 보니 마음이 든든하고. 하지만 무림맹주나 나, 모두 자넬 뒤에 숨어서 도와줄 수밖에 없어. 결국 한계가 있지. 마불통이나 문추룡, 그리고 자네의 조천대가 사대봉공과 오대세가, 그리고 장강수로맹을 상대해야 한다네."

진금행이·어이가 없다는 듯 또 한 번 피식 웃으며 커다란 엉덩이를 툭툭 털고 일어섰다.

"아예 지금 바위에 대가리 박고 죽으라고 하쇼."

터덜터덜 사라지는 진금행의 뒷모습을 가운데로 몰린 눈으로 지켜보던 교주의 고개가 아래로 꺾였다.

자신이 생각해도 말이 안 되는 말이었다.

사대봉공이 누구던가. 또 오대세가가 누구던가.

한 시대를 피로 뒤덮은 게 사대봉공이었고 거대한 무림맹을 거의 손아귀에 넣고 흔드는 오대세가가 아닌가.

거기다 장강수로맹이라면 그 세력이 건곤무적도 성윤위가 이끄는 녹림십팔채보다 더 크다고 알려진 세력이 아니던가.

그런데 자그마한(?) 진금행에게 그 커다란 세력과 상대하라고 했으니…….

마교 교주가 조그맣게 기운없는 목소리로 말했다.

"미안하네. 못 들은 걸로 하게나. 하지만 내, 자네만은 지켜주겠네. 그건 내가 따르는 명존 앞에서 맹세하겠네. 자네는 내 손자와 다름없으…….."

멀찌감치 멀어지던 진금행이 고개를 돌렸다.

"어라? 무슨 얘기유? 눈알이 가운데 몰린 걸 보니 귓구멍은 발바닥에 가 붙어 있나?"

"……?"

어이없기는 교주가 더했다.

몰린 눈을 멀겋게 뜨고는 진금행을 쳐다보자 진금행이 다시 비릿한 웃음을 웃었다.

"내 말은 사대봉공인가 하는 놈들하고, 오대세간가 하는 놈들, 그리고 그 장강 뭐시기란 놈들에게 한 말이오. 내 손에 걸리기 전에 아예 지금 바위에 대가리 박고 편안하게(?) 죽으라고 전하란 말이오."

한마디 내뱉고는 휘적휘적 걸어가는 진금행의 거대한 등짝이 한없이 믿음직하게 보이는 이유를 교주는 알 수가 없었다.

서둘러 따라 몸을 일으켜 졸레졸레 뒤따르며 종알종알 캐물었다.

"그랬는가? 난 또… 그런데 무슨 방법으로? 지금 어디 가는가? 무슨 계책이라도 있는가?"

쉴 새 없이 묻는 게 귀찮았는지 진금행이 걸음을 멈추고 뒤로 돌았다.

"일단 판을 키워야지! 판이 커져야 걸린 판돈이 커지고 그래야 주머니가 두둑해지는 법이우. 그러니… 아참, 교주 영감도 날 도와야겠수. 비록 쓸모는 없겠지만 하나의 손이라도 귀한 실정이니."

"물론 돕지! 도와! 단, 숨어서!"

마교 교주는 정신없이 고개를 끄덕이면서도 왠지 뒤꼭지가 찜찜해지는 걸 참을 수 없었다.

'판을 키워? 얼라리요? 판돈은 또 뭐야? 그리고 내 손이 쓸모없다구? 고얀 놈! 가만, 이럴 게 아니라 아예 확 지금 버릇을 고쳐 놓을까? 아니야, 그랬다간 이놈이 무림맹주에게 휘리릭~ 가버릴 우려가 있어. 그럼 이놈은 차기 무림맹주가 되고 우리 명교와… 그런 일이 있으면 안 되지. 이놈을 잘 구슬려 명존을 믿게 한 이후 우리 일월신교의 교주 자리를 물려줘야 하는데! 아니야, 그래도 버릇을 미리 고쳐 놓은 다음에……'

마교 교주의 고민은 그렇게 길지 못했다.

진금행이 답답하다는 듯 툭 던지는 말이 교주의 머리 속을 채웠던 상념을 달아나게 만들었기 때문이다.

"어이, 그런데 지금은 날 보고 있는 거요? 아니면 객잔을 찾는 거유? 거 헷갈리네."

"으응, 먼 산……."

교주는 긴 생각 끝에 짧은 답을 하고는 진금행 뒤를 쫄랑쫄랑 따라가고 있었다.

"저 노인은 누구야?"

이교옥이 이상하다는 듯 물었다.

이상해도 정말 이상한 일이 분명했다.

틀림없이 엄청난 마교 교주와 함께 나간 게 분명한데, 정작 돌아온 건 괴상하고 앙상하게 마른 왜소한 노인이었으니…….

거기다 그 노인의 얼굴이란 게 한없이 가운데로 몰렸으며, 거기다 안 그래도 몰린 눈 안의 눈동자는 더욱더 중앙으로 쏠렸으니 괴상하기 짝이 없는 노인이 아닌가.

"으응, 별거 아니야. 그 마교인가 뭔가 하는 곳에 있는 그 위대한 '천하오시'! 응? 그 천하를 눈 아래 놓고 부라린다는 그 커다랗고도, 멋있고도, 으리으리한 광채가 뻗어 나오는 눈알의 소유자인 마교 교주의 따까리야. 그렇지 않수, 노인장?"

"으응……."

마교 교주는 할 말을 잃고 고개를 끄덕이고만 있었다.

'이놈의 자식! 그런 말로 홀려놓고는!'

교주는 이를 으드득 갈아붙였다.

오면서 은근한 말로 권유하던 진금행의 목소리가 아직도 귓전을 울리고 있었기 때문이다.

"이봐요, 교주 영감. 교주도 그 지긋지긋한 자격지심에서 벗어나야 하지 않겠수? 그런 눈 가졌다고 이상하게 보고 킬킬대는 사람은 하나도 없수. 단지 눈 마주치고 얘기하기가 불편할 뿐이지. 그러니 교주도 본래 면목을 벗고 나타나시구랴. 뭐? 불안하고 한 번도 안 해본 일이라고? 잘못하면 명교 교주가 지닌 신비함이 없어질지 모른다구? 으흠, 그럼 이렇게 해봅시다. 일단 명교에 몸담은 후 교주와의 연락을 맡은 사람이라고 해둡시다. 교주 영감한테 듣자 하니 명교 교도가 십 만이나 된다며? 그러니 마 총관도 교주를 못 알아볼 거유. 한 번도 본래 얼굴 보여준 적이 없다면서? 아항! 그러고 보니 교주가 왜 결혼도 안 했는지 알겠군. 아니, 무슨 의도를 깔고 말한 건 아니니 화내지 마슈. 아, 거참, 사람이 말할 땐 눈을 마주치는 게 예의라니까! 이라? 보고 있었수? 암튼 같이 갑시다. 만약 얼굴 보고 낄낄거리는 놈도 영감을 명교의 교도 중 하나로 알 뿐 그게 교주인 줄 누가 알겠수? 그렇게 낄낄거리는 놈 앞에 교주로 나타나야 할 때는 다음에도 어른어른거리면서 헷갈리는 모습으로 나타나면 되잖수. 일단 부딪쳐 봅시다. 그래야 킬킬대는지 알 거 아니유! 거, 참나, 사람 눈 좀 맞추라니까! 말할 때는!"

진금행의 은근한 권유와 더욱더 은밀한 협박.

물론 그 말에 솔깃해지지 않았다면 거짓말일 것이다.

하지만… 악몽 같은 결과가 되지 않을까 했던 교주의 예상은 너무도 확실하게 적중했다.

교주를 보자마자 현통은 배를 잡고 뒤로 넘어갔고, 갑자기 머리 깎은 예쁘장한 여자 중이 폴짝폴짝 뛰어와서는 '오마나! 눈알에도 고름이 끼긴 끼는군요. 잠깐만 참으세요, 제가 쫘라락~ 빼드릴게요. 아미타불' 해대질 않나, 버럭 성질을 내서 이 모든 사람을 죽여 버리면 마음이라도 편해지지 않을까 싶어 한 사람 한 사람 쏘아보고 있을 때였다.

"미, 미, 미, 미, 미……."

갑자기 그중에 중도 아니면서 털 없는 대가리를 지닌, 아니, 눈썹을 비롯해 온몸에 털이란 털은 모두 홀라당 사라지고 없는 한 놈이 자신을 손가락으로 가리키며 온몸을 떨어대는 게 아닌가.

"어라? 네 형이 왜 저래? 어떻게 좀 해봐. 답답해서 뭔 말을 하려는
지 알 수가 있어야지."

진금행이 투덜대듯 종리우를 보며 말했다.

종리우 역시 마찬가지였다.

보통 더듬거리는 앞 대가리만 들어도 무슨 말을 하는지 알아들을 수
있는데, 지금은 무슨 말을 하려는 건지 도무지 알 수 없었기 때문이다.

"뭐가? 뭐가 미라는 거요?"

짜증 섞인 종리우의 물음에 종리혁은 검붉은 민대가리에 땀까지 흘
려가며 계속 더듬거리고 있었다.

"미, 미, 미, 미……."

하지만 종리혁보다 더 환장한 건 바로 교주였다.

'혹시 저놈이?'

자신이 바로 일월신교의 교주란 걸 알아차린 게 아닌가 하는 걱정
때문이었다.

만약 그런 일이 벌어진다면 명교의 체면은 그날로 떨어질 게 아닌가.

모두들 긴장해서 종리혁의 입만 쳐다보는데 드디어 한마디가 떨어
지고 말았다.

"미, 미, 미, 미식거려. 속이 울렁거린다구!"

최후의 한마디는 너무도 답답했는지 절규하듯 외치는 종리혁.

"뭐가?"

의아해진 진금행이 교주를 힐끔 쳐다보았다.

하지만 미식거리는 건 종리혁뿐만 아니었는지, 교주 또한 온몸에 땀
을 흘리며 속이 편치 않은 표정을 짓고 있는 게 아닌가.

"둘 다 보기 역겨운 쌍판대기지만, 그렇게 울렁거릴 정도는 아닌데?"

이교옥이 이해가 가지 않는다는 듯 혼잣말처럼 중얼거릴 때였다.

교주가 종리혁을 보며 기분 나쁘다는 듯 으르렁거렸다.

"넌 지금 어딜 보고 있는 게냐!"

"대, 대, 댁은 날 보고 있수?"

"그럼 넌 날 보고 있단 말이냐?"

"대, 대, 댁도 날 보고 있단 거였군!"

교주와 종리혁 사이에 오간 대화.

그제야 모든 사람들은 이해가 갔다.

두 눈 사이가 너무나 멀어 옆통수에 붙은 종리혁과 눈이 가운데로 지나치게 쏠린 교주가 서로를 바라보는 건 애당초 불가능한 일이었음을.

억지로 참고 서로의 눈을 마주 보려다가는 자동적으로 안구가 꼬이며 멀미를 한다는 사실을 말이다.

그것이 조천대원과 마교 교주의 첫 번째 만남이었다.

"당경은 어디 갔지?"

진금행이 당경을 찾자 불연이가 예쁜 눈을 더욱 크게 깜빡이며 대답했다.

"안 그래도 뱃속 고름이 걱정돼서 찾아다녔는데, 안 보여요. 혹시 다른 곳에서 뱃속 고름이 발작해 쓰러져 있다면 큰일인데……. 아미타불. 그때는 백 번을 짜내도 이미 너무 늦은 일일 텐데. 아미타불."

불연이 걱정되고 안타깝다는 듯 불호를 외자 어디선가 꾀꼬리가 울기 시작했다.

"힛꾹~ 힛꾹~ 힛힛꾹~"

당경을 찾기란 그 이후 너무도 손쉬운 일이 되었고, 당경의 비밀을 아는 사람이 많아질수록 당경의 비밀스런 자객행은 그만둬야 할 일이란 게 너무도 명백해지고 있었다.

　"내가 왜! 난 싫어! 거긴 이젠 안 가! 네놈이 이상한 놈임에 틀림없지만 마교까지 끌어들일 줄은 몰랐군! 잘하면 황제까지도 끌어들이겠어! 하지만 흑월회주, 그러니까 네 아버님을 내가 왜 지켜야 해? 그건 싫어! 난 그저 그 사람의 파멸을 보고 싶어! 아니면 내가 파멸하는 걸 내 눈으로 보던가!"

　당경은 독한 놈이다.

　불에 뛰어드는 부나방처럼 그저 죽음을 향해 맹목적으로 치닫는 존재에 지나지 않았다.

　그런 놈에게 무언가를 시키기란 너무도 어려운 일인 게 분명했다.

　하지만 겨우 그 정도밖에 안 되는 일이 진금행에게 고민이 될 수 있겠는가?

　그저 진금행은 입을 도톰하고 동그랗게 말아 삐죽 내밀고는 한마디만을 내뱉었다.

　"불……."

　"힛꾹!"

　"불……."

　"힛힛꾹! 뭔 짓이야!"

　"불이얏!"

　"날 놀리는 거지!"

　당경이 진짜 짜증이 났는지 자리를 박차고 일어섰다.

하지만 진금행은 멈추지 않았다.

"불……."

"힛꾹! 에이, 씨발! 그만두라고 했지!"

"불 쏘시게!"

"그만둬!"

"불……."

"힛힛꾹~"

"불놀이야~!"

"제기랄!"

당경과 진금행 사이에 오가는 괴상한 소리를 듣던 현통이 고개를 돌리고 털이 수북한 강구의의 얼굴을 보며 어이없다는 듯한 표정을 지었다.

"아주 전자동이군. 불 자만 나오면 딸꾹질이 자동으로 튀어나오는걸?"

강구의는 심드렁한 표정으로 현통의 얼굴을 쳐다보았다.

원래 강구의는 말이 적었다. 행동도 비밀스러웠다.

얼굴에 수북한 털과 덩치에 어울리지 않게 내성적이었고 자기만의 공간과 시간을 소중히 간직하는 그런 사람이었다.

현통이 머쓱해져서 고개를 돌리려는 찰나 강구의가 한마디 내뱉었다.

"부~우~울~ 나방!"

"힛~꾸~욱~ 제기랄!"

강구의의 말에 당경의 몸이 홱 돌아가 강구의를 노려보았다.

그 모습을 보자 강구의가 현통에게 고개를 돌리며 고개를 끄덕였다.

"정말로 자동이군."

당경이 못 참겠다는 듯 강구의에게 달려들려던 때였다.

"모두들 조용."

진금행에 말에 모두가 그림 속에 잠겨든 듯 멈추어 서서는 아무런 소리도 내지 않았다.

심지어 한쪽 구석에서 쩝쩝 처먹던 주개육마저도 막 입속에 집어 넣으려던 음식을 가만히 들고 침을 좔좔 흘려댈 뿐 감히 쩝쩝 처먹진 못했으니 말이다.

"그러니까 네놈에게 부탁! 하잖아, 부탁을!"

진금행이 당경의 뒷모습을 보며 아주 조용하고도 나지막하게 중얼거렸다.

당경의 어깨가 가늘게 떨렸다.

"이거 말로는 안 되겠군. 누가 가서 불연이 좀 불러오지 그래?"

진금행이 포기했다는 듯 주위를 둘러볼 때였다.

"힛꾹! 힛꾹! 힛힛꾹! 갈게, 가면 되잖아! 간다구! 힛꾹! 네 부탁 그거 들어주면 되는 거지? 힛꾹! 간다니까!"

격렬한 딸꾹질.

너무도 괴롭다는 듯한 찡그린 당경의 표정.

이미 당경의 앞날은 그것으로 결정된 것과 다름없었다.

그 모습을 곁에서 지켜보던 마교 교주가 고개를 돌려 마 총관을 바라보며 물었다.

"그런데 쟤들 원래 저런가? 내가 알기로는 당경 저 아이는 무림맹주의 제자일 뿐 아니라 사천당문과 끈이 닿은 걸로 아는데?"

명교의 정보력도 놀라운 것이었다.

당경이 사천당문의 사생이라는 비밀스런 사실까지도 꿰차고 있었으니 말이다.

하기는 오대세가의 손에서 진충덕을 지켜야 하는 교주의 입장에선 아무래도 오대세가와 연이 닿아 있는 당경의 존재는 거북할 수밖에 없으리라.

그러나 정작 같이 고민해야 할 마 총관의 반응은 전혀 딴판이었다.

"어라? 가만? 다넨 명교의 교도 아닌가? 다넨 교에 돌아가면 향(香)을 몇 대나 태우디?"

'아차차! 지금 나는 교주가 아니거늘!'

교주는 마 총관의 말을 듣자마자 자신의 실수를 깨닫고는 눈알이 더욱더 가운데로 몰리며 식은땀을 흘렸다.

"명존께 향, 향을 세 대 올립니다만……."

대답을 듣자마자 마 총관의 관자놀이에선 핏대가 서고 있었다.

"어뚜우우~ 겨우 세 개! 겨우 세 개 피워 올리는 놈이 나보고 뭐라구? 이 따딕이 교듀님 곁에 있다구 날 몰랑하게 봤다 이 말이디! 안 그래도 눈깔이 몰린 놈이 우리 명교에 있따는 게 남들 보기 쪽팔려 듀까구만, 이덴 아듀 맞먹을라구 드네! 너, 나 알디? 내가 명교를 박차고 나왔띠만 말이야, 그래도 전엔 향을 열 개나 피워떠떠! 알아? 교듀가 열두 개! 소교듀가 열한 개! 내가 열 개! 알아?"

"죄, 죄송합니다."

"되뚱하믄 다야? 반말 찍찍 내뱉고는 '되뚱합니다' 하구 다뗏글따 말하믄 다냐구, 이 개때끼야! 너 듀거볼 텨? 눈깔도 몰린 놈이!"

"저, 정말 죄송합니다. 정말루, 정말루 죄송합니다. 제가 눈이 이래서 잘 못 알아뵙고……."

교주의 눈알이 더욱더 가운데로 쏠리며 고개를 숙여야만 했다.

평소 자신 앞에서 고개를 숙였던 마불통을 향해서 말이다.

"당경은 어디로 가는 거지?"

주개육이 이빨 사이에 낀 음식 찌꺼기를 아주 소중하게 빼내어 다시 쭉쭉 빨며 물었다.

진금행이 먼 언덕 사이로 사라지고 있는 당경의 뒷모습을 보며 별것 아니란 듯 대답했다.

"판 키우러."

"판?"

주개육이 이해하지 못하겠다는 듯 되물었지만 냉랭히 돌아서는 진금행의 거대한 뒷등을 보고서야 자신의 질문에 대한 대답은 영영 듣기 어려울 거란 걸 알게 되었다.

"가만있자… 얘들을 어떻게 나눠서 판을 키워보나… 가만있어 보자……."

진금행은 자신들 앞에 쭈욱 나열되어 있는 사람들의 대가리를 두툼한 손가락으로 세다가 불쑥 마 총관을 향해 말했다.

"아참, 마 총관. 저쪽 언덕 뒤로 가보슈. 거기 한 사람 있을 거유."

"잉? 누가 기다립니까요?"

마 총관과 진금행의 대화.

그것은 많은 것을 함축하고 있었다.

전처럼 맞먹긴 해도 조금 올려 말하는 진금행과 역시 반말에서 다시 존대로 돌아간 마 총관의 말은 둘 사이의 관계가 전으로 회복되어졌다는 걸 나타내 주고 있었으니까.

그러므로 물론, 쥐와 고양이처럼 으르렁대는 증오가 가슴속에 싹트긴 했지만 말이다.

"일단 가보슈. 누군가 기다린다오. 가만, 얘들을 어떻게 나눠서 써먹지?"

진금행의 중얼거림을 뒤로하고 뒷머리통을 벅벅 긁은 마 총관은 천천히 언덕을 향해 걸음을 옮겼다.

"어라, 교듀?"

마 총관은 눈앞에 일렁이는 존재, 즉 명교의 교주를 보고서는 급히 무릎을 꿇었다.

"교듀께 뎡말 오랜만에 예를 갖추는군요. 비록 명교를 떠난 몸이디만, 인사 받으세요. 뎡말 그동안 많은 일이 있었고, 그 이야기를 하려면 너무도 길고도 긴……."

"으흠, 그전에 할 일이 있다."

일렁이던 그림자에선 마 총관의 반가움과는 달리 냉냉한 기운이 돌고 있었다.

"넵? 뭐가요?"

마 총관이 이해하지 못하겠다는 듯 눈알을 동그랗게 뜨자 교주의 일렁이는 그림자에선 얼음장같이 싸늘한 냉기가 감도는 말이 토해졌다.

"일단 너, 나한테 좀 맞아야겠다."

"잉? 왜요?"

"명존의 뜻이 어디에 있었느냐! 위아래로 신분의 고하가 없으며 좌우로 형제 아닌 사람이 없다는 것이다! 그런데 향 몇 개 피우느냐로 아랫사람을 구박하다니! 네놈이 감히 그럴 수 있는 일이냐? 게다가 사람 신체상 약점을 붙잡고 늘어져? 눈이 좀 이상할 수도 있지, 그게 뭐 어때서! 그 사람이 그것 때문에 얼마나 가슴에 한이 맺힌 줄 알기나 하는

게냐! 네놈 따위가 감히 아냐구!'

한참 후 조천대에 합류한 마 총관의 얼굴은 왠지 멍든 것처럼 시퍼렇게 변해 있었다.

그리고는 아직도 인원 배치를 끝내지 못한 진금행 곁에 주춤주춤 다가간 마 총관이 은밀한 목소리로 물었다.

"뎌기요, 한 가디 물어바도 돼요?"

"응? 뭘 말이우?"

"뎌기요, 혹띠 명교에서 온 그 늙은 놈 못 봤뎌요?"

"응? 왜 그러슈?"

진금행이 전혀 이유를 모르겠다는 듯 묻자 마 총관이 아무것도 아니라는 듯 고개를 숙이며 속으로 이를 부드득 갈았다.

'내 이놈을 그냥! 교듀하고 네놈이 엄청 가까븐 사인가 본데… 그래, 어디 두고 보자. 내가 교를 떠난 빈자리를 네놈이 껴뜠나 본데… 어디 오늘 밤 한번 듀거봐라! 원래 그토록 가까웠던 교듀와 나 사이를 네놈이 갈라놨단 말이지! 눈알도 이땅하게 땡긴 놈이!'

마 총관의 이빨 가는 소리가 긴 혀 사이로 지축을 흔들 정도로 맹렬하게 터져 나오고 있었다.

물론 이해 못할 일도 아니었으리라.

제 7 장

무 ─조천대 무를 만나고, 성윤위 조천대를 만나다

 무

"밤낮으로 패는 소리 때문에 시끄러워 죽을 뻔했수."

"쉿! 조용히 해라!"

진금행이 은밀하게 말하는 소리에 교주가 얼른 손가락을 들어 입술에 가져다 댔다.

"에이, 아무도 신경 쓰지 않으우. 잘생긴 놈이 눈이 몰린 늙은이에게 무슨 그렇게 비밀스런 얘기를 할 게 있다고 생각하겠수?"

"쉿! 조용히 하라니까!"

교주는 그래도 안심이 안 되는지 소리를 잔뜩 죽여 으르렁거렸다.

교주와 진금행. 그동안 많은 변화가 있었던 게 분명했다.

벌써 친밀해(?)졌는지 진금행이 교주를 대하는 태도는 사근사근(?)하기 이를 데 없었고, 교주 역시 아예 편하게 말을 놓고 있었기 때문이다.

"그놈은 확실히 보낸 거지?"

끄덕끄덕.

진금행의 커다란 대가리가 위아래로 힘있게 흔들리는 것을 보고서 야 교주는 커다란 안도의 한숨을 내뱉었다.

"으구~ 쓰리다."

교주는 몰린 눈 한가운데 생긴 커다란 멍을 쓰다듬으며 앓는 소리를 내고 있었다.

"낮에는 수하가 교주를 패고, 밤엔 교주가 수하를 불러다 패고… 시 끄러워 죽는 줄 알았수. 그냥 뒀다간 둘 중 하나는 필히 죽겠더만."

진금행이 재미있다는 듯 이죽이자 교주는 짜증이 난다는 듯 인상을 찡그렸다.

"확실히 멀리 보낸 거지, 우사 문추룡에게?"

"물론! 하지만 교주도 약속해 주시는 거요. 확실히!"

"알았어. 배교의 잡종 놈들에게 배교의 밀법을 전하는 약속, 틀림없 이 지킬 테니."

교주가 고개를 끄덕였음에도 진금행이 다시 한 번 확인하려는 듯 되 물었다.

"그리고 명교 우사에게 전해지는 술법, 그 배교에서 훔쳐 온 술법도 배교에게 허락받아야 전수되는 것도."

"물론!"

"그리고 배교의 멸망이 교주가 한 일은 아니지만 전대 교주가 저지 른 건 확실하지 않수. 그러니 배교를 다시 부흥시키는 건 명교의 몫이 니 확실히 책임지고 알아서 돈 대고 일꾼 대고 땅 사주고……."

"알았어, 알았다구! 하지만 문추룡과 그 종리 형제가 머리를 맞댄다 고 해서 다시 밀법이 완전해지리란 보장은 없어. 이미 분리되어 불완

전해진 반쪽들에 불과하니까."

"그건 그놈들 몫이니 내 알 바 아니지."

진금행이 웃으며 대답했다.

배교의 밀법을 이은 종리혁과 살수행의 재주를 지닌 종리우.

그 둘은 이미 마 총관의 뒤를 따라 문추룡을 만나러 떠난 것이다.

배교의 화려하고도 공포스런 밀법을 완성하기 위해서 말이다.

물론 사람의 영혼과 마음을 제압하는 배교의 밀법 중에 신비로운 재주가 있어 진충덕의 마혈을 제압할 방법을 찾을까 하는 계산도 깔린 일이었지만, 종리 형제에게 약속한 것들 중 상당 부분은 마교의 힘을 빌려 이뤄줄 수 있게 된 것이었다.

"그런데 종리 형제들에게 뭐라고 쑥덕대던 것 같던데 무슨 일이지?"

"교주는 몰라도 되우."

"당경이 할 일은 또 뭐고?"

"교주는 신경 쓰지 마시우."

"그 처웃는 놈은 혈루소면객이란 놈이 맞지? 온양이랬던가? 그놈과 그 아래 있던 낭가촌 사람들은 또 어디로 보낸 거야?"

"지들이 가야 할 데로 갔겠지. 뭘 그리 신경 쓰시우?"

교주가 물었지만 진금행에게 들을 수 있는 건 퉁명스런 대답뿐이었다.

"네놈이 감히!"

교주가 작게 으르렁거리며 쏘아보자 진금행이 이해할 수 없다는 듯 되물었다.

"방금 나한테 말한 거유? 그토록 사랑한다는 내게? 예전 마교의 소교주였던 내 아버님을 지켜야 하는 막중한 책임을 지고 있는 내게? 설마 날보고 말한 건 아니겠지? 나 아니면 이 세상은 혼란에 빠져들 내게?"

"끄응~ 아니야. 그냥 헛소리 한번 해봤어. 떠나 버린 마불통에 게……."

교주가 바로 꼬리를 내리자 진금행의 기세가 더욱 등등해졌다.

"근데 날 보는 거유? 거 눈동자 몰린 게 이상하게 날 쏘아보는 것 같던데? 아니우? 그럼 어딜 보는 거유?"

"끄응~ 먼 산……."

"거긴 왜 보우?"

"끄응~ 객잔이 있나 해서……."

객잔은 있었다.

비록 험하긴 해도 몇몇 얼굴들이 비밀 임무를 띠고 떠나 보이진 않지만 조천대 일행이 묵기엔 충분할 정도로 큰 객잔이었다.

당경이 처음 떠났고, 마 총관과 종리 형제가 떠난 뒤 대가족이었던 온양의 낭가촌 식구들까지 떠나자 겉으론 마교에서 향 세 대밖에 못 태우는 보잘것없는 늙은이 하나만 더 끼어든 단출한(?) 일행이 다시 만들어진 것이다.

일행이 막 객잔에 들려 했을 때였다.

취이잇―

무언가가 매섭게 객잔의 입구에서 일행에게 쏘아져 왔다.

주개육의 신형이 허공을 가르며 그 무엇인가를 향해 튕기듯 날아갔다.

아가리를 쩌억 벌린 채로.

객잔. 잠자리를 해결할 수 있는 곳이지만 먹을 것도 함께 해결할 수도 있는 곳이었다.

그런 객잔에서 튀어나올 것이라면?

당연히 먹을 거라고 생각한 주개육이 아가리를 매섭게 벌리고 미친 듯 튕겨져 나간 건 당연한 일.

"텁."

하지만 허공 중에서 매섭게 채간 주개육 아가리에 걸려든 건 정작 조그마한 계집아이였다.

주개육이 입에 낀 계집애의 머리를 빼내며 투덜거렸다.

"에뭬뭬. 제길, 똥 밟았네. 아니, 똥 씹었다고 해야 맞나? 아니지, 내가 씹은 건 계집앤데? 그럼 계집애 밟았다고 해도 말이 되는 거 아냐?"

주개육이 잠시 헷갈려 할 때 땅에 내려선 그 똥(?)만한 계집이 벌벌 떨며 두 손을 모아 쥐었다.

"없어, 없어, 없어, 없어, 없어……."

정말 똥만한 계집애였다.

생긴 이목구비는 이제 막 열두서너 살 돼 보이는데 정작 체형은 불과 서너 살짜리에도 미치지 않는, 그야말로 갓 아장아장 걷기 시작하는 아이보다 조금 더 큰 정도에 지나지 않았다.

하기야 그랬으니 주개육의 아가리에 끼었겠지만.

"아유우우~ 부~울~쌍~해라~ 아가, 이름이 모오야?"

너무도 큰 동정심과 이타심을 지닌 사람이 누구라고 생각하냐는 질문을 받는 사람이라면 누구라도 첫손에 불연을 꼽을 것이 분명했다.

불쌍한 동물과 사람이라면 그냥 두고 보지 못하는 것도 역시 첫손에 불연을 꼽으리라.

하지만 상대가 조그마하고 불쌍한 계집애라면?

그때 유일하게 첫손에 꼽히는 게 묘웅이었다.

비록 몸은 남자지만 그 가슴속엔 위대한 모성애를 지닌 존재.

그게 바로 묘웅이었다.

하긴 묘웅이 이런 것 아니면 언제 첫손에 꼽혀보겠냐마는.

자그마한 계집애가 보기에도 묘웅이 그리 편안하게 쳐다볼 상대가 아니란 건 본능적으로 알아차린 것 같았다.

뒤로 주춤주춤 몇 걸음 물러서며 울먹이는 게 아닌가.

"없어, 없어, 없어, 없어, 없어……."

그 두 마디밖에 모르는지 정말이지 보고도 믿지 못할 조그마한 계집애는 계속해서 '없어'만을 되뇌이고 있었다.

"당경이 딸꾹질하는 걸 보는 것 같군."

어이가 없었는지 이교옥이 불쾌하게 취한 눈동자로 그 계집애를 보고 있었다.

"아이구우~ 불~싸~앙~해~라~ 이리오온? 이름이 모오야?"

묘웅의 눈가가 촉촉이 젖어들며 계집애에게 다가갔을 때였다.

거칠고 더러운 천 조각으로 작은 몸뚱어리를 가리고 있던 계집애는 더욱 무서워졌는지 작은 머리를 좌우로 맹렬히 흔들었다.

"없어, 없어, 없어, 없어……."

몸과 머리의 비율과 표정으론 열두서너 살쯤 돼 보이는데, 정작 몸은 조그마한 아기와도 같으니 기묘한 분위기를 자아내는 계집애였다.

얼굴에 땟국물이 줄줄 흐르는 것으로 봐서는 천하게 굴러먹던 아이 같았는데 자세히 들여다보자니 정말이지 예쁘장하게 생긴 아이였다.

저렇게 길거리를 떠돌다간 이상한 성적 취향의 변태를 만나 몹쓸 짓을 당할지도 몰랐지만, 너무나 몸이 작은 아이이기에 변태들도 마음대로 하지 못해 그런대로 인생을 살아가고 있는 중인지도 몰랐다.

"어이구, 없쩌어? 이름이 없쩌어?"

안 그래도 발음이 괴상망측한 묘웅이었다.

그런데 제 나름대로는 아이의 눈 높이에 맞춘 대화를 하겠다는 듯 이젠 아예 아이가 말하듯 혀 짧은 발음을 해대니 더욱더 무서웠는지 아이의 커다란 눈망울엔 공포가 어렸다.

까딱까딱.

아이의 작고 조그마한 머리통이 위아래로 흔들렸다.

"아이구 불~싸~앙~해라~ 그럼 이 예쁜 언니(?)가 이름 하나 져 줄까아?"

묘웅은 더욱 동정심이 드는지 아에 계집애 앞에 쪼그리고 앉아 중얼거렸다.

하지만 아이의 고개는 세차게 좌우로 흔들렸다.

"싫어? 왜 싫어하구 지랄… 아니, 왜 싫어하는 고야암! 이 예쁜 언니가! 이름 지어준다잖아! 너, 이름 없지?"

끄덕끄덕.

"그러니까 새로운 이름을 지어준다구우!"

절레절레.

"너, 이름 없댔잖아앗!"

끄덕끄덕.

"너, 이름 있으면 좋지이?"

끄덕끄덕.

"그러니까 이 언니가 새로운 이름을……."

절레절레.

우습기 짝이 없는 광경이었다.

조그마하기 짝이 없는 예쁜 계집애와 궁둥이가 펑퍼짐한 이상하게 생긴 남자 언니(?)가 이름 하나 가지고 아웅다웅하는 모습은 정말이지 우습기 짝이 없었다.

"그 계집앤 없수. 이름이 없다구. 부모두 없구, 돌봐줄 사람도 없구."

답답하다는 듯 객잔에서 한 놈이 나오더니 묘옹에게 말했다.

"그러니까 내가 지어주겠다잖아요옷!"

묘옹의 고개가 홱 돌아가 그 사내를 매섭게 쳐다보았다.

그러자 그 사내는 잠시 어벙해지다가 곧 껄껄대며 웃었다.

"그년은 부모가 없어서 이름도 받지 못했수. 그래서 그 이후론 이름도 없는 년, 부모도 없는 년, 그리고 무엇보다 재수없는 년! 하고 부르다가 없다가가 곧 개 이름이 됐지. 부모가 누군지 모르니 성도 자연히 없고 달랑 이름 한 자 있는 게 바로 '없을 무(无)'란 얘기요."

"오마나! 불쌍해라아!"

불연은 사내의 대답을 듣고서야 바로 계집애의 이름이 무(无)란 걸 알 수가 있었다.

그러니 '이름이 없어?' 란 말을 '이름이 무?' 로 알아들은 이야기는 고개를 끄덕이고, 분명 이름이 있는데도 지어준다니 고개를 절레절레 흔들 수밖에.

이 이상한 일이 왜 벌어졌는지 알아차린 묘옹이 그제야 사내의 입에서 이상한 대목을 기억해 내고는 따질 듯 사내를 노려보았다.

"그런데 이 힘없고 가엾은 애를 왜 재수없는 년이라고 그래요옷! 부모도 없는 이 아이를 말이에요옷!"

사내는 묘옹의 태도를 멍하니 보다가 곧 껄껄껄 하며 웃었다.

"당연히 재수없지. 저년의 손장난을 안다면 말이오. 그 계집애가 겉으론 그렇게 보여도 일류 배수(排手)라오, 배수! 즉, 소매치기란 말이오. 정신을 멍하니 놓고 있다가는 이 전대가 저 계집애 손에……."

사내는 제가 차고 있던 전대를 손으로 툭 치며 이야기를 하다가 갑자기 얼굴이 기묘하게 변했다.

주섬주섬 정신없이 이리저리 찾다가 곧 얼굴이 시뻘겋게 변해 씩씩거렸다.

"요망한 계집! 감히 입혀주고 돌봐준 나를 속여? 찢어 죽일 년!"

한걸음에 달려오는 사내를 보자면 조그마한 계집애를 입혀주고 돌봐준 건 전혀 사실이 아닌 게 확실했다.

사내의 옷은 그런대로 비싼 비단 옷인데 계집애 몸엔 정말이지 걸레보다 못한 천 조각이 걸쳐져 있었기 때문이다.

"없어, 없어, 없어, 무(无), 무, 무, 무……."

계집앤 겁이 난다는 듯 외마디 비명처럼 없다는 말을 외며 묘웅의 품을 파고들었다.

이 아이의 이름이 부모도 없고 이름도 없고 가진 것 없고 재수가 없어서 무일 수도 있지만, 그보다는 계속 없다만 말하는 버릇 때문에 생겼다고 보는 게 더 확실하리라.

묘웅이 아이를 향해 달려드는 사내를 맞받아 쳐 갈 때였다.

갑자기 사내의 몸이 허공 중에 부웅~ 떠오르는 게 아닌가.

'오모? 고수였나? 잘못 건드렸네엣!'

묘웅의 머리 속에 떠오른 첫 번째 생각.

하지만 그 사내는 고수와는 거리가 먼 사람임에 틀림없었다.

허공 중에 들려 다리만 버둥대고 있었으니 말이다.

거대한 사내.

아니, 그냥 거대하다고만 말해서는 형용할 수 없는 사내.

웬만큼 커다란 덩치도 나타나면 한참 위로 치켜 올려봐야 할 사내.

그런 거구의 사내가 전대를 잃어버린 놈을 낚아채 허공 중에 대롱대롱 매달고 있었으니 말이다.

"이놈! 아무리 그래도 어찌 조그마한 계집애한테!"

거구의 목소리는 흡사 벼락이 치듯 쩌렁쩌렁 울리고 있었다.

"아니, 그게 아니라 저 계집애가 내가 여기 차고 있던 전대를……."

우물쭈물 오줌을 지릴 것처럼 울상을 짓던 사내가 제 몸을 가리키다 갑자기 입을 쩍 벌렸다.

그리곤 미친 듯 제 품을 헤집는데 거기엔 비단으로 만든 전대가 살포시 고개를 내밀고 있지 않은가.

"이, 이게… 어찌 된……."

멍하게 변한 사내의 얼굴을 보며 거구가 껄껄 웃었다.

"내 살다살다 이렇게 어벙한 놈은 처음 보겠군. 제 품에 전대를 찾기 전에 네놈은 네 눈깔과 정신부터 찾는 게 좋겠구나!"

거구의 비웃음이 마음에 상했음일까?

사내는 더욱더 발버둥을 치며 계집을 향해 눈알을 부라렸다.

"네 이년! 네년이 이걸 다시 가져다 놨지! 네 이년!"

사내가 계집애를 향해 으르렁거리자 거구의 사내가 움켜쥔 사내의 몸을 이리저리 흔들기 시작했다.

어린아이 손에 들린 회초리처럼, 아니, 그것보다 더욱 가볍게 보일 정도로 사내의 몸은 거구의 손아귀에서 이리저리 흔들리고 있었다.

한참을 휘두르고 다시 허공 중에 치켜들자 사내는 곧 게워낼 것처럼 양 볼이 부풀고 눈이 가운데로 몰려서는 '욱욱~' 하는 신음만 토해내고 있었다.

그토록 매서운 속도로 허공을 뱅뱅 돌았으니 멀미를 하는 것도 이상하진 않았다.

거구는 그 같은 사내를 보며 껄껄 웃었다.

"네 이놈, 또 무슨 헛수작을 하는 게냐! 저 계집앤 분명 저기서 움직이지 않았고 네놈은 내 손에서 계속 있었다. 설령 저 계집애가 무공과 경공에 고수라 네 품에서 전대를 풀어낸 뒤 다시 네 몸속에 몰래 갖다 놓았다 치더라도 누가 감히 무적건곤도(無敵乾坤刀) 성윤위(成胤威)의 눈을 피해 그 같은 짓을 저지를 수 있겠느냐! 네놈이 보기엔 내 눈이 그렇게 멀쩡게 보이느냐. 이놈!"

무적건곤도 성윤위.

그 이름이 가져다 준 위압감에 갑자기 사위가 죽은 듯 조용해졌다.

"없어, 없어, 없어, 무, 무, 무……."

계집애가 묘웅의 품에서 조그맣게 되뇌이는 목소리만이 그 같은 정적을 더욱 무겁게 만들고 있었다.

하지만 성윤위는 그 같은 일을 너무도 많이 겪었는지 개의치 않고 더욱 큰 목소리로 훈계를 내리는 데 열심이었다.

"네 이놈! 몇 바퀴 돌리지 않았는데도 눈알이 가운데로 몰리다니! 그렇게 힘없는 눈알을 가졌으니 세상에 헛것만 보이는 게지! 내 말이 들리긴 들리는 게냐? 내 눈 가운데로 몰린 놈치고 올바르게 사는 놈은 없다고 사방팔방 떠들고 다닐 테다, 이노옴!"

성윤위의 내뱉지 말았어야 할 말.

그 말을 들은 사람 중 더운 콧김을 자연스레 뿜어대는 사람이 있었다.

'저놈, 콱 죽어 버릴까?'

마교 교주가 진금행 귓전으로 전음을 흘려 보냈다.

물론 마교 교주 정도의 실력이라면 무적건곤도의 위명이 아무리 높아도 충분히 죽일 만한 재주는 있으리라.

하지만 성윤위는 자신의 뒤에서 그와 같은 살인 모의가 벌어진다는 건 꿈에도 모르고 있었다.

그저 자신의 손아귀에 붙잡힌 조그마한 쥐새끼(!)를 을러대는 재미에 시간 가는 줄 모르고 있는 게 불행이라면 불행일 것이다.

"이놈, 이 쌍판 더러운 놈! 내 듣기론 청성에 두 쌍판이 있으니 한 쌍판은 볼 만은 한데 대가리에 달려 있는 뿔에 불이 당겨지면 두 번 다시 보고 싶어지지 않는다는 도현(導玄) 도사와 또 다른 한 사람은 아예 처음부터 쳐다보고 싶어지지 않는다는 현통이라는 두 쌍판이 있다고 들었다. 하지만 너 같은 쌍판이 어디 그 쌍판만 하겠냐마는 네놈 쌍판도 그 현통보다 그리 낫진 않을 게 분명하구나! 우하하하!"

아아~ 이럴 수가!

성윤위의 입에서 어찌 공교롭게도 현통의 이름이 튀어나올 수가 있냔 말이다.

자연 더운 콧김을 불어내는 인간이 또 하나 늘어난 건 당연한 일.

현통의 충혈된 시선은 그때부터 성윤위의 손바닥에서 떠날 줄을 모르고 있었다.

"하기야 아무리 이상해도 어디 묘… 묘… 아참, 묘웅! 그 잡년도 아니고 잡놈도 아닌 놈보다야 심하겠느냐. 쿠하하하하~ 네놈 차려입은 걸 보니 비단옷인데 네놈 관상을 보니 그 개방에서도 더럽기 짝이 없고 쓸 만한 건 더러운 아가리밖에 없다는 주개육이란 개종자보다 그리

낫진 않을 게다. 하긴 네가 패악질을 저질러도 화산의 그 휘검청학? 그 웃기지도 않는 지랄맞은 명호를 달고 사는 이교옥보다 더하겠느냐. 들으니 그 도사는 사부도 골머리를 싸고 누웠다던데? 뭐, 그래도 덜떨어진 아미파에 불연이란 여승보다야 낫겠지. 아! 맞어, 조천대! 그래, 조천대였어! 쿠하하하하! 내 그 이야기를 듣고 얼마나 웃었는지! 그중엔 사천에서 밤에 황제 운운하는 하오문들의 왕이란 놈도 하나 있고 소금 팔아 연명하는 염효 놈과 사기꾼 쌍판 지닌 놈과 치질 걸린 놈도 하나 있다더군. 내 그 소식을 듣고 너무나 웃겨 술 열두 동이를 먹고서야 사레 걸린 걸 풀어냈느니라! 우하하하~ 아참참! 그 대주가 누구라더라? 술자리에서 들어 기억이 가물가물하긴 하지만 그 개떡 같은 종자들의 대장이라니 볼장 다본……."

성윤위는 뒷대갈통이 갑자기 뜻뜻해져 오는 걸 느낄 수 있었다.

어쩐지 성윤위의 입에서 너무나 공교롭게 조천대원들의 이름이 흘러나온다 했더니, 이미 강호를 떠들썩하게 만든 조천대 소식을 들은 게 분명했다.

하지만 어찌 이 자리에서, 하필 이 시간에 도대체 왜 조천대에 들지도 않은 마교 교주의 상처인 '모아진 눈시깔'까지도 공교롭게 말하게 됐는가 말이다.

너무도 운명적인 만남이었다.

'왜지, 이 기분은? 꼭 그 엄청난 사람, 아니 악마에게 깨질 때 이런 기분이 들었는데?

온몸이 으스스해진 성윤위의 몸이 천천히 돌았을 때 처음 눈에 띈 건 한없이 가운데로, 가운데로만 몰린 눈알 두 개였다.

"정말 미안하오. 큰 잘못을 했구려. 하지만 무슨 악한 감정을 두고 말한 건 아니라오. 어허~ 이 건곤무적도의 명예를 걸고 장담하오. 여러 영웅들이 있는 걸 알고서도 내가 일부러 그랬겠소? 단지 여기 오기 전에 들른 주점에서 조천대 얘기를 들었기에 그 기억이 떠나지 않는 바람에… 아무튼 이 성가가 강호에 알려지기론 친구 삼기 좋아하고 뒷끝없고 소탈하다는 세 가지요. 그런데 왜 내가 그랬겠소. 자자~ 마음에 두지 말기를 바라오."

성윤위가 들른 주점에서 조천대 얘기를 우연찮게 들은 게 잘못이라면 잘못일 게다.

또 그 이야기가 너무도 재미있어 킬킬거리며 오다가 우연히 조그마한 계집애에게 달려드는 쥐새끼 같은 놈을 만난 게 잘못이라면 잘못이었다.

아니아니, 그 모든 건 잘못이 아니리라.

그저 머리 속에 한참 떠돌다 잠잠해진 조천대 얘기가 왜 하필 쥐새끼를 흔드는 그 순간에 다시 떠오른 게 잘못이었다.

하지만 가장 큰 잘못인 조천대가 뒤에 있다는 사실을 모른 채 신나게 나불거린 입의 잘못에 비하자면 전에 모든 잘못은 잘못도 아니리라.

성윤위의 얼굴이 더운 콧김을 뿜어내고 있는 얼굴에 하나하나 가 닿았다.

그리고 그게 성윤위의 가장 큰 잘못이었다.

'어라? 정말 눈알이 몰린 놈이 있네. 가만, 저놈이 현통이란 놈이군. 과연 한가락 하는 쌍판대기야! 킥킥. 어라? 저년이 알고 보니 남자였네? 옳아, 저놈이 묘웅이로군. 어이구, 온몸에 소름이 돋아나는구나! 저 깜찍한 여승이 바로 불연이란 여승이고. 킥킥킥! 우습다, 우스워.'

성윤위가 조천대 소식을 듣지 못하고 만났으면 몰라도, 이미 그 하나하나를 다 알고 있다는 게 더 큰일이었다.

성윤위가 친구를 잘 사귀고 큰 덕망을 쌓은 중요한 이유 중에 하나가 바로 솔직함이었다.

하지만 오늘은 그 솔직함이 그리 큰 도움이 되진 못했다.

누가 사과하는 놈이 얼굴을 빤히 쳐다보다 킥킥대는 걸 참아내겠는가.

성윤위가 입으로는 연신 미안하다는 말을 늘어놓으면서도 연신 킥킥대고 있으니 조천대의 콧김은 더욱 뜨거워질 수밖에.

"조천대의 소식을 들었다고? 그렇게 자세한 소식이 강호에 퍼졌단 말인가?"

진금행이 왠지 인상을 찡그리며 물었다.

"그렇소, 그래! 조천대의 위대한 영웅… 쿠하하하~ 아이구, 미안하오, 미안해. 하지만 산속에서 살던 나마저도 들었으니 모르는 사람이 없을 거요. 이젠 묘웅… 쿠하하! 아이구, 미안. 현통 도사… 쿠하하하~ 아이구, 정말 미안하오. 아무튼 여러 영웅들의 이름을 모르는 사람은 없을 것이오. 나만 해도 한눈에 딱 보기만 해도… 쿠하하하~ 미치겠네~"

성윤위는 도저히 참아내지 못하겠는지 허리까지 꺾어서 아예 대놓고 키득거리고 있는 게 아닌가.

그 거구의 허리가 절반가량 꺾여지며 웃음소리가 높아질 때였다.

"이익~"

누가 먼저였는지 몰랐다.

구잔양이 앞섶을 풀고 단도를 집어 든 게 먼저인지, 아니면 이교옥이 괜히 자신의 검집을 쓰다듬은 게 먼저였는지.

아마도 성윤위의 큼직막한 손아귀를 노려보는 현통의 눈알이 제일 먼저였으리라.

하지만 그 모든 행동은 단 한 마디 말에 우뚝 멈추어 섰다.

"위험하군!"

진금행의 낮은 탄식과도 같은 목소리.

"잉?"

구잔양마저 의외라는 듯 진금행을 쳐다볼 때였다.

"너무 빠르군. 아니, 우리가 너무 늦었는지도 모르지. 아직 준비가
다 되지 못했는데… 너무 위험해."

진금행 입에서 위험하다는 말이 튀어나오다니!

이런 일은 꿈에서나 볼 거라고 생각했던 일이 아닌가!

"뭐가?"

아무리 사기 치는 머리를 굴려봐도 영문을 모르겠다는 듯 오필도가
눈알을 멍하니 뜨고 진금행에게 물었다.

"바로… 장강수로맹!"

바로 그때, 흡사 진금행의 말이 신호라도 된 것처럼 사방에서 화살
이 날아들기 시작했다.

"정말 미안하오!"

막 자신의 얼굴로 쏘아오던 열두 대의 화살을 건곤무적도로 튕겨낸
성윤위가 고개를 뒤로 돌려 큰 소리로 부르짖듯 외쳤다.

안 그래도 큰 덩치에서 나오는 목소리니 제 딴엔 그냥 말 걸 듯이 하
는 것이겠지만, 듣는 사람들 귀엔 커다란 종이 울리는 듯 느껴질 정도
로 컸다.

"……."

하지만 정작 강구의는 아무 말이 없었다.

그저 커다란 거치도를 휘둘러 정신없이 날아드는 화살을 막는 데만 온 정신을 쏟고 있었다.

"미안하오. 내 다른 건 몰라도 이 일만큼은 정말 큰 잘못을 했군. 내가 요즘 많이 실수를 하는군."

날아드는 화살을 커다란 건곤무적도를 휘둘러 막으면서도 성윤위가 강구의에게 말을 거는 이유는 별다를 게 없었다.

그저 고개를 돌리다 보니 개중 눈에 띄는 사람이 강구의였기 때문이다.

강구의 또한 보통 사람과는 다른 커다란 체격.

하지만 성윤위는 그보단 머리통 하나가 더 큰 셈이니 자연 그나마 눈 높이가(?) 맞는 상대가 강구의밖에 없다는 게 결정적인 이유라면 이유가 되었다.

그러나 상대를 잡아도 잘못 잡았다.

안 그래도 말수 적은 강구의가 아니었던가.

성윤위가 그런 상대를 붙잡고 이야기를 걸었으니 돌아오는 대답은 없었다.

강구의도 알고 보면 조천대의 일원, 성윤위의 모독적인 말을 들었으니 어디 편하게 이야기가 나가겠는가.

"요즘은 실수를 많이 하는군. 한 번도 져본 일이 없다 자부했거늘, 무참히 꺾여 버리질 않나… 열흘을 밤새워 술을 먹고도 오줌 줄기 한 번 삐뚤게 누어본 적 없는 나였거늘, 다른 것도 아니고 말실수를 하질 않나. 제기랄! 이미 싸움은 한 번 졌으니 내세울 게 없고, 실수하지 않는단 말도 오늘로써 깨졌으니, 가장 자신있는 거라곤 술 먹는 내기밖에 안 남았구나!"

과연 호탕한 성윤위였다.

어디선가 알 수 없는 화살의 세례 중에서도 입으론 태연하게 말을 건네고 있었으니 말이다.

그것도 남들 같으면 창피해서 고개도 들지 못할 싸움에 졌다는 이야기를 태연히 내뱉는 성윤위의 태도는 호감을 사기에 충분했다.

단지 그놈에 말실수만 하지 않았다면……

"술 먹는 것 따위가 자랑이 될 수 있나? 술을 마시는 건 숨 쉬는 것과 같다고! 자랑할 일이 아니지!"

퉁명스런 목소리가 들려오자 성윤위의 얼굴엔 화색이 돌았다.

처음으로 강구의의 대답을 들었기 때문이다.

"좋군! 생긴 것도 쾌남아 같아 처음부터 맘에 들었는데 목소리 또한 듣기 좋은 데다가 그 내용 또한 좋군! 정말 마음에 들어! 좋아, 친구. 이 날파리들을 제거하는 즉시 우리 술 한잔하자구! 술 내기라면 더욱 좋고!"

"좋아."

성윤위의 들뜬 목소리에 강구의 또한 짧게 대답했다.

"술은 몰라도 안주 먹기 내기는 나도 자신있다구!"

주개육이 큰소리로 부르짖었다.

하지만 지금 상황은 어디선가 정신없이 날아드는 화살을 막는 경황 중이었다.

비록 조천대에 모인 사람들 중 몇몇 빼고는 강호상 절정고수라 화살 따위가 아무리 날아든다 해도 크리 큰 위협이 되지는 않고 있는 게 다행이라면 다행이었다.

아니, 마음만 먹는다면 어디선가 숨어서 허공 중에 빽빽이 화살로 수를 놓고 있는 쥐새끼들을 하나하나 붙잡아 족칠 수도 있겠지만, 정작 명령을 내려야 할 진금행이 얼굴을 찡그리고는 묵묵히 생각에만 잠겨 있으니 이교옥을 비롯한 현통과 주개육, 강구의 등등은 가운데 사람들을 보호하느라 감히 움직일 생각도 하지 못하고 있었다.

'저놈이 저런 쌩판대기를 할 때는 괜히 말 걸면 재미없다!' 라는 사실을 너무도 잘 알고 있는 조천대원들이기에 화살들을 그저 파리 쫓듯 튕겨낼 뿐 진금행의 다음 명령만을 기다리고 있는 것이다.

자신들이 알기로는 진금행이 가자고 하면 꼭 가봐야 할 일이 생겼고, 서자고 하면 꼭 서야 할 일이 생겼다.

지금도 위험하다고 하자마자 화살들이 쏟아져 오고 있지 않은가!

주개육이 화살만 튕겨내기 심심했는지, 아니면 술 이야기에 회가 동했는지 다시 큰 소리로 외쳤다.

"무슨 내기든 자신있다구! 술 내기는 강구의, 밥 내기는 이 몸이 충분히 감당할 거구. 무엇보다 조천대가 제일 자신있는 건 괴상한 쌩판 내밀기라구! 우리에겐 현통이 있으니까! 말하기만 해! 괴상한 종자 내기? 우하하~ 우리에겐 묘웅이가 있따아~"

먹는 얘기가 나오자 주개육이 정신을 차리지 못하고 있었다.

"무슨 말이야앗! 아가리 닥치고 화살이나 잘 막아앗! 화살이 가끔 뚫고 들어온단 말이야앗!"

묘웅이 뾰족하니 외쳤다.

묘웅의 실력 또한 출중한 편, 자연 화살쯤은 걱정되지 않으리라.

하지만 정작 화살은 막을 생각은 않고 온몸을 쪼그리고 앉아 있는 것은 자신의 품 안에 들어 있는 작은 계집아이가 상처를 입을까 걱정했기 때문이었다.

"언제쯤이 좋겠는가?"

성윤위가 다시 목소리를 높였다.

"언제라도!"

강구의가 짧게 대답했다.

그리고 화살이 멎었다.

"쫓아볼까? 아님, 주위를 훑어볼까?"

이교옥이 진금행을 향해 물었다.

갑작스레 들이닥친 화살 세례를 막아내고, 이제 그 화살이 동이 났는지 더 이상 날아들지 않으니, 감히 어느 놈이 이 짓을 저질렀는지 알아볼까 하는 물음이었다.

"그럴 거 없어, 어떤 놈들인지 알겠으니까."

하지만 진금행은 고개를 저었다.

"이 불연이가 듣기엔 장강수로맹이라 들었던 것 같은데요?"

불연이 맞냐는 듯 진금행을 쳐다보자 고개를 끄덕였다.

"장강의 수적 떼 놈들이?"

성윤위가 놀라 커다란 눈을 더 크게 떴다.

녹림산적과 장강수적들은 대단한 경쟁 의식이 있었다.

개개인의 질은 녹림 쪽이 우수한 반면 숫자와 위력 면에선 장강 쪽이 컸기 때문이다.

거기다 성윤위를 총타주로 맞이한 이후, 정도를 걷는 녹림십팔채를 제일 못마땅하게 보는 세력이 바로 장강수로맹이었으니 둘 사이의 알력은 팽팽하기만 한 게 사실이었다.

비록 활동하는 위치가 깊은 산과 넓은 강이란 점 때문에 서로 부딪칠 일이 적어서 다행이었지, 만약 두 세력이 부딪친다면 강호에 미칠 영향

력이 절대로 마교와 무림맹이 부딪치는 것 이하가 아닐 것이 분명했다.

그러니 성윤위가 이토록 놀라는 것도 당연한 일이었다.

"옳다꾸나! 장강에 수적 놈들이 엄청 많다고 들었어! 대가리 수가 많으니 손바닥 또한 많겠지!"

이 소식에 가장 흥이 난 건 현통밖에 없었다.

마교 교주마저 인상이 찌푸려졌으니 말이다.

"그럼 어떡하지? 장강으로 쳐들어가야 하나?"

걱정스런 듯 오필도가 중얼거리자 진금행의 찌푸려졌던 얼굴이 조금 펴졌다.

"왜 찾아가? 그놈들이 우리한테 올 텐데. 일단 기다리자구. 일단 처음에는 어느 정도 밀리기야 하겠지만……."

진금행은 고개를 돌려 바로 옆 객잔을 쳐다보았다.

거기엔 이미 무(无)라는 조그마한 계집애에게 달려들었던 사내가 고슴도치가 되어 널브러져 있었고, 사내가 나온 객잔의 벽들 또한 빼곡히 화살로 꽂혀 있었다.

어느 틈엔지 사람들은 모두 도망가 주위에서 찾아볼 수 없게 된 것이다.

"일단 여기서 기다리지. 너무 밀리면 안 좋은데……."

진금행이 걱정스러운 듯 중얼거리며 객잔 안으로 성큼성큼 걸어 들어갔다.

"왜 밀려? 그리고 장강 놈들이 왜 우리를 치러 오는 거지? 어떻게 된 일인지 이유나 좀 알자구!"

우문하가 투덜대며 뒤를 따랐다.

"혹시 저 커다란 놈 때문이 아닐까? 장강 애들하고 녹림 애들하고 한바탕 드잡이질하는 한가운데 재수없게 끼어든 게 아니냐구."

나름대로 상황을 분석하며 은근슬쩍 성윤위를 꼬나본 오필도가 역시 우문하 뒤를 따라 객잔 안으로 향했다.

"손바닥 한번 실하군!"

현통이 오필도 의견에 동의한다는 듯 우문하 옆을 지나며 쓰윽 손바닥을 한번 쳐다보았다.

더러운 쌈판이 훑어본 게 찜찜했는지 성윤위가 어색한 웃음과 함께 털이 북실북실 나 있는 강구의를 향해 한쪽 눈을 질끈 감았다.

"술?"

강구의가 고개를 크게 끄덕였다.

"좋지!"

보통 사람보다 엄청 커다란 체격의 강구의와 그런 강구의보다 더 큰 성윤위가 객잔 안으로 사라지자 남은 교주의 모인 눈알이 더욱 한가운데로 쏠리기 시작했다.

"정말 위험하군. 조천대의 위명이 넓게 퍼졌다는 걸 깜빡했어. 미리 금행이에게 말해 줬어야 하는데……. 사대봉공과 오대세가가 조천대를 치고 싶어해도 치진 못하지. 그러니 자연 더러운 수적 놈들 몫이 될 거란 걸 왜 생각 못했을까! 그런데 금행이 저놈은 얼른 도망가지 않구서?"

교주의 눈알이 한참을 쏠리는 듯싶더니, 모르겠다는 듯 머리를 절레절레 내젓고는 객잔 안으로 발을 천천히 옮기기 시작했다.

제 8 장

술 ─강구의 술을 마시고, 성윤위 무언가에 취하다

 술

객잔 한구석에 묘웅과 불연이 나란히 붙어 앉아 무언가 심각한 얘기를 하고 있었다.

"아기들은 뭘 먹지이? 이유식 말이야!"

묘웅이 답답하다는 듯 묻자 불연의 고개가 외로 꼬아졌다.

"글쎄요? 이 불연이가 잘 몰라서……. 아미산에선 암죽을 끓여주면 됐는데……."

"암죽? 그거 빨리 끓여와. 애가 배고파서 울잖아!"

묘웅이 다급하다는 듯 재촉하자 불연이 불호를 외웠다.

"아미타불. 묘 시주, 이 아이는 아기가 아니에요. 물론 아이라고 하기엔 몸집이 작긴 하지만 갓난아기가 아니니 암죽을 먹여야 할 때는 지났다구요. 게다가 이 아이는 우는 게 아니라 계속 없어, 없어, 없어 하고 중얼거리는 것뿐이라구요."

불연이 답답하다는 듯 하나하나 가르쳐 주고 있었다.

"그게 그 말이자나아! 너, 애 낳아봤어? 나처럼 애 못 낳아본 건 마찬가지자나아! 없어, 없어, 없어… 그게 무슨 뜻이겠쓰오~ 뱃속에 든게 없다는 말이잖아아!"

묘웅이 불연에게 눈을 흘겨뜨자 불연이 다시 불호를 외웠다.

"아미타불. 애는요, 남자랑 여자가 만나 혼인을 하구요, 첫날밤에요, 서로 두 손 꼭 잡고 한 이불 속에 들어가서요, 서로 눈을 감은 다음에요, 부처님께 아기를 내려달라고 빌어야 생기는 거라구요. 이 불연이가 그런 것도 모르는 바보인 줄 알았어요? 그리구요, 아미산에 버려진, 아니, 부처님 품으로 들어온 아기들을 제가 많이 키웠다구요. 아미타불!"

묘웅과 불연이 무라는 이름의 계집애를 두고 갑론을박을 하다가 불연의 대답에 묘웅이 입을 쩍 벌리고 멍하니 있었다.

세상에나! 그렇게 간편하게 아기를 갖는 방법이 있었다니!

부처님께 빌기만 하면 아기가 뚝뚝 떨어진다니!

그게 결코 부부가 손만 잡고 빌어선 되지 않고, 다른 것도 부지런히 서로 잡아가면서(!), 부처님께 기도하는 시간보단 다른 일에 더욱더 열중(!)해야 생기는 것이란 걸 묘웅은 결코 불연에게 알려줄 수가 없었다.

그저 고개를 돌리고 계집애를 쳐다보고는 을러댈 뿐이었다.

"무아(无兒)야, 우리 예쁜 무아. 그래, 없어라는 한 글자는 부르기 너무 불편하니까 무아라고 부를게. 아이구, 우리 예쁜 무아아~ 이 예쁜 언니가 밥 줄게, 응? 자자, 뽀뽀~"

"없어, 없어, 없어, 무, 무, 무……."

묘웅의 수염 숭숭 삐져 나온 입술이 가까이 오자 무아는 더욱더 겁에 질린 듯 없어란 말만 계속 되뇌일 뿐이었다.

"그래, 이걸 어떻게 해야 하지?"

불연과 묘웅과는 한참 떨어진 식탁에서 진금행과 나란히 붙어 앉아 있던 교주가 목소리를 잔뜩 낮추어 소곤댔다.

"뭐, 방법이 없잖수."

진금행의 퉁명스런 답변.

"미안해. 내가 먼저 알아차렸어야 했는데. 오대세가 무림맹에서 나오면 제일 먼저 조천대를 치리란 것을 말이야. 조금만 생각해 보면 알 수 있었는데……. 무림맹을 손에 넣는 데 지금으로썬 조천대가 제일 방해가 되니까."

"그건 내가 이미 알고 있었던 사실이니 입 닥치고, 눈에 힘 풀고 가만히 앉아 있으시구라! 내가 몰랐던 건 우리가 오대세가 눈엣가시가 될 정도로 큰 위명을 떨치고 있다는 것이었소. 젠장! 언제 들을 기회가 있었어야지! 어라? 눈에 힘 안 풀 거요?"

진금행의 대답이 더욱더 퉁명스러워졌다.

"흠흠, 힘 풀면 가운데로 더 몰려… 그러니 이해하럼. 아무튼 장강 애들이 이토록 빨리 손쓸 줄이야……. 그런데 도망가던가 맞서 싸워야 할 텐데 왜 여기서?"

"어떤 놈들이 노리는지 알아봐야지! 아버님을 노리는 건 오대세가와 사대봉공일 거고, 우리한테 어느 정도로 투입해서 공격하는지 한번 지켜봐야 할 거 아니우!"

"아항! 그래서……."

교주가 그제야 이해가 간다는 듯 고개를 끄덕이고는 주위를 둘러보았다.

하긴 그랬다.

이 막강한 사람들이 몰려 있으니 설령 황제의 대군이 밀려든다 해도 눈 한 번 깜빡하지 않을 것이 분명했다.

조금 전에도 그랬다. 미친 듯 쏟아지던 화살 세례를 단지 명교에서 향(香) 세 대를 태우는 신분으로 위장했기에 무공을 모르는 노인네처럼 한쪽 구석에서 떨고만 있어도 말짱하지 않았는가.

이교옥과 현통, 그리고 주개육과 성윤위, 강구의가 손을 합하자 나머지 사람들은 태연히 서 있어도 충분할 정도였지 않았는가.

지금도 장강의 수적들이 쳐들어온다는 데 전혀 겁에 질린 표정이 아니지 않는가!

그러니 일단 적의 허실을 탐해보고 자리를 떠도 충분할 정도의 고수란 걸 확인한 교주가 안도의 한숨을 내쉴 때였다.

"보낸 사람들이 제 몫을 해줘야 할 텐데… 그것도 빨리……."

진금행이 뜻 모를 이야기를 중얼거렸다.

"으응? 뭐라구?"

교주의 고개가 다시 진금행 쪽으로 돌았다.

"뭘 보슈? 지금 나 보는 게요?"

"크흥, 먼 산……."

"먼 산은 왜 보슈?"

"크흠, 객잔이나 찾아……."

항상 그래 왔듯 자동적으로 대답을 하고 나니 교주 스스로도 웃기지도 않았다.

지금 있는 곳이 객잔 안인데 무슨 먼 산을 보고 객잔을 찾는단 말인가!

왠지 바보가 된 듯한 우울한 기분에 휩싸인 교주에게 진금행이 비릿하게 웃으며 어깨를 도닥였다.

"잘 찾아보슈. 한참 보다 보면 그 객잔 안에 웬 눈이 가운데로 몰린 미친 늙은이도 하나 볼 수 있을 거유."

"퓨휴휴~"

교주의 입에선 방금 전의 안도의 한숨과는 전혀 다른 낭패 어린 한숨이 새어 나왔다.

쿵쿵쿵!

커다란 발걸음 소리와 함께 '끄응~' 하는 신음이 들려왔다.

"우와아~"

주개육의 입이 쩍 벌어지며 믿을 수 없다는 듯 감탄성을 토해내었다.

성윤위와 강구의.

둘은 비슷하면서도 달랐고, 다르면서도 비슷했다.

지기 싫어하는 성격이 같았고, 보통 사람보다 월등한 큰 덩치가 같았다.

하지만 왠지 붙임성있는 성윤위에 비해, 말수없고 낯을 가리는 강구의는 전혀 어울려 보이지 않는 것도 사실이었다.

지금도 지기 싫어하는 성격과 커다란 덩치가 어울려 빚어낸 놀라운 장면, 즉 성윤위의 손 위엔 아홉 동이의 술 단지가, 강구의의 몸엔 여덟 동이의 술 단지가 들려 있는 게 아닌가!

술 단지. 그건 커도 무지막지하게 컸다.

주개육 정도는 그 안에 다섯 명은 들어갈 정도로 큰 술 단지였으니 그렇게 무게와 크기가 엄청난, 무려 열일곱 개의 술 단지를 단 두 사람이 옮겨오고 있는 놀라운 광경이 벌어지고 있었다.

이미 화살이 쏘아져 올 때부터 모든 사람들이 도망가기 바빴으니 술을 옮겨올 점소이도 사라진 지 오래였다.

자연 지하에서 커다란 술 단지를 꺼내 오는 몫은 술 처먹을 놈들의 어깨에 떨어졌고, 성윤위와 강구의는 너무나 착실히 그 책임을 다하고 있는 거였다.

"끄응~"

성윤위와 강구의가 신음 소리와 함께 거구인 성윤위의 키보다 몇 배로 더 쌓인 술 단지를 아래로 내려놓자 주점이 크게 흔들릴 정도였다.

"술이 너무 적어!"

강구의가 불만을 짧게 토로했다.

"오늘 밤 마실 정도는 되는 것 같은데?"

강구의의 배포에 지기 싫은 듯 성윤위가 다시 한쪽 눈을 질끈 감아 보이며 껄껄 웃었다.

"그게 아니야, 당신… 아니, 너… 아니, 녹림십팔채의 총채주는 아홉 동이, 나는 여덟 동이."

강구의가 성윤위를 부르기 애매했는지 여러 번 바꾸다가 자신의 불만이 그게 아님을 나타냈다.

하긴 아무리 술 잘 먹는 술고래라도 한 단지 이상은 불가능해 보였다.

아니, 이 정도로 큰 술 단지라면 그 안에 든 술을 다 먹기도 전에 뱃속이 터져 버릴 게 너무도 분명해 보였다.

강구의의 불만은 자신이 성윤위보다 한 단지 덜 들고 온 게 마음에 들지 않는다는 뜻이었고, 뒤늦게 알아챈 성윤위가 더욱 크게 껄껄 웃었다.

"그냥 성 형이라고 불러. 난 강 형이라 부르지. 어이, 강 형. 그러니

양 옆구리에 한 단지씩 끼고 오자고 할 때 누가 무리해서 세 번째 단지를 가슴에 올려놓으라 했는가! 그걸 본 내가 어찌 참겠는가. 어쩔 수 없네. 단지 술 단지가 열일곱 개밖에 없는 걸 나보고 탓을 하면 되겠는가? 그래, 미안허이. 내가 벌주로 한 단지 더 먹으면 될 일을!"

성윤위가 마음에 든다는 듯 다시 한 번 크게 웃고는 칼을 앉을 탁자 위에 가져다 꽂았다.

푹!

건곤무적도. 이름만큼이나 무식하게 큰 칼이었다.

하기야 그 정도 크기가 아니라면 커다란 성윤위 손바닥에 어울리지 않을 것이 분명했지만.

그 커다란 칼이 절묘하게도 반 치쯤 파고들어 가고는 중간에 딱 멈추어 섰다.

"좋군!"

그걸 본 강구의가 고개를 끄덕였다.

탁자의 두께를 반만 파고든 건곤무적도.

물론 무게가 나가는 칼이니 위에서 떨어뜨려도 그 정도 깊이는 파고들 게 분명했다.

하지만 그 묘리는 거기에 있는 게 아니었다.

조금만 더 깊게 파고들었다면 탁자가 쪼개졌을 것이고, 조금이라도 얕았다면 칼이 제 무게를 이기지 못한 채 서 있는 게 아니라 한쪽으로 쓰러졌을 거란 걸 강구의가 알아보았기 때문에 탄성을 지른 것이다.

"칼이 좋은 것이야."

성윤위가 강구의의 칭찬에 머쓱해졌는지 의자에 앉으며 씨익 웃었다.

끼기덕~

의자가 성윤위의 몸집을 이기지 못하고 앓는 소리를 토해내었다.

강구의는 잠시 건곤무적도를 쳐다보다 자신의 거치도를 건곤무적도가 꽂힌 반대 편 쪽으로 던졌다.

푹!

건곤무적도와 비슷하면서도 전혀 다른 소리와 함께 강구의의 거치도 역시 적당한 중간쯤 깊이에서 절묘하게 멈추어 섰다.

"좋군!"

이번엔 성윤위가 엄지손가락까지 내보이며 칭찬을 했다.

강구의가 건곤무적도와 자신의 거치도가 똑같은 깊이에서 멈추었음을 확인하자 눈동자에 안도의 빛이 순간적으로 스쳐 지나갔다.

역시 성윤위가 앉은 의자가 낸 굉음과 비슷한 소음을 내며 강구의가 성윤위 맞은편 의자에 엉덩이를 걸쳤다.

"내 칼도 좋아, 당신 칼만큼."

탁한 음성으로 대답하는 강구의의 털북숭이 얼굴에 미소가 떠올랐다.

"칼도 좋고, 사람도 좋지. 그럼 술은 얼마나 좋을까 알아봐야지?"

성윤위가 옆에 내려놨던 술 단지를 책상 위에 올려놓는 손놀림이 가볍기 짝이 없었다.

성윤위의 내력이 깊음을 한눈에 보여주는 모습이었다.

강구의 역시 술 단지를 직접 들고 왔으니 그 무게가 어느 정도인지 이미 알고 있었다.

뼈가 부러질 것 같은 고통을 간신히 이기고 여덟 단지를 가져왔지만 성윤위처럼 한 개의 단지를 술 사발 들듯 손가락 몇 개로 들어 올릴 자신은 없었다.

강구의의 눈가에 이번엔 긴장이 스칠 때 성윤위가 술 단지를 탁상

위에 올려놓았다.

　바로 그 순간이었다.

　쿵!

　탁자가 단지의 무게를 이기지 못하고 비명을 울림과 동시에 강구의가 꽂아 넣은 거치도가 옆으로 기우뚱 기우는 것이 아닌가.

　그와 동시에 거치도가 꽂혀 있던 한 뼘 정도의 탁자 끝이 잘려지며 거치도가 아래로 떨어져 내리기 시작했다.

　강구의의 눈이 커지며 막 거치도를 향해 손을 뻗으려 할 때였다.

　성윤위의 손이 보다 빠르게 움직여 허공에서 거치도를 잡아채 가는 것이 아닌가.

　강구의의 눈동자가 성윤위 손에 올라가 있는 자신의 거치도를 보며 사정없이 흔들렸다.

　"내가 미처 그 부분이 썩었다는 걸 말해 주지 않았군. 미안해. 오늘따라 실수를 많이 하는걸?"

　성윤위가 머쓱하게 웃으며 조심스럽게 거치도를 강구의 앞으로 내밀었다.

　강구의의 시선이 거치도를 쳐다보다가 다시 막 탁자 위에 올려놓고 있는 술 단지를 쳐다보았다.

　그리고는 다시 그 술 단지를 받치고 있는 성윤위의 손가락에 잠시 머물던 시선이 민망한 듯, 혹은 미안한 듯 반달로 휘어져 웃고 있는 성윤위의 고리눈 위에 멎었다.

　"탁자가 썩은 게 아니라 내 눈이 썩었어!"

　강구의가 탁한 목소리로 대답했다.

　강구의는 알았던 것이다.

자신이 똑같이 박아 넣었다고 자신한 거치도와 아무렇지 않게 편안히 내던져진 건곤무적도가 만들어낸 결과는 강구의의 자신과는 달리 똑같지가 않았던 것이다.

그리고 굴러 떨어지는 거치도를 가만히 앉아 있는 자신보다 무거운 술 단지를 손가락으로 들어 올리고 있었던 성윤위가 보다 빠르게 채간 것도 눈으로 똑똑히 보았던 것이다.

그리고…

그 성윤위가 급히 몸을 뻗어 거치도를 잡아채 갔음에도 뚜껑을 열어젖힌 술 단지 위에 술은 조금의 찰랑거림도 없이 고요한 상태였음 또한 눈으로 확인할 수가 있었다.

그래서 자신보다 더욱 뛰어난 실력자를 두고 자신과 비슷하리라 생각했던 눈이 썩었다고 말한 것이다.

강구의가 아무렇지도 않은 듯 성윤위 손에서 거치도를 받아 땅바닥에 수직으로 꽂아 넣었다.

이번에 거치도를 던질 땐 실력을 견주려던 처음과는 달리 아무런 의도도 없었는지 거치도의 도신이 반 이상 바닥에 박혀 있었다.

"비록 내 눈은 썩었어도 이 술은 썩지 않았겠지."

강구의가 성윤위 손에서 술 단지를 뺏어 들고는 목을 뒤로 젖히고 크게 몇 모금을 꿀꺽꿀꺽 삼켰다.

그 모습을 보던 성윤위의 얼굴이 활짝 개이더니 또 다른 술 단지의 뚜껑을 찢어내고는 자신도 역시 고개를 젖히고 크게 목구멍 속으로 술을 넘겼다.

지금 성윤위는 너무나 호쾌한 마음이었다.

무인에게 있어 가장 중요한 건 자존심과 자부심이었다.

하지만 그런 자부심은 자신의 실력과 비등하다고 생각되어 경쟁심을 느끼던 상대보다 결국 못하다는 걸 눈으로 확인했을 때 더욱더 비참하게 만드는 원인이 되었다.

그런데 강구의는 자신의 실력이 성윤위보다 못하다는 걸 확인하자 깨끗이 인정하는 것이 아닌가!

그것은 절묘한 도법을 익히는 것보다 더욱더 힘든 일이란 걸 성윤위는 너무도 잘 알고 있었다.

자신이 처음 패배했을 때 느꼈던 낭패감은 도무지 참을 수가 없었기 때문이다.

그런데 상대는……?

깨끗이 인정했다. 자신이 건네주는 거치도를 뿌리치고 자리를 박차고 일어설 줄 알았는데 깨끗이 인정하지 않는가!

성윤위는 이제야 진정한 지기를 만났다고 생각했다.

비록 도법이야 자신보다 처지지만 마음은 자신보다 윗길인 진정 배울 수 있는 친구를 이제야 만난 것이다.

자연 성윤위가 오늘 맛보는 술맛은 너무도 달디달고 맛있는 것이었다.

술이 맛있었다기보다는 술을 함께 마시는 친구가 더욱 맛있었기 때문이다.

장강의 수적 떼가 언제 덮칠지 모를 긴박한 순간을 태연히 함께 즐길 수 있는 친구가 바로 눈앞에 있지 않은가!

'오늘따라 술발이 정말 잘 받는군!'

성윤위의 머리 속에 든 첫 번째 감상이었다.

"근데 말야··· 강 형, 이제 보니 손가락이 뎅경뎅경했네? 쿠하하하~ 어디 똥개에게 물리기라도 했나 보군. 누구누구는 손가락 두 개가 뎅경뎅경했대요~"

꼬부라진 발음이 성윤위 입에서 튀어나왔다.

혀가 꼬부라졌으니 발음이 제대로 나올 리 만무한 일.

이미 강구의와 성윤위 옆에 여섯 단지의 텅 빈 술 단지가 나뒹굴고 있은 후였다.

"뎅경뎅경했지이~ 똥개? 히히히~ 똥개보다 더 지독한 놈이 손꾸락 두 개를 뎅경뎅경해 갔찌이~ 손꾸락 두 개를 지랄맞은 개새끼가··· 딸꾹~ 뎅경뎅경해 가잖아~ 그 개새끼가 말이지이··· 딸꾹~"

강구의는 성윤위보다 조금 더 상태가 안 좋은 것이 분명했다.

자신의 오른 손가락 중 두 개가 없어진 걸 실실 웃어가면서 대답하는 게 아닌가.

그 잘려진 손가락이 진금행 품에 고히 모셔져 있고, 그 말라비틀어진 손가락 두 개 때문에 우문하가 처음 진금행을 만났을 때 설설 기지 않았던가.

"왜 뎅경뎅경했쩌어? 감히 언 놈이 뎅경뎅경했단 말이야, 우리 강 형 손꾸락을! 내 그놈을 만나기만 하면 그냥 콱! 딸꾹~"

성윤위의 입에서도 딸꾹질이 튀어나오기 시작했다.

"냅둬. 딸꾹~ 성 형이 어찌해 볼 놈이 아니야. 아니, 손꾸락 다 가져가라구 해! 딸꾹~ 단지 내 비밀만 지켜준다면··· 손꾸락쯤이야······. 아니아니, 가만있어 봐. 그런데 왜 내가 성 형에게 그런 얘기를······."

쿵!

강구의는 무공에서도 졌지만 술 내기에서도 성윤위에게 진 게 분명했다.

그 거대한 머리가 탁자 위에 사정없이 내리꽂히는 듯하더니 곧 괴상한 소리를 내뱉는 게 아닌가.

"드르렁 쿨~ 쿨~"

오늘 밤 강구의는 너무도 말이 많았다.

그런 강구의의 떨구어진 머리를 내려다보며 성윤위의 가슴이 왠지 아려오기 시작했다.

'불쌍한 사람. 왜 손가락을 잃었을까. 어느 놈이 잔인하게도… 손가락이 없으면 칼을 놀릴 때 얼마나 불편할까……. 그리고 비밀은 또 뭐지? 아무튼 강 형도 평탄한 인생을 살아오진 않았겠군.'

성윤위는 탁자 위에 올려진 채 아무렇게나 널브러진 강구의의 오른 손가락을 보며 한없는 상념에 휩싸였다.

"어이, 성 형. 뭐 해?"

갑자기 탁자 위에 널브러져 자는 줄 알았던 강구의 입에서 성윤위를 부르는 소리가 들렸다.

갑자기 성윤위의 고개가 강구의 앞에 나란히 눕혀졌다.

그리곤 강구의의 오른손 앞에 똑같이 왼손을 올려놓고 정신을 잃은 듯해 보이는 모습과 함께 잠꼬대처럼 중얼거렸다.

"나? 술에 취해 자지? 그런데 강 형은……."

"어이, 성 형. 한 잔 더 해. 그렇지, 그렇게 쭈욱 고개를 뒤로 젖히고… 맛있지? 정말 맛있지? 우헤헤~ 음냐음냐."

하지만 성윤위의 대답으로 들려온 건 강구의의 진짜 잠꼬대였다.

애당초 성윤위를 부른 것도 잠꼬대였으리라.

성윤위는 질끈 감았던 두 눈을 얇게 뜨고는 저도 모르게 피식 웃었다.

지금 자신의 머리 위에는 강구의의 머리가 있을 터였다.

그 같은 생각을 하자 갑자기 마음이 편안해졌다.

뚱뚱하기가 한량없는 악마에게 당했던 어이없는 패퇴.

그리고 그 이후 찾아온 깊은 절망감.

겉으로 보기에 성윤위는 아무렇지 않은 듯 보였지만, 이미 속은 썩을 대로 썩고, 그 충격은 영혼까지 잡아채어 마구 흔들어대고 있었다.

하지만 이렇게 강구의와 머리를 마주 대고 탁자에 쓰러져 있자니 한없이 마음이 평화로워진 것이다.

왜 그런지는 성윤위 자신도 몰랐다.

아무렇게나 내뻗은 왼손을 성윤위는 자신도 모르게 움찔거렸다.

조심스럽게 실눈을 뜬 성윤위의 눈꺼풀 사이로 강구의의 잘려진 오른손이 들어왔다.

성윤위는 조심스럽게 왼손을 뻗어 강구의의 오른손 쪽으로 아주 천천히 다가갔다.

아주 천천히…

조금씩 조금씩…

조그마한 애벌레가 전진하듯 아주 조심스러운 속도였다.

그리고 이제 곧 살결이 닿을 것만큼 아주 가까워졌다.

성윤위는 이상하게 자신의 숨결이 거칠어지는 걸 느끼고 머리가 뜨거워졌다.

이제 머리카락 하나 사이를 두고 자신의 손과 강구의의 손이 맞닿아 있었다.

심장이 점점 빨라지고 있었다.

술기운 때문인지 피가 미친 듯 온몸을 빠르게 돌고 있었다.

바로 그때였다.

"으흠… 음냐음냐……."

강구의의 입에서 잠꼬대처럼 신음이 흘러나왔다.

그 소리를 듣자 갑자기 성윤위의 머리 속이 찬물을 부은 것처럼 맑아지는 게 아닌가.

성윤위는 자신도 모르게 피식 웃음이 터져 나왔다.

'이게 무슨 일이지?

성윤위는 고르게 들리는 강구의의 숨소리를 듣자 다시 마음이 편안해지는 것을 느꼈다.

어디선가 닭이 홰를 치는 듯한 소리가 들리는 것 같았다.

그리고 눈이 스르르 잠겼다.

달디단 잠이 성윤위의 의식을 삼켰다.

성윤위가 잠에 빠져들었을 때 강구의의 오른손이 미묘하게 떨렸다.

강구의의 숨은 편안한 잠에 빠져든 것처럼 고르게 들이켰다 내뱉어졌지만, 잠에 들었다기보단 의식적으로 숨을 고르는 것처럼 느껴졌다.

가늘게 떨리던 강구의의 오른손이 조금씩 뒤로 물러나기 시작했다.

성윤위의 왼손이 조금씩 다가온 속도보다 더욱 느린 속도로, 천천히 뒤로 물러나고 있었다.

아주 천천히…

아무도 눈치 못 챌 만큼 은밀하게…….

그렇게 강구의의 오른손이 뒤로 물러나고 있었다.

"이봐, 정신 차려!"

무언가 두툼하고 둔중한 것이 사정없이 양 볼따구니를 내려치는 게 느껴졌다.

"으흠……."

깨질 듯한 두통과 함께 뜬 성윤위의 눈에 웬 시커멓게 생긴 것이 눈을 부라리고 있었다.

"허억……!"

퉁기듯 뒤로 물리는 성윤위의 몸에 내력이 미친 듯 휘몰아쳐 갔다.

쉬익—

간밤에 마셨던 술기운이 내력을 일주천시키자 성윤위의 몸에서 아지랑이처럼 주정(酒精)이 피어올랐다.

"무슨 짓이야!"

앞에서 버럭 고함을 내지르는 목소리는 어딘가 익숙한 데가 있었다.

"아! 강 형! 그런데 무슨 일… 어라? 강 형 얼굴이……."

성윤위가 몸을 일으키며 반사적으로 쳐낸 장에 스쳤는지 강구의가 왼쪽 어깨를 부여잡고 인상을 쓰고 있는 게 보였다.

그런데 강구의의 얼굴이 어딘가 이상해 보였다.

'……?'

눈을 몇 번 깜박이고 나서야 그것이 얼굴이 시커멓게 변했기 때문이란 걸 알 수 있었다.

"쿠하하~ 강 형 얼굴이……."

성윤위가 웃다가 무언가 이상한 것을 느끼고는 자신의 손등을 보았다.

검댕이 몇 개 묻어 있는 손등.

그제야 왜 강구의의 얼굴이 이상하게 보였는지 깨닫게 되었다.

성윤위는 얼른 주위를 둘러보며 지금 처해 있는 상황이 어떤 것인지 파악하려 했다.

분명 여기는 어제 묵었던 객잔이 아니란 건 확실했다.

여우에게 홀려 숲 속 한가운데를 객잔으로 착각했던 게 아니라면 말이다.

"여긴……."

성윤위의 말이 끝나기도 전에 휘리릭 자신 앞으로 무언가 날아오는 게 보였다.

성윤위의 눈에 반가운 빛이 떠올랐다.

아무리 정신을 놓고 있었다 해도 자신의 애병인 건곤무적도를 못 알아볼 만큼은 아니었기 때문이다.

허공 중에서 낚아채자마자 무언가 뒤에서 맹렬하게 덮치는 기운이 느껴졌다.

"어딜!"

건곤무적도가 성윤위의 몸통을 중심으로 한 바퀴 빙글 돌았다.

"쿠에엑!"

뜨거운 기운이 등 뒤로 후끈하게 느껴지는 동시에 허리 위는 없어진 다리 두 개가 성윤위 왼쪽 뒤에서 앞으로 몇 걸음 걸어나오다 쓰러지는 게 보였다.

그리고 땅 위에 널브러지는 창자들…….

"강 형, 대체 무슨 일이 있었지?"

"물에서 놀던 쥐새끼가 불장난을 하더군."

강구의의 말과 함께 커다란 거치도가 허공을 갈랐다.

칭칭칭!

쇠와 쇠가 부딪치는 굉음과 함께 땅으로 무언가가 우두둑 떨어지는 게 보였다.

"수리표?"

성윤위는 그제야 알 수 있었다.

자신이 술에 곯아떨어졌을 때 장강수로맹이 나타난 것이다.

그들은 객잔에 불을 질렀고, 자신은 누군가가 이곳으로 무사히 옮겨 놓았다는 것을.

'누가? 아……!'

성윤위는 구태여 강구의를 쳐다보지 않았다.

그저 가슴에 뜨거운 무언가가 치밀어 오르는 것만을 느꼈을 뿐이다.

그래도 강호상에 이름이 널리 알려질 정도로 고강한 무공을 지닌 자신이 그저 술에 취해 적들이 쳐들어왔다는 것을 몰랐을 리 없었다.

또 정체 모를 악마와 상대해 손 한 번 제대로 써보지 못하고 패했기에 그 기세가 크게 약해진 것도 사실이긴 했지만 이 정도는 아니었다.

분명 자신이 잠든 사이에 느낀 포근함.

흡사 오랜만에 느껴보는, 기억에도 가물가물한 어머니의 품속처럼 아늑하고 포근함에서 벗어나기 싫어 그냥 그대로 잠이 들었던 게 틀림없었다.

그 어떤 위험이 온다 해도 전혀 걱정없이 편안하게 잠들 수 있었던 것은… 그리고 보통 사람에 비해 너무도 큰 거구가 이곳까지 무사히 옮겨질 수 있었던 것은…….

'강구의가!'

그랬다.

강구의만이 성윤위의 거구를 쉽게 이쪽까지 옮겨올 수 있을 것이다.

그것도 그냥 몸만 옮긴 거라면 성윤위가 강구의 쪽을 쳐다보지도 못할 이유는 없었다.

하지만 강구의의 얼굴이 시커멓게 변한 건 시뻘겋게 불타오르는 객잔, 그 한가운데 활활 타고 있는 불구덩이 속을 헤쳐 나오느라 그랬다는 것을 알 수 있었다.

그런데 정신을 잃은 자신은 그저 몸에 검댕 조각 몇 개만이 묻어 있다는 것은?

그리고 수적 떼들의 침입 속에서도 아무런 걱정 없이 편안하게 잠들었던 것은?

거기다가 그 잠이 그토록 달디달고 편안하고 아늑했던 것은?

더 이상 다른 생각을 할 수 없었다.

그냥 고맙다는 말로 끝낼 일이 아니었다.

강구의가 화염과 적들의 공격을 뚫고 자신이 너무도 편안함을 느끼게 만들며 여기까지 옮겨오기 위해 얼마나 애썼을까 따위는 성윤위를 괴롭히는 것이 아니었다.

"녹림도이니 여기서 가까운 곳을 알고 있겠지?"

어디선가 지금 벌어지고 있는 일 따위는 신경도 쓰지 않는다는 듯한 권태로운 목소리가 들렸다.

쩡!

막 건곤무적도로 날아드는 낭아표를 막아낸 성윤위는 그 목소리의 주인공이 어제 보았던 무섭도록 뚱뚱한 놈임을 금방 알아차릴 수 있었다.

'조천대의 대장! 이름은… 역시 기억이 안 나는군.'

성윤위는 형편없는 자신의 기억력을 탓하며 쓴웃음을 지었다.

"이 위로 가면 노가채가 있긴 하지. 하지만 거긴 녹림의 열여덟 개 산채 중 가장 허술한 곳이야. 아니, 산채라고 불릴 수도 없는……."

성윤위의 말을 냉큼 뚱뚱한 놈이 잘라먹었다.

"됐어, 안내해. 피곤해 죽겠으니 가서 한숨 자야겠어."

"……!"

감히 자신에게 하대하는 것도 모자라 명령을 하는 놈이 있다니!

하지만 왠지 그 목소리를 듣자 얼른 그 명령을 이행해야겠다는 생각을 하는 자신은 또 뭐란 말인가?

"이 위로 쭉 가다 보면… 어이, 강 형. 이리 와. 이리 가면 되니까."

큰 목소리로 강구의를 부르면서도 자신이 왜 그리로 안내해야 하는지 도통 이유를 생각해 낼 수 없는 성윤위였다.

처음엔 화살을 퍼붓더니, 그리고 그날 밤 객잔에 불을 지르고 마지막엔 산으로 몰아넣곤 쏟아내던 암기마저도 잠잠해졌다.

"이놈들이 무슨 짓인지 모르겠군."

정말 말끔하게 술기운에서 깼는지 성윤위의 분노가 암기 공격이 사라지자마자 불같이 쏟아졌다.

"내 당장 산 아래로 내려가서……."

"웃기고 있네."

성윤위의 분노에 찬 목소리를 냉큼 자르는 목소리.

그리고 그 목소리를 듣자마자 성윤위는 이번에도 역시 그 뚱뚱한 놈이 틀림없다는 걸 알 수 있었다.

"뭐, 웃겨? 웃기다구?"

성윤위가 기도 차지 않아서 커다란 콧구멍을 벌렁거리고 있을 때, 당연하다는 듯 진금행이 대꾸했다.

"네놈이 늦게 깨는 바람에 귀찮아진 것뿐이야. 우리가 옳은 길로 가니까 잠잠해진 것뿐이고. 그러니 늦게 깬 네놈이 화낼 건 없어. 도리어 우리가 화를 내면 모를까."

"옳은 길? 물론 이 건곤무적도가 가는 길에 그른 길이란 건 없지. 하지만 내가 화를 내지 못하다니? 그건 무슨 말이야?"

진금행의 말이 이해가 가지 않은 성윤위가 눈을 멀뚱멀뚱 뜨고 물었을 때 이젠 아예 대놓고 노골적으로 비웃는 뚱뚱한 놈의 얼굴을 볼 수 있었다.

"우릴 그 노가채인가 뭔가로 몰려는 거 아니겠어? 저 물에서만 놀던 수적 떼 놈들이 말이야. 그러니 우리가 그쪽으로 왕림해 줘야지! 네놈이 일찍 깼다면 버~얼~써 노가채로 갔을 거고. 그럼 이런 귀찮은 일은 벌어지지 않잖아!"

진금행이 짜증난다는 듯 버럭 고함을 지르고는 좁은 산길을 터벅터벅 걸어서 오르기 시작했다.

"왜? 왜지?"

이해가 가지 않은 성윤위가 주위를 둘러보며 동의를 구하고 있었다.

왜 수적 놈들이 자신들을 노가채로 몬단 말인가.

물론 이 주위에 자리 잡고 있는 녹림십팔채 중엔 노가채가 가장 가까웠고, 인근 지역 중에 갈 만한 곳이라곤 노가채가 유일하긴 했지만 말이다.

하지만 왜 수적 놈들이 노가채로 자신들을 몰아간단 말인가.

노가채는 그리 요충지로 볼 수도 없는 곳인데 말이다.

"왜? 왜냐구……? 왜 그놈들이 노가채로 몬다는 거지? 자네들은 수적 놈들이 정말 우리를 노가채로 몰아간다고 생각하는가?"

몸 여기저기에 검댕이가 묻어 있는 조천대원들은 정신없이 커다란 대가리를 좌우로 돌리며 묻고 있는 성윤위를 향해 일제히 똑같은 행동을 취할 뿐이었다.

끄덕끄덕.

"엥?"

놀란 성윤위가 이번엔 강구의 쪽을 바라보고는 구원을 요청하는 눈빛을 보냈다.

"왜지? 자네는 물론 알고 있겠지?"

"성 형, 신경 쓰지 말고 앞장서. 노가채로 향하는 길을 알려줘야지."

하지만 강구의마저도 약간 피곤하다는 눈빛을 성윤위에게 던질 뿐 그 이유는 말해 주지 않고 있었다.

"노가채야 이리로 쭉 가다가 왼쪽 길로 가면 돼. 대강 나올 때가 되면 내가 당연히 알아서 가르쳐 줄 거야. 그런데 왜 대답을 안 해주는 거야? 왜 나만 바보 된 기분이지? 응? 왜 나만 모르겠는 거야. 개방의 거지도 알고 화산의 도사도 아는 걸 왜 녹림을 이끌어가는 나만 모르는 거냐구."

무언가 틀림없이 잘못 돌아가고 있었다.

성윤위의 말에 조천대원 모두는 성윤위를 한심스럽다는 시선으로 바라보다가 하나둘씩 산 위로 향하는 좁은 도로로 올라가고 있었으니까.

"강 형, 자네는 말해 주겠지? 다른 사람도 아닌 자네만은 왜 수적들이 우리를 노가채로 몰아간다고 봐야 할 구체적이고 타당한, 그리고 논

리적이고 귀납적인 그런 이해하기 충분한 이유를 내게 말해 주겠지?"

다행히 애처롭게 바라보는 성윤위의 시선을 강구의는 외면하지 않았다.

성윤위의 옆을 스쳐 가면서 그저 짧게 이유를 말해 주었다.

"그래, 당연히 말해 주지. 왜냐면 진금행이 그렇게 말했으니까!"

"진금행? 아참, 조천대주 이름이 진금행이랬지!"

저도 모르게 아름드리 나무보다 더 굵은 허벅지를 손으로 탁! 치며 성윤위가 알았다는 듯 크게 외쳤다.

"어라? 그런데 그게 이유야? 진금행이 말했다는 게? 그게 모두들 수긍할 만한 이유였냐고! 진금행이 그렇다면 모두 그렇게 되는 건가? 왜 진금행의 말이 진리요, 길이요, 구원의 길이 되는 거냐구! 왜! 왜! 왜!"

터벅터벅 올라가는 강구의의 뒤통수에 대고 성윤위가 고함을 지르듯 물었다.

하지만 강구의도 짜증이 났는지 뒤도 돌아보지 않은 채 퉁명스럽게 대답하는 게 아닌가!

"진금행이니까!"

"……!"

성윤위로선 더 할 말이 없었다.

그래서 그냥 강구의 뒤를 따라 터벅터벅 걸음을 옮길 뿐이었다.

만약 이번에 색다른 방법으로 장강의 수적패들이 공격해 온다면, 이번엔 자신이 강구의를 보호할 거란 결심을 굳히면서…….

제 9 장

장강수로맹 —옥인재 오군평과 앞날을 다지고, 조천대 죽음을 느끼다

장
강
수
로
맹

"노가채로 들었습니다."

눈앞에 부복한 사람은 한눈에도 죽음을 두려워하지 않는 인물임에 틀림없어 보였다.

그리고 그만큼 무서운 사람이었으며, 또 그만큼 믿음이 가는 사람이기도 했다.

"성공이군."

사람에게 자연스럽게 위압감을 주는 목소리의 주인공은 고리눈을 부릅뜬 대춧빛이 도는 커다란 얼굴의 사내였다.

천하디천한 신분으로 태어났다면 분명 역적을 도모해서라도 높은 자리에 올랐을 게 틀림없어 보이는 얼굴이었다.

태화련(太和聯)의 위명만큼이나 웅장하게 지어진 태웅전(太雄殿).

웬만한 사람은 주눅 들게 하는 커다란 태웅전을 제 집만큼이나 편안하게 느끼는 인물이 바로 그였다.

태화태세(太和泰歲) 옥인재(玉仁齋).

약간의 손색이 있긴 하지만 당금 무림에서 무림맹과 명교에 어깨를 견줄 만한 세력인 태화련을 홀로 키워낸 자가 바로 그였다.

"흐음……."

하지만 옥인재의 검미는 잔뜩 찌푸려져 있는 상태였다.

그리고 옥인재가 있는 자리도 태화련의 중심부에 있는 태웅전이 아니었다.

불타 버린 채 재만 남아 있는 객잔 한가운데 호피(虎皮)를 걸친 화려한 태사의를 한가운데 가져다 놓고 그 위에 앉아 있는 중이었다.

태화련의 련주라면 강호에서 신분이 드높다 할 텐데도 그리 화려하지도 않은 객잔에, 그것도 불타 버리고 재만 남은 채 연기를 토해내고 있는 객잔에 앉아 있을 이유가 전혀 없지 않은가.

그것도 진금행 일행을 산으로 쫓아버리기 위해 방금 전 불태워 버린 객잔이 아직도 매캐한 연기를 내뿜고 있는 폐허 위에서 말이다.

하지만 옥인재는 불평을 늘어놓을 수가 없었다.

절대 자신과 비교해도 뒤처지지 않을 만한 인물이 군소리없이, 그것도 화려한 태사의가 아닌 어디선가에서 쉽게 구한 듯한 의자 위에 앉아 있었기 때문이다.

오군평(吳群坪).

바로 녹림십팔채와 비교해도 그 성세가 더욱 크다는 장강수로맹을 이끄는 맹주가 바로 그였기 때문이다.

오군평이 아무 말 없이 앉아 있는데 어찌 옥인재가 불평을 늘어놓을 수 있단 말인가.

"믿을 수 있겠는가?"

옥인재가 오군평을 쳐다보며 물었다.

"못 믿으니 자네와 손을 잡은 것이지."

오군평은 순순히 옥인재의 의심이 이유있는 것이라 인정하고 있었다.

"우리로 충분할까?"

옥인재가 또다시 물었을 때에도 오군평의 고개는 다시 끄덕여졌다.

"모자르면 모자른 대로 대처하면 그뿐이야."

오군평의 너무도 태연자약한 대꾸에 도리어 옥인재가 할 말이 없어졌다.

고리눈에 붉은 얼굴부터가 남다른 기상을 나타내 주는 자신과는 달리 오군평의 왜소하고 마른 얼굴은 평범하기 짝이 없었다.

더더군다나 오군평의 졸린 듯 잠겨 있는 눈꺼풀을 본 사람이라면 보통의 사람보다 더 아래로 업수히 여길 게 분명했다.

하지만 옥인재만은 알고 있었다.

저 졸린 듯한 눈이 얼마나 계산에 밝고 냉정한지를.

사람들은 흔히 장강수로맹이 녹림십팔채보다 세력이 크다는 건 쉽게 인정하면서도, 왜 건곤무적도 성윤위의 이름을 오군평 위에 두는지 옥인재는 이해할 수가 없었다.

만약 오군평의 진정한 진면목과 능력을 아는 사람이라면 도리어 장강수로맹이 녹림십팔채보다 세력이 작다면 모를까, 오군평이 성윤위보다 몇 배 위라는 것은 너무도 당연하게 생각할 게 분명한데 말이다.

옥인재는 졸린지 아예 아래위의 눈꺼풀이 거의 붙어가고 있는 오군평을 향해 다시 말을 건넸다.

"나는 믿을 수 없네. 사실 혈첩은 내 손아귀에서 사대봉공이 뺏어간 것이야."

옥인재의 말에 무슨 뜻이냐는 듯 오군평의 눈꺼풀 사이가 조금 벌어졌다.

"자네는 그게 혈첩인지도 몰랐지 않은가. 뭔가 대단한 거라는 건 알고 있었지만 혈첩이란 건 전혀 꿈에도 생각 못했겠지. 그러니 그리 억울한 일도 아니야. 원래 주인에게 돌아간 것뿐이니까."

오군평의 따끔한 지적에 옥인재의 얼굴이 더욱더 벌겋게 변했다.

하지만 만약 황제라도 정면에서 그 같은 말을 한다면 당장 잡아다 주리를 틀고 말았을 옥인재였지만, 정작 오군평 앞에선 그 기색을 억누르는 게 분명했다.

"원래 주인? 그렇게 따지면 이미 죽어 없어진 고검사신이 그 주인이지. 주인이 이미 죽었는데 누가 주인인가? 그 마혈의 피를 새롭게 이었다는 사람이 주인이라면 몰라도. 하지만 그건 사대봉공이 먼저 부정한 사실인걸?"

옥인재의 억울함은 바로 그 점에 있었다.

자신의 수하인 교건부(僑建富)가 혈첩을 옮긴다는 건 듣지 못했다. 단지 귀중한 물건을 곧 옮겨 온다는 소식을 듣고 기다렸지만, 결국 물건은 오지 않았고 교건부는 시체로 발견되지 않았는가!

그 물건이 혈첩이었고, 그것을 자신이 여흥 삼아 즐기던 낙관정(樂觀亭)에서 교건부를 죽이고 탈취해 간 범인이 바로 천지혈뇌(天地血雷) 사대봉공 중 천공과 지공이었음을 알고 길길이 날뛴 건 뻔한 일이었다.

간신히 억누른 노화가 오군평의 말에 다시 발작하듯 옥인재 가슴속에서 날뛰고 있었다.

혈첩의 주인은 바로 옥인재, 자신이어야 마땅한 일이었다.

그리고 그렇게 될 수도 있었다.

하지만 지금은 다른 사람 손에 들어가 있는 게 아닌가!

그 일을 생각할 때마다 피가 거꾸로 솟는 듯한 기분이 드는 옥인재였다.

"글쎄, 내가 말한 게 바로 그것 아닌가. 애당초 혈첩엔 주인이 없다고. 아쉬워할 것은 전혀 없어."

하지만 그런 옥인재와는 달리 오군평의 태도는 너무나 느긋하기 짝이 없었다.

또한 바로 그 점이 옥인재가 오군평을 두려워하는 가장 큰 이유였다.

자신은 쉽게 흥분했고, 흥분하면 필히 사람을 죽였다.

흥분하는 횟수가 많은 만큼 사람들은 더 더욱 많이 죽어갔고, 어느 날 문뜩 정신을 차리고 보니 자신은 태화련이란 거대한 조직의 련주가 되어 있었다.

하지만 오군평은?

항상 차가운 사람이었고 냉정한 사람이었다.

사람을 쉽게 죽이진 않았지만 죽일 사람은 반드시 죽여왔다.

쉽게 높은 자리에 오르려 하지 않았지만 한번 오른 자리에서는 결코 더 이상 아래로 떨어지지 않았다.

옥인재가 불이라면 오군평은 물도 아닌 바로 얼음이었다.

하지만 옥인재는 자신의 불로 오군평이란 얼음을 녹일 수는 결코 없었다.

아니, 도리어 오군평의 얼음에 자신의 불이 얼어붙지 않는 것만 해도 천만다행일는지도 몰랐다.

옥인재가 인정하는 단 한 사람이 오군평이었고, 바로 그 오군평이 자신의 하나밖에 없는 친구였기 때문이다.

"그놈들은 아쉬운 것뿐이야. 사대봉공과 오대세가 어떤 놈들인데. 그놈들은 그저 자신들의 뒤처리를 해줄 상대로 우릴 보고 있을 뿐이야. 만약 혈첩의 귀문(鬼紋)을 풀고, 그래서 무림을 자신들의 손에 얻는다면 언제든 짓밟아 버릴 놈들로 우릴 보고 있다고."

옥인재가 아무래도 미덥지 않았는지 다시 오군평에게 말을 건넸다.

"그러라지 뭐."

"……!"

옥인재는 너무도 천하태평인 오군평이 이해가 가지 않았다.

오대세가.

그 하나하나는 어쩌면 태화련의 밑일지도 몰랐다.

하지만 그 다섯이 똘똘 뭉친다면… 무림맹까지 휘어잡을 정도로 대단한 것 또한 사실이었다.

사대봉공은 또 어떤 사람들인가.

그 하나하나가 능히 오대세가 중 한 세가를 쑥대밭을 만들지도 모를 만큼의 가공한 능력을 지니고 있지 않은가.

그런 사람들과 손을 잡다니!

옥인재는 그 사실이 너무 두려웠고, 서슴없이 손을 잡은 오군평이 그만큼 무서운 것도 사실이었다.

"그놈들이 우릴 어떻게 보든 무슨 상관이야? 우리 또한 그놈들을 그렇게 볼 뿐인데?"

"우리가?"

옥인재가 오군평의 말에 고리눈을 더욱 크게 떴다.

"그래, 우리가. 자네와 나 우리 둘 말일세. 우리 또한 그놈들을 이용하고, 단물을 빨아먹고, 사정없이 짓밟은 다음 냉정하게 내쳐 버리면 될 것을……. 우린 우리 일이나 하자구."

"으흠……."

오군평이 그렇다면 그런 것이다.

그리고 그 사실을 모르는 사람은 호되게 그 값을 치러야 할 게 분명했다.

그래서 사대봉공과 오대세가 큰 실수를 한 것이 틀림없다고 옥인재는 생각했다.

오군평이 옥인재를 달래려는 것처럼 천천히 설명해 나가기 시작했다.

"그놈들은 너무 높은 데만 쳐다보지. 세상의 모든 권력을 손에 쥐려고만 하고 있어. 그러다 하루아침에 나락으로 떨어지는 걸 한두 번 본 게 아니야. 난 높은 데는 한 번도 쳐다보지 않았어. 그저 떨어지지 않기 위해 발 아래만 열심히 살핀 것뿐이야. 그러니 어느 순간 가장 높은 곳에 있더군. 이 일도 그와 같아. 오대세가 노리는 건 정파무림의 패권이지. 하지만 그걸 얻는다 해도 또다시 오대세가끼리 물고 뜯을걸? 사대봉공이 노리는 건 흑도무림이야. 그걸 얻고 나면 천공과 지공, 그리고 뇌공과 혈공이 엎치락뒤치락할걸? 자네, 독사끼리 물면 어떻게 되는 줄 아나?"

오군평이 게슴츠레 눈을 뜨고는 옥인재에게 물었다.

"글쎄? 두 마리 다 죽겠지!"

"그래, 내 말이 그 말이네. 우린 죽은 뱀들을 주워다 뱀탕을 끓여 먹으면 된다는 말이네. 그리고 뱀들이 지쳐 싸울 때까진 고개를 숙이고 있어야겠지. 단! 내 발밑은 하나하나 정리해 나가면서 말일세."

그제야 옥인재가 알겠다는 듯 무릎을 딱 하고 쳤다.

"그래! 바로 그 방법이야! 그렇게 쉬운 방법이 있다니! 그럼 녹림을 치려는 게 바로 발밑을 튼튼하게 다지는 것이로군!"

옥인재의 희색에 들뜬 목소리를 안됐다는 듯 아예 혀까지 차며 졸린 눈으로 바라보는 오군평이었다.

"쯧쯧, 녹림을 치긴 왜 치나? 난 성윤위를 만만하게 보지 않아. 그저 조천대 뒤를 따르며 대강 상대하는 척하려 했을 뿐이지. 화산의 이교옥만 해도 만만한 상대는 절대 아닌데 왜 우리가 피를 흘려야 하냔 말이야."

'……?'

옥인재는 다시 오군평이 이해가 가지 않기 시작했다.

"그럼 왜 장강수로맹을 몽땅 떼어서 집결시키는 거지? 녹림도 치지 않고, 조천대도 치지 않을 거라면?"

"누가 치지 않는다고 그랬나! 당연히 쳐야지! 녹림은 지금 대가리만 나와 있는 상태야. 만약 성윤위만 사라진다면 녹림 따위를 쳐다볼 필요조차 없지. 그런 성윤위가 지금 단 혼자 몸으로 저 산속에 있단 말일세. 그리고 지금 당장은 성윤위 역시 다른 산채엔 연락조차 할 수 없는 고립된 몸이 되었고 말이야. 이런 기회는 다시 없을 게 분명해. 그러니 이번 기회에 아예 씨를 말려야 한단 말이야."

끄덕끄덕.

옥인재가 천천히 고개를 끄덕이다가 한 가지 이해되지 않는 일이 있다는 듯 급하게 물었다.

"그럼 조천대는? 이교옥은? 현통은? 무시할 수 없는 놈들 아닌가! 오대세가들이야 진금행을 아주 우습게 보고 있긴 하지만, 난 왠지 그놈이 제일 찜찜하단 말이네. 녹림의 뒤통수를 칠 수 있는 좋은 기회란 건 알겠는데, 조천대는 어떻게 하구? 출혈이 심할 텐데… 게다가 숨죽여 지내야 한다던 자네의 말은 또 어떻게 하구?"

옥인재의 말에 또다시 오군평의 혀 차는 소리만이 답변으로 돌아왔다.

아니, 이젠 아예 답답한 옥인재는 보지도 않겠다는 듯 두 눈까지 질끈 감아버리는 게 아닌가.

"쯧쯧쯧, 자넨 정말 뭘 모르는군. 차가울 땐 더욱 차갑게, 뜨거울 땐 더욱 뜨겁게 해야 한다네. 오대세가와 사대봉공을 앞에 두고 없는 듯 숨죽여 지낸다 해도 만만하게 보여서야 어디 쓰겠는가? 신속하고 정확하게, 아주 재빠르게 조천대와 녹림을 제압한다면 오대세가와 사대봉공의 신경은 긁을 수 있을 게야. 그 정도 역량은 보여야 오대세가와 사대봉공이 서로를 치기 전에 우리를 먼저 치는 일이 없단 말일세. 잘못 쳤다간 우리가 상대방과 손을 잡을지도 모르니 말일세! 너무 무겁지 않게, 그렇다고 아예 있으나마나 할 정도로 가볍지는 않게. 그게 숨죽여 지내는 최선의 방법일세. 이 얼마나 좋은 기회인가, 조천대와 성윤위가 만나게 되었으니 말이야. 이런 걸 두고 하늘이 내려준 기회라고 하는 것일세."

"아항~ 그렇군! 그런 거로군! 그래서 모든 세력을 다 긁어 모으는 게로군! 하지만 우리의 피해도 만만치는 않을 텐데……."

옥인재의 걱정 어린 말에 오군평이 감았던 눈을 다시 떴다.

"만만치 않겠지. 아니, 생각보다 더 큰 피해를 입을지 몰라. 하지만 그래도 해야 할 건 해야지! 안 되면 여기서 뼈를 묻는다는 각오로 말일세."

"으흐흐……."

오늘 들은 얘기 중 가장 마음에 드는 이야기라는 듯 옥인재가 두 손을 비비며 살기 어린 웃음을 웃느라 키득거렸다.

*   *   *

"어디까지 밀려야 할까? 아니, 어디쯤 밀려주면 좋을까?"

넓찍한 얼굴을 두툼한 손바닥 위에 올려놓고는 진금행이 중얼거렸다.

"무슨 뜻이야?"

오필도가 알 수 없다는 듯이 되물었다.

"적들의 총공세가 어느 정도인지 가름해 보고 있었어."

진금행이 웬일인지 또박또박 대답해 주고 있었다.

"총공세? 별거 아니던데? 그냥 화살 몇 대하고, 불 지르고, 암기 쏘아내고… 물론 정신없긴 했지만 말이야."

우문하가 대수롭지 않다는 듯 시큰둥한 반응을 보였다.

"토끼 몰이에 전력을 다하진 않으니까. 그저 앞길을 틔우고 뒤를 쫓으면 그뿐이거든."

진금행 많이 변했다. 우문하의 말에도 대꾸를 일일이 해주고 있었으니까.

"장강수로맹이 이토록 건방져졌을 줄은 내 미처 몰랐군. 미안하네, 우리 녹림과 수적 놈들과의 싸움에 끼어들게 해서."

성윤위가 면목없다는 듯 뒷목을 긁으며 진심으로 미안한지 목덜미까지 벌게져 있었다.

"착각도 자유군. 아참, 그나저나 이 산채에서 싸울 만한 놈들은 몇 명이나 되지?"

진금행이 성윤위를 향해 노골적으로 비웃으며 물었다.

왠지 기분이 찜찜해진 성윤위가 힐끔 강구의를 쳐다보고는 대답했다.

"한 이백오십 명 정도? 아아, 너무 적다고 생각하는 거 다 아네. 하지만 걱정 마, 내가 녹림의 체질 개선을 하면서 군살 좀 뺀 것뿐이니까. 돈을 줘서 고향으로 보내어 농사도 짓게 하고, 결혼한 놈들은 녹림 생활에 뼈가 녹을 정도로 황홀하지 않다면 다 산 아래로 내려가 살게 하거든. 원래 산속 생활이란 게 워낙 팍팍한 거라서 말이야."

성윤위가 나름대로 설명을 해 나가는데 진금행이 냉정하게 말을 끊었다.

"그 이백오십 명은 다 죽는다고 생각해."

"잉? 죽는다고?"

성윤위가 어이없다는 듯 벙쪄 있다가 또 한 번 강구의를 쳐다보았다.

분명 강구의와 조천대의 사람들은 모두가 진금행이 그렇다면 그렇게 된다고 말을 했었다.

그리고 그것을 철썩같이 신봉하고 있었다.

그렇다면 이백오십 명이 죽는다고 말했다면?

성윤위가 말도 안 된다는 듯 자리에서 벌떡 일어섰다.

"녹림의 저력은 그런 게 아니야! 만약 녹림에 위기가 닥쳤다는 소식이 들리자마자 이 노가채에서 내려갔던 식구들이 모두 다 달려온단 말이야. 그 수가 적게 잡아도 사천, 많으면 오천이야. 그런 오천의 식구가 모인 게 열 개 하고도 여덟 개란 말이지! 녹림을 우습게 보는 거야?"

"사천에서 오천 명이 달려온단 말이지? 그럼 얼른 부르지 뭐 하고 있어?"

진금행이 성윤위를 향해 계속 이죽대고 있었다.

성윤위의 얼굴이 약간 붉어졌다.

"안 그래도 이 노가채의 식구들을 옆 산채에 보내어 연락을 하려고 했는데……."

"답신이 안 오지?"

이미 알고 있다는 듯한 진금행의 표정이었다.

"답신 따윈 필요 없어. 만약 이 노가채가 위험에 처했다는 소식이 들려오면 그 즉시 사오천 명의 정예가 달려오니까. 그 정예가 하나둘이 아니라 자그만치 열 개 하고도 여덟……."

"오면 뭘 해? 아항, 이백오십 개의 무덤은 후딱 만들겠구만!"

"이익!"

성윤위가 드디어 참지 못해 자리를 박차고 일어섰다.

진금행이 농담 삼아 말하는 그 이백오십 명은 바로 자신의 피와 살과 다름없는 가족인 것이다.

자신을 믿고 따라주는 충성스런 수하들이었다.

결코 퉁퉁 분 놈이 심심하면 입으로 죽었다 살렸다 하는 그런 흔한 목숨이 절대로 아니었다.

"왜 죽는다고 말하는 거지? 내가 강 형의 얼굴이 아니었다면 너를 당장에……."

"혹시 그동안 해보고 싶었는데 못해본 거 있어?"

성윤위의 거대한 몸집이 씨근덕대는 걸 보면서도 진금행은 전혀 엉뚱한 걸 태연히 묻고 있었다.

"뭐? 그건 또 무슨 말이야?"

"꼭 해보고 싶은 게 있냐구."

진금행의 진지한 표정을 보면서 성윤위는 잠시 갈등에 빠졌다.

그걸 지금 꼭 말해 주어야 하는지, 또 만약 자신이 이때까지 해보지 못한 것은 무엇이 있는지 곰곰이 따져 봐야 했기 때문이었다.

"글쎄? 좋은 친구도 두었고, 좋은 무공도 익혔고, 이길 만큼 이겨봤고, 손 한 번 제대로 써보지도 못한 채 지기도 했고, 죽음에 대한 공포도 느껴봤고… 그럼 남은 게 뭐 있지? 사랑?"

"쿨럭~"

성윤위가 하늘을 올려다보며 중얼중얼대는데 갑자기 강구의가 기침을 해댔다.

"그건 어려울지 모르겠군. 오늘 밤에 사랑할 여자를 찾아내서 그 짓을 하기란 불가능한 일이니까. 물론 산채의 여자들 중 아무나 붙잡고 그 짓은 할 수도 있겠지만, 그게 사랑은 아니니까."

"더 이상 모욕하지 마라! 산채의 여자들은 모두 내 어머니이자 누님이자 여동생이나 내 딸이다! 내가 어찌 산채 식구들을 강간……."

성윤위가 버럭 화를 내며 말을 하다 말고 문득 의문이 들었는지 다시 물었다.

"그런데 왜 오늘 밤이여야 하지?"

"왜냐하면 우린 아무리 늦어도 내일 죽으니까!"

진금행의 싸늘한 답변.

왠지 그 말속에 담긴 한기에 모든 사람들은 오한을 느낄 정도였다.

"겨우 수적 놈들한테?"

성윤위가 말도 안 된다는 듯 피식 웃으며 말하자 진금행이 더욱더 진지한 태도로 변했다.

"그래, 겨우 수적 놈들한테. 장강수로맹이 하나 더 생겨서 두 개쯤 된다고 생각해 두는 게 편할 거야. 장강수로맹 두 개와 이 노가채의 전투가 늦어도 내일 벌어진다고. 그리고 며칠 후면 이백오십 개가 훨씬 넘는 무덤이 노가채에 세워질 거고."

"왜 장강수로맹이 두 개지? 난 금시초문인데? 원래 하나 아니었나?"

잠자코 듣고 있던 현통이 이해가 안 된다는 듯 물었다.

"장강수로맹의 간이 아무리 커도, 또 뒷배경이 아무리 든든해도 함부로 녹림을 쳐들어오진 않지. 적어도 자신들만한 힘이 뒤에 버티고 있으니 덤비는 걸 거야. 그러니 속 편하게 장강수로맹 두 개가 덤빈다고 생각해 두는 게 편하지. 어쩌면 장강수로맹이 세 개쯤 될지도 모르고."

진금행의 말에 갑자기 교주의 신형이 펄쩍 뛰어올랐다.

"태화련!"

비명처럼 터져 나오는 교주의 비명 소리의 여운이 산을 울리다 잦아들 때쯤 진금행이 그럴 줄 알았다는 듯 씨익 웃었다.

"거봐, 척 하면 착 하고 나오잖아? 그 두 번째 장강수로맹은 태화련이라고 하는가 보군."

"태화련!"

진금행의 말에 모두들 일제히 비명성을 울렸다.

눈이 가운데로 몰린 마교의 늙은이가 말한 것에 아무도 신경을 쓰지 않았지만, 진금행이 그 세력이 태화련이라고 했다면 그건 태화련이어 야만 했다.

장강수로맹과 태화련.

그 둘이 노가채를 덮친다는 게 진금행의 말이었고, 진금행이 그렇다 고 한다면 그것 또한 사실일 확률이 너무도 큰 일이 아닌가.

"태화련이 왜?"

이교옥마저 놀랐다는 듯 술이 확 깬 얼굴로 진금행에게 물었다.

"글쎄? 그거야 염라대왕에게 가서 물어보면 알려주겠지? 물론 죽은 다음이긴 하지만 말이야."

진금행이 대수롭지 않다는 듯한 답변에 이번엔 어두워진 안색으로 변한 성윤위가 물었다.

"왜 내일이지? 지금이거나 오늘 밤은 아니고? 왜 내일이라고 못을 박는 거지?"

"그야 제일 큰 문제는 너와 내가 만났으니까. 저쪽도 과연 승산이 있을까 하고 주판알을 굴려보려면 한나절은 후딱 가버릴 게 아냐. 또 밤은 적은 숫자가 적을 공격하는 데 유리하지 많은 숫자가 적은 수를 덮치는 데는 절대적으로 불리해. 그 기회를 틈타 도망갈지 모르니 말 이야. 또 내일 모레는 너무 오래 걸리지. 다른 녹림도들이 우르르 달려 올지도 모르니 가장 적당한 건 내일이란 거야."

진금행의 말에 호기가 끓어올랐는지 성윤위가 큰 소리로 껄껄대며 웃었다.

"쿠하하하~ 통쾌하군. 나 성윤위 하나를 상대하기 위해 태화련과 장강수로맹이 손을 잡고도 한나절을 망설이다니! 이 건곤무적도가 그 렇게도 무섭더란 말이냐, 장강의 미꾸라지 오군평아!!"

호기있게 웃어대는 성윤위를 한심하다는 듯이 진금행이 쳐다보았다.

"시끄러우니까 지랄 말고 거기 앉아 있어. 아마도 너에 대한 고려는 단 일 각도 걸리지 않았을 거야. 아마도 이교옥이나 현통에 대한 대응법이 더 오래 걸렸을걸? 물론 그 한나절의 대부분은 날 상대하기 위한 시간이겠지만 말이야."

성윤위의 얼굴이 다시 검붉게 변했다.

"나 건곤무적도가 그렇게도 쉬운 상대란 말이냐? 화산 이교옥과 청성의 현통도 대단하지만 내가 볼 땐 강구의만도 못해 보이는데도?"

성윤위의 흥분에 진금행이 달래려는지, 아니면 아예 대놓고 비웃으려는 것인지 모를 웃음을 웃었다.

"무공이야 뛰어나지. 하지만 넌 그만큼 적에게 노출돼 있단 말이야! 이미 집에서 출발할 때부터 너에 대해선 주판알을 다 튕겨놓았단 말이지."

"으흠……."

조리있는 진금행의 답변. 거기다 매몰차게 쏘아붙이는 느글느글한 말투.

성윤위는 더 이상 진금행의 낯짝도 쳐다보기 싫었는지 고개를 푹 숙였다.

"저어기, 그럼 오늘 밤에 산 아래로 쳐내려가는 건 어때요옹? 이 묘웅이 생각엔 밤이라면 좋을 거 같은데. 꼭 싸우자는 것도 아니고… 이년아, 가만있어! 이건 계속 없어, 없어, 없어만 지껄이고 지랄이야! 흠흠, 그러니까 내 말은 말이죠. 밤을 틈타서……."

묘웅이 제 품에 안고 있던 무아에게 성깔을 끝내 내보이고 나서야 자신의 의견을 말할 수 있었다.

모성애에 불타는 묘웅이 무아에게 큰 소리로 성질을 부렸을 만큼 지금 이 상황에 드디어 긴장하기 시작한 것이다.

하지만 그나마 말허리가 무참히도 진금행에 의해 잘려지고 있었다.

"도망갈 수 없어. 밤이라 해도. 그건 날 믿어. 못 믿겠음 오늘 밤 내려가 봐."

"끄으응~"

묘웅의 고개가 처참하게도 아래로 꺾였다.

"그런데 여긴 왜 들어온 거지? 우릴 토끼 몰이한다는 걸 알면서도 죽을 자리를 찾아온 건가?"

한쪽 구석에서 차가운 기운만을 흘려내던 구잔양이 드디어 번질거리는 눈동자를 진금행에게 향했다.

"죽어? 누가?"

진금행이 무슨 말이냐는 듯한 표정으로 반문했다.

"그럼 우리가 사나?"

살 떨리게 만드는 잔인한 눈매의 구잔양도 죽는 것보단 사는 게 좋았나 보다.

진금행의 말에 금방 눈가에 희색까지 도는 게 아닌가.

"너넨 죽지. 하지만 나는 살아. 안 그러우, 영감?"

진금행은 말을 하면서 교주를 쳐다보며 웃었다.

"흠흠, 먼 산… 아니, 객잔……."

교주는 당황해서 잘 훈련받은 똥개마냥 저도 모르게 자동적으로 답변을 해놓고는 더욱더 당황해 버렸다.

진금행 말이 맞긴 맞았다.

만약 마교 교주가 마음만 먹는다면 지옥의 불구덩이 속에서라도 한 사람쯤은 안전하게 지켜줄 수가 있으리라.

하지만 정작 진금행의 말을 듣는 사람들의 표정은 모두들 똥이라도 씹은 듯 엄청나게 구겨져 있는 게 아닌가.

"제길, 그럼 그냥 이대로 죽는 수밖엔 없단 말인가?"

주개육이 답답하다는 듯 제 뱃살을 부여잡으며 통곡하듯 외쳤다.

"잘하면 살 수도 있어."

진금행의 그 말이 모든 사람들의 기운을 북돋았다.

"어떻게?"

현통이 할딱대며 급하게 묻는 것에 비해 진금행의 답변은 느리기가 한량없었다.

"만약 내일, 그러니까……."

진금행은 눈을 가늘게 뜨고 하늘을 쳐다보며 무언가 계산하는 듯싶더니 계속 말을 이어갔다.

"오시(午時)까지 적이 쳐들어오지 않는다면 살 수도 있지. 만약 적들이 그전에 쳐들어온다 해도 오시까지 버틸 수만 있다면 살 수 있을 게야. 하지만 이백오십 명의 노가채 사람들은 죽는 도리밖에 없겠지. 그래도 노가채의 여자들과 아이들은 지켜주고 죽으니 억울하진 않겠지. 하지만 훨씬 이른 아침에 쳐들어온다면……."

진금행의 말이 뜻하는 건 명명백백한 것이었다.

왜 오시까지 버티면 살 가망이 생기는지는 전혀 모르겠지만, 진금행이 그렇다면 그런 것이다.

일단 오시까지 버틴다면?

"살겠군."

현통이 가슴을 쓸어 내리며 한숨을 내쉬었다.

만약 홀로 태화련과 장강수로맹 모두를 상대한다면 죽는 수밖엔 없겠지만, 오시까지 살아남는 걸 목표로 한다면 충분히 승산이 있었다.

안도의 한숨을 내쉰 현통은 주위를 둘러보았다.

자신과 이교옥은 분명 살아남는다.

강구의와 주개육도 아마 살아남을 것이다.

불연은? 어려울지도 모른다.

무공이 얕은 건 아니지만 살생에 처음 뛰어드는 것이니 아무도 장담하지 못했다.

물론 건곤무적도 성윤위는 살아남을 확률이 제일 높으리라.

하지만 이백오십 명의 노가촌 식구들의 목숨은?

거기까지 생각이 미치자 현통은 갑자기 가슴이 아파왔다.

시선을 돌려 오필도와 우문하를 보자 더 더욱 가슴이 답답해졌다.

구잔양은 살아남을 확률이 매우 컸다.

아니, 전쟁에서 생존에 관한 한 어쩌면 이 중에 제일 고수인 성윤위보다도 한수 위일지도 몰랐다.

하지만 다른 사람들은?

볼 때마다 가벼운 멀미를 일으키던 눈알이 몰린 노인은 무슨 죄로 죽어야 한단 말인가.

너무도 가슴이 아파오는 현통이었다.

그나마 묘웅이 죽을지도 모른다는 사실이 마음 한구석을 가볍게 만드는 이유는 전혀 모르겠지만 말이다.

"좋아할 거 없어."

밝아졌다가 금방 어두워진 현통의 얼굴을 보고 그 속을 짐작하겠다는 듯 진금행이 말했다.

"……?"

현통이 영문을 모르겠다는 듯 험상궂은 얼굴에 천진난만한 표정을 억지로 띠우고 있었다.

"아무리 무공이 높냐가 아니라 얼마나 운이 좋으냐에 따른 거니까. 아무리 이교옥이나 현통이라 해도 만약 수로맹의 맹주와 맞닥뜨린다면? 태화련의 련주와 쌍통을 마주친다면?"

"으흐흑!"

현통의 입에서 바람 빠지는 소리가 튀어나왔다.

진금행의 말이 절대적으로 옳았다.

만약 오군평이나 태화태세 옥인재와 마주친다면?

생사를 담보할 수 없게 되는 것이 틀림없었다.

제 10 장

가족 —성윤위 고민을 털어놓고, 묘옹 가족을 얻다

가족

"그러니까 금행이가 어디까지 밀려줄까 하는 소리는 적들의 허실을 알아보기 위해 조천대 사람들을 몇 명이나 죽이면 될까 하는 소리랑 같은 거였어! 제길!"

오필도가 재수없다는 듯 투덜거렸다.

과연 진금행과 가장 오래 붙어 있어서인지 한눈에 진금행의 심사를 꿰뚫고 있는 게 틀림없었다.

"쩝쩝쩝… 그냥 진금행 이야기를 들어. 죽기 전에 가장 해보고 싶은 걸 하란 말이야. 쩝쩝쩝… 난 가장 해보고 싶은 게 쩝쩝쩝… 배 터지게 먹어서 진짜 배 터져 죽어보는 거였어. 쩝쩝쩝."

주개육이었다.

"으이구, 어련할려구!"

이젠 정말 정나미가 떨어졌는지 이교옥이 주개육을 향해 진절머리를 쳤다.

하지만 주개육은 무슨 대수냐는 듯 고개를 돌려 이교옥을 힐끔 보고는 다시 맹렬히 먹는 데 열중하고 있었다.

"이렇게 먹어둬야, 쩝쩝쩝, 내일 죽어도 덜 억울할 거고, 쩝쩝쩝, 만약 오시까지 살아남는다면? 쩝쩝쩝. 부른 배 두들기며 매우 행복해할 거란 말이지! 쩝쩝쩝, 우걱우걱, 쩝쩝쩝~"

생에 대한, 아니, 먹을 것에 대한 맹렬한 의욕과 의지를 몸소 보여주고 있는 주개육이었다.

그 모습이 너무도 치열했음일까?

주개육의 모습이 진정 욕망의 화신처럼 보였어도 더 이상 욕하는 사람은 없었다.

도리어 멀게만 생각했던 죽음이란 공포가 바로 코앞에 닥쳐왔음을 절실하게 느끼고 있었다.

'난… 무엇을 못해봤지? 지금 할 수 있는 일이란 게 뭐가 있을까?'

주개육의 모습을 본 모든 사람들의 머리 속에 한 번씩 떠오르는 생각이었다.

단지 죽음의 공포에서 자유로운 사람은 진금행밖에 없어 보였다.

아니, 또 하나, 이미 살 대로 살았다고 느꼈는지 파삭 늙은 마교의 사팔뜨기노인 역시 왠지 걱정 따위는 하지 않는 듯해 보였다.

그러나 주개육이 생에 대한 맹렬한 집착을 불러일으켰다면, 반대로 죽음에 대해 초연할 수 있는 여유를 가져다 준 것은 불연이었다.

자신이 내일 죽을지도 모른다는 말을 듣자마자 정갈히 목욕을 하고 깨끗한 승복으로 갈아입은 뒤, 아미산을 향해 정성스럽게 절을 올리고는 그 자리에 눌러 붙어 조용한 목소리로 염불을 외기 시작한 것이다.

마치 이승에서 지은 모든 죄를 다 씻고 가겠다는 듯한 모습이었다. 그 예쁘고 착한 불연이 무슨 죄를 그리 지었는지 모르겠지만 말이다(물론 당경이 들으면 길길이 뛸 얘기긴 하다).

사람들은 보다 후회없는 죽음을 위해 마지막으로 할 수 있는 일을 찾아 이리저리 분주해졌지만, 정작 죽음을 맞이한다는 사실이 그리 두렵지만은 않았다.

죽으면 틀림없이 어여쁜 부처가 될 게 분명한 불연과 함께 저승으로 가게 될 테니 말이다.

그렇게, 인생에 있어 마지막이 될지도 모를 하루 해가 저물고 있었다.

"휴우우~"

산 아래 멀리 수많은 불빛들을 응시하던 성윤위의 입에서 고민의 무게만큼 무거운 한숨이 새어 나왔다.

성윤위가 구태여 확인해 보지 않아도, 이미 수만은 돼 보이는 횃불들이 산 아래를 빽빽하게 두르고 있었다. 그리고 저 불빛보다 더 많은 수의 수적들이 내일 아침 해가 밝으면 개미 떼들처럼 몰려들리라.

그리고 이 노가촌의 식구들은 모두…….

지켜보다 그냥 풀밭에 벌러덩 누운 채 생각을 거듭해 봐도 한숨밖에 나오지 않는 성윤위였다.

홀로 산을 내려가 저 포위망을 뚫고 다른 녹림도들을 데려올 구상도 하지 않은 건 아니었지만, 이미 그때는 늦었으리라.

노가촌 식구들이 죽은 이후 아무리 많은 적들을 죽여 없앤다 해도 통쾌한 복수극은 아닐 것이다.

"녹림의 영웅들은 나 말고도 많지……."

그랬다.

자신은 여기서 노가촌 식구들과 뼈를 함께 묻는 것이 좋았다.

그 이후 노가촌이 멸망했단 소식을 들은 녹림의 형제들은 새로운 영웅을 뽑아 자신의 복수극을 통쾌하게 펼쳐 줄 게 분명했으니까.

그 복수극을 노가촌 식구들과 저승에서 보는 게 가슴이 편했다.

"으휴~"

생사에 대한 걱정을 접자 새로운 고민이 온몸을 휩싸고 돌았다.

두 번째 걱정은 첫 번째보다는 별거 아니었지만 성윤위 개인에겐 도무지 해결할 방법이 없는 것이었다.

곰보다도 더 큰 성윤위의 커다란 몸이 오른쪽으로 돌아누웠다.

"으휴우~"

눈을 감은들 잠이 올 리 만무했다.

아니, 눈을 감으면 노가촌 식구들의 비통한 죽음과 나중에 자신의 시체를 보고 울부짖을 녹림의 형제들의 통곡하는 모습이 떠올라 괴롭기 짝이 없었다.

"제에길~"

성윤위는 신경질적으로 몸을 일으켜 앉았다. 눈을 감았을 때 마지막으로 떠오른 생각이 너무도 성윤위를 괴롭게 만들었기 때문이다.

"마지막으로 뭘 한다? 사랑? 푸훗~ 웃기지도 않는군. 성윤위야, 성윤위야, 나는 네가 이토록 웃기고 자빠져 있는 인물일지 미처 몰랐구나."

성윤위가 씁쓸하게 자조할 때였다.

멀리 어딘가에서 들려오는 목소리가 있었다.

그 목소리를 듣자 왠지 어둠 속에서 불빛을 발견한 것처럼 성윤위의 신형이 벌떡 일어나 성큼성큼 그 목소리를 향해 걸어가기 시작했다.

"무아야, 그래, 그렇게 포근하게 자려무나. 이 언니가 널 지켜줄게. 에휴~ 불쌍한 것. 분명 열 살은 돼 보이는 게 왜 이리 작은지, 또 열 살이나 먹은 게 말도 제대로 못하다니. 그래그래, 널 돌봐줄 사람이 없어서 그랬겠지. 이 언니가 돌봐줄게, 저승에서라도 끝까지."

죽기 전에 마지막으로 해보고 싶은 소원을 묘옹은 다행히 이루고 있었다.

비록 몸은 아이를 낳진 못했지만, 오늘 밤 묘옹은 무라는 이름의 계집아이를 달빛을 받아 가슴에서 사랑이란 이름으로 잉태하고, 키우고, 출산하는 거룩한 의식을 치르고 있었던 것이다.

무란 계집애는 너무도 달디단 꿈을 묘옹의 품 안에서 꾸고 있었다.

그때 묘옹 곁에 커다란 그림자가 지더니 왠지 뺨이 홀쭉해지고 눈 밑이 거뭇거뭇해진 성윤위가 우물쭈물하며 나타났다.

"거기 묘옹, 묘옹 맞지?"

성윤위로서는 잔뜩 목소리를 죽이고 물었지만 보통 사람에겐 천둥보다 더 크게 들리는 건 어쩔 수 없었다.

"쉿! 아이가 깨요."

묘옹은 손가락을 입술 위에 올리고는 감히 건곤무적도 성윤위를 탓하고 있었다.

"오, 미안미안. 그럼 내 이만 돌아가겠네."

"아니에요옹. 그냥 조용히 말씀하시면 돼요. 무아는 잠시 이 부드러운 풀잎을 이불 삼아 재워놓으면 되니까요옹."

무아를 천천히, 무척 조심스럽게 부드러운 풀밭에 눕힌 묘옹이 무아에게서 시선을 떼지 못한 채 멀찌감치 떨어져 있던 성윤위에게로 다가왔다.

"내가 물어볼 말이 있어서 그런다네. 괜찮겠는가?"

"홍홍홍, 예, 건곤무적도 어르신이 이렇듯 달 밝은 야밤에 절 불러내시니 이 몸 심장이 떨려 환장하는 줄 알았어용. 홍홍홍~"

이미 죽음을 각오해서일까? 묘옹은 성윤위에게도 대담하게 농담을 건네고 있었다.

"아니아니, 쓸데없는 이야기는 빼고……."

"그럼요옹?"

묘옹이 의아하다는 듯 쭉 째진 눈으로 성윤위를 한참이나 올려다보았다.

성윤위는 그런 묘옹의 시선이 부담스러웠는지 밤하늘에 걸린 둥그런 만월을 한참 동안이나 쳐다보다가 이윽고 조심스럽게 말한다.

"난 여자를 멀리 했네. 내 가문의 혈채를 갚느라 청춘을 보냈고, 내 복수를 도와주었던 형제들을 돌보다 보니 더욱 늦어지게 되었다네. 그러다 보니 자연 형제들이 이 몸을 총채주인 타야(舵爺) 자리까지 올려주었고, 난 그 보답으로 뒤도 돌아보지 않고 열심히 살아왔다네."

"근데요옹?"

"정말이네, 믿어주게. 난 여자에게 시선을 돌릴 틈 없이 무공과 산채 식구들을 돌보는 데도 시간이 모자랐다네. 한참 정욕에 휩싸일 나이에도 이상하게 여자보다는 칼이 먼저 떠오르곤 했지. 정말이네, 믿어주게."

"저야 물론 믿지용. 의심은 코딱지만큼도 안 하네용. 근데용? 그래서용?"

"그런데 말일세… 그게 말이네……."

"……?"

성윤위는 한참이나 주저대다가 끝내 한마디 토해내고 말았다.

만약 내일 죽을지도 모른단 생각이 들지 않았다면 절대로 말하지 않았을 바로 그 이야기를!

"좋아하는 사람이 생겼다네."

"홍홍홍, 그게 뭐가 이상해요? 사람이 사람 좋다는 게. 그런데 문제가 있나 보죠?"

묘웅이 재미있다는 듯 한참 동안을 웃어대다가 문득 이상한 걸 느꼈는지 성윤위를 쳐다보며 물었다.

성윤위가 누군가.

남자 중의 남자라 공인받은 지 오래고 무공은 그 훨씬 전부터 일가를 이룬 절정고수로 인정받지 않았는가.

거기에 무림에서 차지하는 위치로 보자면 성윤위가 맘에 들어하는 여자라면 손쉽게 아내로 맞이할 수 있을 거란 데 생각이 미친 것이다.

달빛 아래에서도 성윤위의 얼굴이 홍시보다 더 붉어진 게 묘웅의 눈에 보였다.

한참을 망설이다 끝내 고개를 끄덕이는 성윤위.

"흠… 아마도 불연 동생인가 보군요. 건곤무적도의 고민이 될 만한 여자라면 결혼에 난관이 많은 여자일 거고……."

묘웅이 짐작하겠다는 듯 고개를 까딱거렸다.

"아니, 불문에 든 여승에게 어찌 사특한 마음을 품겠는가. 휴우~ 불연 스님은 아니라네."

성윤위가 감히 죄를 지을 수는 없다는 듯 제자리에서 펄쩍 뛰었다.

"어머머! 왜 뛰고 지랄… 아니, 난리예요. 무아가 깨면 안 된단 말이에요. 그럼 가만있자, 누가 남았지이? 아항! 그럼 유부녀예요?"

묘웅이 묻자 성윤위 도리도리.

"어라? 그럼 혹시 다른 사람의 정인? 아휴우~ 욕심도 많으셔라아~"

문득 말하다 묘웅의 얼굴이 하얗게 질렸다.

"호, 혹시 진 대주의 정인이라도 마음에 두는 거 아니에요? 가만, 그럴지도 모르겠네? 진 대주가 성혼하지 않은 건 알지만, 정혼녀가 없다는 소리는 아직 못 들었으니… 어모모~ 아서요, 죽을려고 지랄… 아니, 죽으려고 용쓰는 게 아니라면. 진 대주가 얼마나 독하고 무서운 개자식… 아니, 사람인데요. 너무 큰 욕심이에요. 그런데 진 대주에게 정혼녀가 있긴 있었나 보죠?"

묘웅의 호들갑에 성윤위의 낯색이 딱딱하게 굳어졌다.

"아니네! 그런 게 아니야. 나도 남자! 내가 마음에 든 여자라면 진금행이 아니라 황제와도 드잡이질을 할 수 있는 배짱 정도는 있는 남자라네. 그리고 그런 뚱뚱보와 좋아 지내는 여자를 어찌 내가 좋아할 수 있겠는가! 아예 눈이 쏠린 노인네 마누라를 취하고 말지!"

"어라? 그럼 누굴까? 도대체 누굴 마음에 두고 있는 거예요?"

묘웅이 이젠 도저히 감히 안 잡힌다는 듯 고개를 설렁설렁 젓고 있었다.

"나는 말일세… 갑자기 한 사람이 계속 눈에 들어온다네. 심지어 눈을 감아도 나타나고 말일세. 이걸 어쩌면 좋지? 환장하겠네."

갑자기 무언가 알겠다는 듯 묘웅이 얼굴을 붉게 물들였다.

"혹시… 혹시용, 그럴 리는 없겠지만 그 마음에 두고 있는 사람이 남자가 아닌가요? 아잉, 화내지 마시구용~"

"어, 어떻게 알았는가! 이런! 이런! 내가 너무 티가 났던가? 이런! 세상 사람들이 모두 다 눈치 챘겠군. 나도 내 마음을 모르겠네. 나 역시 사내다운 사내라 생각했거늘 어찌 여자가 아닌 남자를 마음에 두게 되었는지… 내가 혹시 미친 게 아닌가 고민도 참으로 많이 했네만……"

성윤위가 당황해 더듬거리자 묘웅이 성윤위 가슴으로 폴짝 뛰어 안겼다.

"아잉, 몰라용, 이 묘웅이는 부끄러워 죽겠어용. 아잉~ 정말 죽기 전에 소원 성취를 하는 게 사실이었군용. 흥흥흥. 아잉, 몰라몰라앙~"

성윤위는 제 가슴에 안겨 눈을 꼭 감은 채 입을 뾰족 내밀고는 향기로운 입맞춤을 기다리고 있는 묘웅의 얼굴을 멍하니 바라보았다.

움찔거리는 두툼한 묘웅의 입술. 다른 여자에 비하면 뭐 그리 이상할 정도로 생긴 입술은 아니었다.

하지만 그 움찔움찔 움직여 대는 입술 위로 불쑥 솟아난 수염을 보자니 속에서 구역질이 터져 나오는 것 같았다.

성윤위는 얼떨결에 품에 안았던 묘웅을 땅바닥에 패대기치며 버럭 고함을 질렀다.

"아니네, 아니야! 내 남자를 좋아하는 기이한 정신병에 걸렸다 한들 상대를 잘못 찾을 정도로까진 미치지 않았네!"

흡사 자기 자신에게 다짐하듯, 아니면 상처받은 짐승이 울부짖듯 숨죽여 꺽꺽대는 성윤위였다.

"어머? 아니면 아니지 왜 집어 던지고 지랄이에요옷, 지랄이잇! 어머 웃겼어어~ 언제 날 봤다고… 그리고 소리 낮추라고 했잖아요옷! 귀구녁이 막혔나아? 우리 무아가 깨면 책임질 거예요옷?"

뾰루퉁해진 묘웅이 휙 등을 돌리고는 무아에게 다가갔다.

"아니, 그게 아니라……."

뒤늦게 너무 심한 반응을 나타냈는가 싶어 미안해진 성윤위가 뒤통수를 벅벅 긁으며 더듬거렸다.

"그럼 뭐예요? 뭐 하러 저를 불러내셨어요옷!"

그래도 나쁘지 않은 사람이라 느꼈는지 조금은 풀어진 기색으로 묘웅이 등을 돌린 채 물었다.

긁적긁적, 성윤위가 피가 나도록 제 뒤통수를 긁었다.

"아니… 그게 말일세, 하도 이해 못할 일이라 말이야. 하지만 자네 취향 또한 남자를 사랑하는 것 아닌가. 그래서 이런 경우도 다 있는가 싶어 의논하고 싶어서 불러낸 것이네."

묘웅이 그제야 시선을 돌리는데, 처음 원망의 눈빛에서 점점 변해 끝엔 달빛처럼 부드럽고 따사로운 빛으로 물들었다.

"그 기분 알아요. 저도 자살을 여섯 번이나 시도했는걸요. 더구나 우리 집이 보통 집이라면 뛰쳐나가 맘 맞는 남자와 잘 살아볼 생각도 했었겠어요. 그러나 우리 집은 그런대로 알려진 무가니… 전 이러지도 못하고 저러지도 못했어요. 그냥 마음먹고 남자로 살아보려고 노력했던 적도 있어요. 하지만 사람 맘이 어디 그런가요? 마음먹은 대로 사랑하게 되던가요? 보통 남자들이 남자와의 잠자리를 생각하면 구역질이 나듯, 전 여자와의 잠자리가 그런 걸 어떡하나요? 남자도 사람이고 여자도 사람이에요. 사람이 사람을 사랑하는 데 법칙이 있어야 하나요? 그냥 따스한 마음이 만나고 불쌍한 두 몸뚱이가 만나는 데는 아무런 이유가 없는 거예요. 남자들은 예쁜 여자를 보면 마음이 흔들린다고 하네요. 하지만 그 사람들에게 무슨 이유로, 왜 마음이 흔들리냐면 아무런 답이 없어요. 그냥 그렇게 마음이 흔들리고 좋아진다네요. 저도 그래요. 저도 그럴 뿐이라구요. 하지만 아무도 이해하지 못하죠. 아무도……"

"……!"

아무 할 말이 없었다.

지금 묘웅의 모습은 징그럽다기보다는 하늘의 천형, 즉 남자로 태어난 여자가 온몸을 떨어대는 가련한 모습으로 성윤위의 동공을 가득 채우고 있었다.

'그래, 아무런 이유가 없는 거였어……'

성윤위가 고개를 끄덕이며 불쌍한 묘웅의 어깨를 감싸 쥐었다.

묘웅의 체격은 보통 건장한 남자 체격이었지만, 워낙 거구인 성윤위 품에 안기자 커다란 나뭇가지에 올라앉은 작은 새 한 마리처럼 보일 정도였다.

성윤위의 가슴에 안긴 묘웅이 갑자기 슬피 울기 시작했다.

달이 성큼 한 걸음 걸어 산 하나를 넘어선 시간이 지난 후에야 묘웅의 어깨가 잦아들었다.

그리고는 부끄럽다는 듯 성윤위의 가슴을 밀치며 어색한 웃음을 지으며 몸을 일으켰다.

보통 때 묘웅의 모습과는 다른 모습이었다.

다른 때라면 이게 웬 떡이냐 하고 좋아하며 온몸을 비벼댔을 묘웅이었지만, 지금 달빛에 젖은 묘웅의 모습은 그 어떤 여자의 자태보다도 더 순수한 모습이었다.

'내가 묘웅에 대해서 잘못 알았군. 아니, 묘웅에 대한 선입관에 내 눈이 멀었던 게야.'

성윤위가 또 한 번 고개를 끄덕이고 있을 때 묘웅이 어색한 태도로 고개를 숙이며 말했다.

"저어기, 저는 잘 모르겠어요. 아마 그 사랑하는 사람에게 직접 물어보시는 것도 괜찮을 거라 생각해요. 하지만 모르겠네요. 진금행이라면 잘 알지도 모르니 물어볼 만하다고 생각하지만서두… 사람 맘을 잘 헤아리니 아마도 사람들을 그리 교활하게 다룰 수 있지 않겠어요? 하지만 진금행에게 말했다가 또 그놈이 그걸 약점으로 삼아 무슨 수작을 부릴지 모르니……."

"알았네, 내 알아서 할게. 자넨 걱정하지 말게나."

따사로운 미소와 함께 자리를 털고 일어나는 성윤위를 보자 묘웅의 낯색이 갑자기 하얗게 변했다.

"혹… 혹시 사랑하는 사람이 진금행은 아니겠지요? 설마… 그런 개같은 일이……."

하지만 성윤위는 말없이 웃고만 있었다.

밝은 달빛을 입에 한입 크게 베어 문 것 같은 미소였다.

그리고 그 미소는 예쁜 막내 여동생을 보는 오라버니의 웃음이었다.

왠지 온몸이 화끈 달아오른 묘웅이 고개를 살풋 숙였다.

드러난 묘웅의 하얀 뒷목에 달빛이 아름답게 내려 앉았다.

"밤바람이 차다. 너도 방에 얼른 들어가거라. 무아도 감기 들지 모르니 잘 감싸 안고."

이젠 성윤위의 말까지도 여동생에게 하는 말과 다르지 않았다.

그 말이 참 듣기에 좋았다. 그래서 묘웅은 아무런 토도 달지 않고 몸을 일으켜 무아를 조심스럽게 안고는 보금자리로 사뿐사뿐 걸어갔다.

참으로 아름다운 밤이었다.

묘웅이 드디어 오라버니가 생긴 밤이었으니 아름다우면서도 특별한 밤이리라.

그것도 보통 오라비가 아닌 녹림십팔채를 호령하는 사내대장부를 말이다.

건곤무적도 성윤위.

강호에 위명이 쩌렁쩌렁한 그 이름이 묘웅의 오라비가 된 것이다.

묘웅의 뒷모습을 인자한 눈으로 지켜보던 성윤위가 하늘에 둥그렇게 걸린 만월을 보며 한숨을 내쉬었다.

"어쩔 수 없군. 털어놓는 수밖엔……."

성윤위의 주저주저대는 발걸음이 노가촌 가족들이 모여 사는 집들 사이로 접어들었다.

그리고 조천대원들에게 마련된 방들 중 어떤 방으로 향했다.

그리고 그 방에 대고 흠흠대며 말했다.

"흠흠, 나 성윤위요. 밤이 늦었지만 할 말이 있소. 내가 들어가도 되겠소?"

정중하고도 예의 바른, 그러면서도 잔뜩 긴장한 목소리였다.

말없이 방문이 열렸다.

문이 열렸음에도 성윤위는 한참을 주저대다 굳은 결심을 했다는 얼굴로 방문으로 성큼 들어섰다.

그 방은… 진금행의 방이었다(아이구나! 세상에나!).

그리고 성윤위는 다음날 날이 밝아왔어도 나올 생각을 안 하고 있었다.

결국… 끝내 밤이 새어 버리고 말았다.

하지만 어슴푸레해진 새벽에 진금행의 방문을 나서는 성윤위의 얼굴은 함박웃음을 짓고 있었다.

세상을 다 얻은 것 같은 웃음이었다.

도대체 진금행이 밤새도록 무슨 짓을 했는지 모르겠지만 성윤위의 지금 표정은 하늘을 날아오를 것만 같은 만족한 웃음임에 틀림없었다.

결국… 역사는 밤에 이루어진다는 말이 사실이었던 것이다.

불행히도 조천대에게 주어진 기회는 시작부터 너무 작고도 빨랐다.

오시까지 견디기엔 너무도 오래 걸릴 게 틀림없는, 아침 일찍부터 적들의 움직임이 부산해졌기 때문이다.

"부디 이 한 잔의 술은 우리들이 스쳐 지나가며 만났던 모든 이름 모를 아름다운 사람들을 기리기 위해……."

이교옥은 자신의 술 호로에서 한 잔 술만큼의 분량을 덜어 절벽 아래로 흩뿌렸다.

햇살에 아름답게 부서지는 술 방울들은 아침 햇살 사이로 무지개를 만들어내며 반짝거리는 것이, 마치 꼭 빛의 눈물처럼 아른거리며 절벽 아래 푸른 산등성이 위로 흩날리기 시작했다.

"그리고 이 한 잔의 술은 우리들의 비극적인 인생에 조사(弔詞)를 삼아……."

이교옥의 허허로운 목소리와 함께 두 번째 술잔이 허공에 휘저어졌다.

높다란 절벽, 그 위에 버티고 서서 허공 중에 술잔을 올리는 이교옥의 모습은 이때까지 보지 못했던 허허로움이 들어 있었다.

항상 장난스러운 모습과 술에 찐 눈망울은 어디로 갔는지 아련하게 젖은 이교옥의 눈망울은 저 멀리 절벽 아래, 푸른 숲 속으로 사라지는 술 방울의 궤적을 좇고 있었다.

신성한 의식, 경건한 분위기, 고즈넉한 적막…….

조천대와는 전혀 어울리지 않았지만 묘하게도 지금 조천대를 어우르며 휘돌고 있는 분위기는 그런 것들이었다.

"마지막 석 잔은 우리들을 유일하게 추억해 줄, 또한 세상에 남겨진 이름 모를 사람들을 위한 축복일지니……."

이교옥은 마지막 세 번째 잔을 허공 중에 휘둘러 뿌리고는 끝내 몸을 돌려 버렸다.

지금 이교옥의 눈가가 약간 벌겋게 변해 있는 것은, 흔하게 보던 이교옥의 술에 취해 달구어져 불콰해진 모습과는 어딘가 달라 보였다.

절벽 위에 표표히 서 있는 조천대원들은 아무 말이 없었다.

그들은 알고 있었다.

지금 한가롭게 이렇게 보낼 시간이 없다는 것을.

그것을 증명하기라도 하듯 방금 이교옥이 술잔을 휘날린 절벽 아래로는 구릉구릉, 숲들이 속살을 내보이는 곳마다 파랗고 하얀색들이 개미 떼처럼 꼬물거리며 이 절벽을 향해 부지런히 기어오르고 있었다.

조천대의 목숨을 취하기 위해 동원된 일만에 가까운 장강의 수적 떼들이 그들이었다.

하지만 이제 불과 얼마 지나지 않으면 곧 일만의 수적 떼들과 맞서야 하는 조천대원들은 서로가 그런 것엔 개의치 않았다.

허망한 죽음, 기묘한 만남에서 비롯되어 전혀 들어본 기억도 없는 산에서 끝날 자신의 인생에 대해 더 이상 미련은 없었기 때문이다.

"아하하~픔~"

진금행이 늘어지게 기지개를 켜며 그때서야 비칠거리며 조천대 앞으로 걸어오고 있었다.

저 괴상하게 생긴 놈은 당장 생사를 건 대결전을 앞두고도 늘어지게 늦잠을 잔 것이 틀림없었다.

"다들 모였어? 그럼 대강 나눠볼까? 어이, 거기, 커다란 아저씨."

굳은 얼굴이지만 왠지 화색이 도는 성윤위가 뒤늦게 자신을 진금행이 불렀다는 걸 알아차리고는 화들짝 놀랐다.

"엡! 아니, 왜?"

저도 모르게 큰 목소리로 '엡'하고 대답한 성윤위가 순간 당황했는지 얼른 강구의를 쳐다보았다.

"칫, 쓸개 빠진 놈, 남색을 즐기는 더러운 자식! 카악~ 퉤이!"

강구의가 웬일인지 고개를 돌리고는 더럽다는 듯 가래침을 신경질적으로 내뱉었다.

"킬킬킬~"

긴장했던 조천대원들이 서로 간에 은밀한 시선을 교환하며 키득거렸다.

어디선가 모르지만 오늘 새벽부터 은밀하게 퍼진 소문.

모두들 경악해 버린 그 소문은 바로 진금행과 성윤위가 어젯밤에 붙어먹었다는 소문 때문이었다.

도저히 믿기질 않지만, 밤새 경건하게 결가부좌를 하고 참선에 든 불연의 증언이 너무도 결정적이었으니 도저히 믿지 않을 수 없는 소식이었다.

"예? 진 대주요? 방에 있었네요. 성 시주요? 대주 방에 함께 있었죠? 예, 맞아요. 밤새도록요. 언제 성 시주가 대주 방에서 나왔냐구요? 글쎄요… 아마 새벽 이슬이 내릴 때쯤? 맞아요, 제 가사 또한 그때 축축해졌으니까요. 신음 소리? 어라? 어젯밤에 누가 아픈 사람이라도 있었던 거예요? 그럼 이 불연이한테 말하지 그랬어요. 예? 진 대주요? 진 대주 신음 소린 한 번도 들어본 적 없는데요. 성 시주요? 두런두런 말소리만 잠시 들렸지 신음 소리는 전혀… 어라? 그게 무슨 뜻이에요? 신음 소리 없이 조용히 그 짓을 치르고 나오는 게 무슨 기술이라고 기술 좋다고 말씀하시는 거예요? 주 시주, 그만 좀 먹고 불연이한테 가르쳐 주세요. 신음하고 기술이 무슨 관계냐구요. 표정? 성 시주 표정밖에 못 봤어요. 음, 그렇게 말씀하시면 대답하기가 곤란하네요. 아! 그래요, 성 시주가 진 시주 방에 들어갈 때는 변비 환자가 변소 들어가는 것처럼 잔뜩 구겨졌다가, 새벽에 나올 때는 너무도 후련하다는 듯한 만족이 어린 표정이었어요. 그리고 이 불연이가 아는 변비 치료법은 뭐냐 하면…
종알종알종알~"

불연의 결정적 증언으로 빼도 박도 못하게 된 성윤위.
하지만 왠지 싱글벙글하고 있는 표정은 자신에게 씌워진 혐의를 구태여 부인하지 않을 거란 걸 한눈에 알아볼 수 있을 정도였다.
그러나 바로 그 점에 가장 치를 떠는 건 강구의임을 알아본 사람은 몇 되지 않았으리라.
"그만 웅성거리고 일단 계획이란 걸 짜보자구."
웬일인지 진금행이 주위를 둘러보며 배를 쑤욱 내밀었다.
'죽는 것밖에 안 남았다더니 웬 계획?'
모두들 의아해했지만 그래도 진금행이 계획이라고 말하자 귀가 쫑긋 세워졌다.
"일단 노가촌의 사람들은 모두 이곳에 남아."
한쪽 구석에서 병기를 짤랑거리던 이백오십여 명의 장정들이 무슨 소리냐는 듯 일제히 성윤위를 바라보았다.

하지만 성윤위도 진금행이 무슨 뜻으로 남으라고 했는지 알 수가 없을 뿐더러, 지금은 얼굴에 떠오르는 미소조차 주체 못하고 싱글벙글하고 있으니 알아볼 생각도 하지 않는 게 분명했다.

노가채의 이백오십 명의 시선이 다시 진금행을 향했을 때였다.

"같이 내려가 봐야 귀찮기만 해. 또 오시까지 견딜 사람들도 몇 없을 것 같고… 그냥 여기서 산채의 여자들과 아이들을 보호하도록. 만약 우리가 막아내지 못해서 수적 떼들이 몰아닥친다면 어차피 살아남을 사람은 하나도 없을 테니 그냥 여기 있어주는 게 도와주는 거야."

진금행 말에 같이 나가 싸우겠다고 말하는 녹림도들은 하나도 없었다.

평소 호방하기로 유명한 녹림도의 영웅들이라면 필히 죽음을 함께하겠다고 큰 소리로 떠들었겠지만, 이 산채에 있던 녹림도들은 모두 가정을 이루고 사는 사람들이 아니었던가.

또 지금 맞닥뜨린 적들을 보자면, 시작하자마자 개처럼 죽던가 맨 나중에 개보다 못하게 죽던가 하는 차이만 있을 뿐 어차피 죽는 것은 이미 정해진 일이 분명해 보였기 때문이다.

"이왕 노가채에 남아 있으려면 우리 쪽 사람들도 몇 보호해 주었으면 좋겠어. 그래야 우리가 제일 먼저 튀어 나간 보람이 있을 거 아니야? 우문하, 오필도는 여기 남아. 아참, 구잔양이도 남고."

오필도와 우문하는 가슴을 쓸어 내렸지만 구잔양의 눈매는 날카롭게 위로 향했다.

"내가 왜?"

왜 자신이 우문하 같은 놈들과 함께 꼬리를 말고 남겨져야 하냐는 의문이었다.

구잔양은 주위를 훑어보다 자신보다도 훨씬 못한 늙은이 또한 진금행과 같이 간다는 사실을 깨닫고는 검은 눈동자가 회색으로 바뀌며 번질거렸다.

"웃기지 마! 누가 뭐래도 난 네놈 뒤만 따를 거야. 나 말고 다른 놈이 진금행 네놈의 뒷등에 비수를 먼저 꽂는 일은 도저히 참을 수가 없거든!"

구잔양의 눈빛이 번들거리자 진금행이 씨익 웃었다.

"좋아. 그 눈빛이 보고 싶어서 그랬어. 오늘 아침에 보니 왠지 썩은 생선 눈 같은 게 이상했거든."

그제야 사람들은 진금행의 한마디가 구잔양의 맹렬한 투지와 살기를 끌어올리는 데 너무도 적절하게 쓰였다는 것을 알 수 있었다.

하지만 애당초 의도가 어쨌든 진금행의 의도는 먹혔고, 구잔양의 눈알이 번질댄 이상 최후의 오시까지 살아남는 사람 중엔 분명 구잔양이 있을 확률이 그만큼 더 높아진 것 또한 사실이었다.

"아! 그리고 너. 그 조그마한 계집애는 두고 가도록."

진금행이 깜빡 잊을 뻔했다는 듯 손가락으로 가리키는 곳엔 묘웅이 있었다.

너무도 조그맣고 할 줄 아는 말이란 '없어'에 지나지 않는 계집애였지만 사람들이 무슨 말을 하는지는 용하게도 빨리 알아차렸다.

"없어, 없어, 없어, 무, 무, 무……."

계집애는 격렬하게 고개를 흔들다가 묘웅에게로 더욱 깊숙이 안겼다.

"안 돼, 적어도 지랄맞은 대주긴 해도 그 말은 맞아. 무아야, 이 언니가 나중에 올 테니까 여기서 기다리고 있으렴."

묘웅이 억지로 눈물을 참으며 무아를 떼어놓으려 할 때였다.

무아가 고개를 발작하듯 흔들며 큰 소리로 울먹이기 시작했다.

"없어, 없어, 없어엉, 엉, 엉, 무, 무, 엉, 엉……."

묘옹은 무아가 울부짖자 자신의 품에서 떼어놓으면서 도저히 흘러내리는 눈물을 참을 수가 없었다.

"그, 그래도 요게에 그동안 정이 들었나 보네에. 무아야, 나중에 이 예쁜 언니가 우리 무아를… 이 예쁜 언니 눈을 봐봐. 내가 약속할게. 그러니까……."

묘옹이 눈물로 범벅이 된 무아를 지켜보며 조곤조곤 어를 때였다.

갑자기 무아가 입을 씰룩이다가 묘옹의 가슴에 고개를 파묻고는 조그마한 목소리로 말했다.

"없어, 없어…… 엄마, 엄마, 엄마……."

"그래, 그러니까아… 응? 너, 지금 엄마라고 그랬어? 없어가 아니구? 정말 날보고 엄마라고 그런 거냐니까앗! 사람들이 괴물이라고 부르는 날보고 엄마라구?"

갑자기 묘옹의 신형이 비칠거렸다.

세상에 나서 처음으로 들어본 엄마라는 말이 이토록 자신의 가슴에 둔중한 바위가 때리는 듯한 충격을 줄 줄은 미처 몰랐었다.

하지만 무아는 고개를 가슴에 파묻고는 고개를 가늘게 위아래로 흔들고 있었다.

"으응… 엄마, 엄마, 엄마……."

묘옹은 지금 벌어지는 일이 도저히 믿기지 않는다는 듯 멍한 고개를 돌려 성윤위를 바라보며 혼이 나간 듯 중얼거렸다.

"이, 이 아이가 나보고 분명 엄마라고 한 거 맞지요? 정말로……."

믿기지 않는다는 듯 중얼거리는 묘옹을 향해 성윤위가 함빡 웃으며 고개를 끄덕였다.

"그래. 동생, 그놈이 분명 엄마라고 했네. 그리고 누가 감히 널 두고 괴물이라고 손가락질하더냐! 이 건곤무적도 성윤위의 어여쁜 여동생을 두고 어느 놈이 감히 죽고 싶어 그 지랄을 한단 말이냐!"

성윤위의 말에 또 한 번 묘웅이 비칠비칠 뒤로 물러섰다.

"내가… 내가… 아이를 가지고… 오라버니도 가지고… 이럴 수가… 내 부모도 창피해서 버리다시피 무림맹으로 쫓아버린 이 묘웅이를……."

묘웅의 가슴속에서 무아가 또다시 중얼거렸다.

"엄마, 엄마, 엄마……."

묘웅이 무아를 꼭 가슴에 안고는 그 자리에 무릎을 꿇고 털썩 주저 앉았다.

자신의 가슴에 안은 무아를 더욱 꼭 끌어안고 고개를 떨군 묘웅의 흐느끼는 목소리가 들렸다.

"그래, 아가야. 이 엄마가 꼭 널 지켜줄게. 이 엄마가……."

조천대의 모든 사람들의 시선이 따사롭게 새로 탄생한 모녀(?)와 오누이(!)의 넓은 등판에 가 닿았다.

그 좋은 분위기를 탁한 목소리가 재수없다는 듯 깨버렸다는 것이 보기 좋은 광경의 흠이라면 흠이겠지만.

"카악~ 퉤. 역시 변태들은 변태들끼리 어울리는군. 재수가 없으려니……."

그 유일한 사람은 바로 강구의였다.

제 11 장

개전 —구잔양 비도를 던지고, 동호 고민에 빠지다

개전

묘웅이 눈가를 훔치며 자신의 품에 안긴 아기를 더욱 꼬옥 껴안았
다.

언제부터인지 자신의 비극적인 죽음을 예상한 것처럼 무아가 슬피
울며 얼굴을 묘웅의 품에 대고 비벼댔기 때문이다.

"울지 마. 울지 마렴, 이 엄마가 잘 보살펴 줄게에. 아가, 울면 안
돼. 네가 자꾸 울면 이 엄마도 울게 되거든."

묘웅의 얼굴은 활짝 웃고 있었지만 그 말소리는 한없이 울먹이는 목
소리였다.

묘웅이 무아의 볼을 가볍게 어루만지자 흡사 말을 알아듣기라도 한
것처럼 무아의 어깨에 일던 잔떨림이 멎어들었다.

"아이는 위험해. 수적 떼들은 잔인하거든."

구잔양이 그런 묘웅을 보다 고개를 가볍게 좌우로 내저으며 말했다.

묘웅은 불안한 듯, 아니, 겁먹은 듯 무아를 더욱 꼬옥 안아 들었다.

저 잔인한 사내의 말이 무엇을 뜻하는지 묘웅은 너무도 잘 알 것 같았다.

잔인한 사내. 그래서 정이 없는 사내. 저 구잔양이란 사내는 수만의 적들에게 쫓기는 것을 걱정하고 있는 것이다.

무아가 언제 울어 젖힐지 모른다. 그렇게 되면 흔적을 발각당하는 것은 시간문제.

또한 그런대로 손발을 맞춰온 조천대에게 갑작스럽게 끼어든 무아라는 조그마한 존재는 손발을 맞춰 위험에 맞서야 하는 조직력에 커다란 위험을 가져다 줄 것이 분명했다.

"이 아이는 내줄 수 없어요. 내가 지켜줄 거예요. 이 묘웅이가, 이 엄마가 꼬옥!"

묘웅은 아예 아이를 제 등 쪽으로 옮겨 업으며 말했다.

하지만 구잔양은 더욱 커다란 한숨을 내쉬다 냉정한 눈을 들어 묘웅을 쳐다보았다.

"절벽 아래를 봐. 한둘이 아니라 만 명이야. 네가 그 아이를 지킬 손은 두 개뿐이지만, 널 노리는 손은 만 개가 가볍게 넘는단 말이지."

도리도리.

묘웅은 구잔양의 말에 미친 듯이 고개를 내저었다.

그리고는 고개를 드는데, 아랫입술을 이로 꼬옥 물며 하는 말이 뭔가 단단히 결심한 듯한 모습이었다.

"무아를 노리는 칼이 떨어진다면 내 팔이 잘리는 한이 있어도 안아서 지킬 거예요. 이 묘웅은 더 이상 바랄 게 하나도 없어요. 겁나는 것도 없으니까아!"

묘응의 굳은 결심. 자신의 목숨을 내놓더라도 이 귀엽고 불쌍하기 짝이 없는 조그마한 계집애는 끝까지 지키겠다는 결단도 구잔양에게는 통하지 않은 모양이었다.

"말이 안 통하는군."

갑자기 매섭게 팔을 내뻗어, 같은 편이라 안심하며 자신의 목숨을 내던져 지켜낼 무아를 쳐다보던 묘응의 시선을 피해 구잔양이 아기를 잽싸게 뺏어 들었다.

"악! 이게 무슨 지랄맞은 짓이야아! 이게 좋은 분위기를 꼭 깨고 지랄이네엣!"

묘응이 고함을 질렀다.

저 사내. 잔인한 사내. 저토록 귀엽고 불쌍한 어린 생명에는 전혀 관심이 없는 사내.

그런 구잔양의 손에 들린 무아가 갑작스럽게 중얼거리기 시작했다.

"없어, 없어, 없어, 무, 무, 무⋯⋯."

공포에 젖은 눈으로 묘응만을 바라보며 무아가 그렇게 미친 듯 중얼거리고 있었다.

묘응은 그 자리에서 얼어붙은 듯 온몸을 경직시켰다.

물론 묘응의 무공이 구잔양보다 약해서는 아니었다.

아니, 순수한 무공 실력만 보자면 소금이나 밀매하던 하오문의 구잔양보다는 곱절로 강할 것이 분명했다.

하지만 묘응의 발을 얼어붙게 만든 것은 갑작스레 떠오른 무서운 상상 때문이었다.

방금 전까지 이교옥의 술잔에 든 술이 허공에 뿌려졌던 절벽. 자신들의 옷자락을 거칠게 흔들며 매서운 바람을 치솟게 만드는 절벽 아래

로 구잔양이 무아를 집어 던질 거란 불길하고도 무서운 생각 때문이었
다.

저 사내는 충분히 그러고도 남을 놈이었다.

장강의 수적 떼들과 부딪쳐야 하고, 혹 목숨을 대가로 지불해야 할
형편이란 것을 묘웅도 모르지는 않았지만, 그 일에 조그마한 방해라도
된다면 무아를 절벽 아래로 내던지고 홀가분하게 도망갈 냉정한 사내
가 바로 구잔양이란 걸 너무도 잘 알았기 때문이다.

하지만 그 다음에 벌어진 일은 묘웅의 예상과 너무도 달랐다.

구잔양이 한 손에 치켜 든 무아를 내려다보며 조심스럽게 말했다.

"사람 말을 잘 헤아려 들을 줄 알아야지. 계집애 지킬 손을 그리 쉽
게 적에게 내어준다면 나중엔 무슨 손으로 이 계집아이를 지켜줄 거
지? 냉정해야 해. 무아를 지키려면 치달려오는 적을 베어넘길 손이 필
요한 게야. 그것도 만이나 되는 적들이라면 더욱!"

구잔양은 무아를 조심스럽게 제 가슴에 안아 들고는 곧 허리띠를 풀
기 시작했다.

그리고는 허리띠를 자신에게 안긴 무아와 함께 몸통 주위로 돌려 신
중하고도 조심스럽게, 좀처럼 볼 수 없었던 치밀한 모습으로 친친 감아
매는 것이 아닌가.

무아를 얼르며 몸을 이리저리 흔들어보다 웬만한 거친 행동에도 조
그마한 계집애가 떨어질 위험이 없다는 것을 확인한 구잔양이 고개를
들어 주위를 보며 씨익 거칠게 웃었다.

잔인한 미소. 살기로 번질거리는 얼굴에 너무도 잘 어울리는 미소였
다.

하지만 정작 구잔양의 잔인한 미소를 보는 조천대원들은 전에 없이

편안해지는 것을 느꼈다.

구잔양이 지금 뿜어내는 살기와 잔인한 미소는 자신들을 향한 것이 아니라 지금도 정신없이 바쁘게 절벽을 향해 기어오르는 적들을 향한 것이기 때문이었다.

"뒤는 내가 맡지!"

투덜대던 강구의가 눈가에 맺힌 이슬을 보여주기 싫다는 듯 더욱 탁해진 음성과 함께 구잔양의 뒤로 돌아가 버티고 섰다.

"앞은 내가!"

무뚝뚝하고 단순 무식한 자신의 모습과도 너무도 어울리는 짧은 말과 함께 검은 얼굴이 달아올라 더욱 검게 변한 현통이 구잔양의 앞에 떠억 버티고 섰다.

한덩치 하는 두 덩어리가 구잔양의 앞과 뒤를 막아서자 구잔양과 무아의 모습은 가려져 보이지가 않았다.

"신경 안 써! 막는 건 무조건 베면 되니까."

양손에 날이 잘 선 비도 네 개를 꺼내 든 구잔양의 미소는 살기로 더욱더 번질거렸다.

"길을 여는 건 내가. 거지만큼 샛길을 잘 아는 족속도 없거든."

주개육이 먼지가 들어가 따끔거린다는 듯 과장된 태도로 눈가를 씻고는 현통 앞 일 장여 거리에 서는 것이 아닌가.

철혈간담.

사내, 그것도 칼을 발끝에 딛고 사는 무인이라면 항시 놓치지 말아야 할 화두였다.

그리고 굳은 마음을 가진 사내라면 이 조천대 안에 가득하고도 넘쳤다.

하지만 지금 보여주는 조천대원들의 태도는 무엇이란 말인가.

부성애일지도 몰랐다.

뒤도 돌아보지 않고 자신의 길만 가던 사내들이 무아의 중얼거림에 갑작스럽게 샘솟은 부성애일지도 몰랐다.

아니, 생명에 대한 경외감, 또한 연약한 생명을 지켜주어야 한다는 협의심 때문일지도 몰랐다.

하지만 사람에 대한 사랑. 그중에서도 가장 강한 것은 무엇보다 모성애를 빼놓을 수가 없었다.

자식에 대한 숭고한 희생이 항상 준비되어 있는 모성애.

그 강렬하고도 지고지순한 모성애에 숨이 막혀 하는 존재가 드디어 비명성을 울렸다.

"오모모! 오모모! 오모모모! 이걸 어째애~"

묘웅이었다.

비록 몸은 사내지만 마음은 여자인 존재.

그 괴상하고도 이상한 존재가 끓어 넘치는 모성애에 자신의 몸조차 가누지 못하겠다는 듯 몸을 빙글 돌렸다.

그리고는 모성애에 달궈져 붉어진 눈을 들어 절벽 아래, 개미 떼들처럼 기어오르는 수적 떼들을 쳐다보며 이를 으드득 갈기 시작했다.

"이노옴들이~ 감히 우리 아기를 노린단 말이지이~ 이것들 좀 보소오~ 좋아, 한번 지켜봐아~ 오늘 이 산에 오르는 놈들 중에 제대로 된 말뚝을 가진 놈은 하나도 없을 테니이~"

말도 이상하고 그 말을 한 놈인지 년인지 모를 묘웅의 겉모습도 이상했지만, 오늘 절벽을 부지런히 오르는 수적 떼들이 날벼락을 맞을 거란 것 하나만은 분명한 사실이었다.

아마도 모성애에 불타오르는 묘웅이란 존재는 염라대왕도 두렵지 않은 진금행이라 할지라도 켕겨 할 게 뻔했기 때문이다.

평소 같으면 진금행 옆에서 갖은 아양을 떨던 묘웅의 입은 불타오르는 모성애로 가느다랗게 떨리고 있었고, 평소 자신의 미모를 위해 기르던 묘웅의 날카로운 손톱은 무아에 대한 애정으로 뜨겁게 달아올라 그 색마저 변화되고 있었으니, 설령 진금행이라 할지라도 무아에게 손가락이라도 가져다 댄다면 미쳐 날뛰는 묘웅의 매서운 조공(爪功)을 원없이 듬뿍 받을 수 있을 게 틀림없었다.

불붙은 모성애를 가슴 가득 안은 묘웅은 온몸을 사시나무 떨듯 떨어대고 있었다.

평소 다른 사람들의 눈과 속을 뒤집었던 묘웅이, 너무도 사랑스런 무아를 지키기 위해 눈을 허옇게 뒤집어 깠으니 세상에 그 어느 것도 무서울 게 없었다.

아니, 그 어떤 불가능한 일이라도 눈을 허옇게 뒤집어 깐 묘웅이라면 능히 해낼 수가 있으리라(아~ 정말이지 위대한 어머니의 사랑이여).

"아아~ 아미타불, 아미타불. 한 생명을 살리기 위해 살계를 열어야 하는가~ 아미타불. 부처님, 이 불연이를 부디 지켜주세요."

무아를 안은 구잔양을 정점으로 산개한 채 흡사 진법을 이룬 것처럼 발맞추어 달려 내려가는 조천대를 보며 감동으로 범벅이 된 얼굴을 하늘로 들어 올리며 불연이 나지막하게 중얼거렸다.

하지만 합장한 채 나지막이 불호를 외는 불연과는 달리 묘웅의 신형은 선불 맞은 멧돼지마냥 거친 숨을 뿜어내며 산 아래로 숨 가쁘게 내려가고 있었다.

"난 꼭 돌아온다. 기다리도록."

성윤위가 뒤에 남아 있는 노가채 식구들을 향해 짧은 말을 남기고는 쏘아낸 화살보다도 더 빠르게 허공을 가로질러 아래로 내려갔다.

성윤위의 짧은 말.

그것은 누군가를 무척이나 닮아 있었다.

그 누군가를.

"우리도 그럼 슬슬 시작해야 하지 않겠수?"

진금행이 교주를 보며 한마디 던졌다.

"으응? 먼 산… 아니아니, 그래, 내려가야겠지."

교주는 자신이 들었던 모습과는 전혀 다른 조천대원들의 모습에 잠시 멍해 있던 정신을 추스르고는 눈동자를 가운데로 몰았다.

"수적 놈들이야 뭐 간단한 일이니까. 그런데 정말 오시까지만 버티면 되는가?"

"오시는 무슨 오시! 천하오시도 알고 보면 우스웠거늘!"

진금행이 웃기지도 않는다는 듯 교주를 보며 키득거렸다.

오시(午時)와 오시(傲視).

그 두 개의 비슷한 발음으로 자신을 놀리고 있다는 걸 분명히 알면서도 교주는 다시 한 번 확인을 해봐야 했다.

만약 진금행의 방금 한 말이 사실이라면 조천대원들의 목숨은 그야말로 헛되이 사라지는 것이 아닌가.

"그, 그럼 애당초 희망 따위는 없다는?"

"희망? 무슨 희망? 그냥 견디라고 해준 말일 뿐이우. 오시(午時)? 그야 물론 내가 원하는 시간이 오시라면 지금 당장 오시일 수 있는 거지만 말이우."

진금행이 뜻 모를 말을 남기고는 휘적휘적 산 아래로 신형을 옮기기 시작했다.

그리고…

격렬한 전투가 시작되었다.

*   *   *

"이게 어떻게 된 거지?"

장강수로맹이란 수적 떼들 중 육합타(六合舵)를 맡고 있는 동호(董
澔)가 이해가 안 된다는 듯 수하를 보며 물었다.

"글… 글쎄, 그것이 계산과는 달리……."

수하는 겁에 질린 듯, 아니, 무서울 게 없는 재주를 지닌 상사가 두
렵다는 듯 말을 채 이어 나가지 못하고 있었다.

"무슨 계산? 맹주와 내가 몇 날 며칠 재보고 계산하고 다시 견주어
봐도 한 식경 이상 걸리지 않아야 하지 않은가!"

동호가 답답하다는 듯 수하를 노려보자 수하는 자라목처럼 목을 옴
츠리고는 기어들어 가는 목소리로 대답했다.

"건곤무적도 성윤위, 휘검청학 이교옥, 청성의 현통, 개방후개 주개
육, 사천의 강구의까지는 실력을 재고 예상하고 대처할 방도를 마련했
습니다만……."

"그럼 뭐가 문제지?"

눈을 가늘게 뜨며 하는 동호의 질문에 수하는 더욱 고개를 움츠렸다.

"웬 미쳐 날뛰는 년이 하나 있어서… 게다가 눈까지 허옇게 뒤집어
깐 못생긴 년의 무공 수위가 이교옥에 못지않은지라……."

"미친년? 그것도 못생긴 년이? 그런 년이 있다는 것은 보고받지 못

했는데?"

"그러니까 어그러진 게지요. 아무튼 그년이 만만치 않은지라……."

"흐음……."

동호는 턱을 괴고는 잠시 생각에 잠겼다.

어디서 어그러졌는지 모르지만 아무리 새한벽에 들었던 절정고수 이교옥이 셋으로 불었다 해도 자신있었다.

물론 희생으로 치를 대가가 커지고 일을 끝내는 데 조금 더 시간이 걸리긴 하겠지만.

"그런데 아이 하나를 안고 있다고?"

불쑥 동호가 자신이 보고받은 내용 중에 이상했던 것을 되짚어 물었다.

뭔가 사단이 일어났다면 거기부터 출발했던 것이 틀림없었다.

"예, 구잔양이란 놈이 아이를 들쳐 업고 있는데, 이상하게도 조천대 원들이 그 아이를 목숨 걸고 보호하는 형세라… 애당초 처음 계획은 진금행을 떨어뜨리면 곧 사방으로 뿔뿔이 흩어져 도망갈 놈들이라고 쉽게 생각했는데, 목숨을 걸고 저항하니 만만치 않게 되었습니다."

모르긴 몰라도 확실하게 짚은 건 분명했다.

또한 틀릴 계산이 아닌 것도 확실했다.

진금행이란 존재만 없다면 조천대원들 중 조천대에 남아 있을 놈은 하나도 없었다.

물경, 만이나 되는 수상 영웅들을 맞닥뜨린다면 모두들 제 살길을 찾아 도망갈 놈들이 분명하지 않은가.

그렇게 되면 강호에 위명이 떠들썩한 조천대란 떨거지들을 이 장강 수로맹이 처절하게 깨주는 꼴이 될 것이고, 그것이 바로 만 명이나 동원하여 조천대를 습격한 진정한 이유라고 동호는 믿고 있었다.

한데 목숨을 걸고 저항한다니? 골치 아픈 일이 벌어진 것이다.

휘검청학 이교옥만 봐도 그렇다.

화산 같은 대문파 역사상 50년 만에 처음으로 새한벽에 들었다는 고수.

그런 고수가 목숨을 걸고 저항한다면 그 고수 하나를 꺼꾸러뜨리기 위해서 얼마의 희생이 필요할 것인가!

"조그마한 아이 하나라……."

저쪽이 목숨을 걸고 지킬 존재라면 보통 존재가 아닐 것이다.

이대로 계속 희생을 늘려갈 수는 없었다.

아무리 큰소리쳐 봐야 수적 떼들에 불과했다.

적들이 너무 강하다 싶으면 곧 뿔뿔이 도망가는 것은 자신들이 동원한 만 명일 게 뻔했다.

불과 십여 명을 치기 위해 만 명을 동원한 것도 부끄러운 일이었는데, 이젠 더욱 민망한 일이 벌어질 게 분명하지 않은가.

바로 그 십여 명, 그것도 삼 인분은 되는 대주 진금행도 없는 껍데기만 남은 조천대에게 만 명이 도망을 가야 하니 말이다.

만약 그런 일이 벌어진다면 수로맹주가 자신을 어떻게 대할 것인지까지 생각이 미치자 동호의 머리는 깨질 듯 아파오기 시작했다.

복잡한 생각에 잠겨 있는 동호의 귀로 이상한 소리가 들려왔다.

"끼요오옷~"

경극에서 여자로 분장한 남자 배우가 내듯, 탁한 목소리의 남자가 억지로 목구멍에 바람을 집어넣어 쥐어짜 내듯 내는 높은 가성. 그 듣기 싫은 까마귀의 울음소리와도 같은 기묘한 기합성과 함께 수십 명의 비명성이 동시에 합창하듯 울려 퍼지는 게 아닌가!

더욱 무서운 일은 그 다음이었다.

"끼요오옷! 겨우 이런 말뚝으로 우리 아기를 해하기 위해 덤빈단 말이지이~ 좋아아~ 내 오늘 다 죽이어 버리게쏘오~ 아무나 덤벼어~ 덤비란 말이야앗!"

방금 전까지 왼쪽 멀리서 들리던 그 기묘한 목소리가 어느덧 오른쪽에서 들려오는 것이 아닌가.

순식간에 옮겨간 가공할 만한 경공! 거기다 한 수에 수십 명의 수하들이 일제히 울부짖듯 토해내는 비명 소리.

그 못생긴 데다가 눈까지 휙~ 하고 까뒤집은 미친년의 실력이 이 정도라면 자신들의 수하가 정신없이 밀려 버린 게 이해가 갔다.

"아기를! 아기를 찾아야 해! 아기를 손에 넣어야 해!"

왠지 온몸에 소름이 돋은 동호가 정신없이 수하에게 지시하기 시작했다.

그 소름이 돋은 이유가 계산보다 몇 곱절 높아진 묘웅의 괴상한 무공 때문이 아니라, 이상하게 사내의 가슴을 뒤흔들며 내장을 쏠리게 만드는 목소리 때문이란 걸 생각할 틈이 동호에겐 없었다.

그저 정신없이 수하들을 얼러대며 다음 지시를 내리는 동호였다.

"조호이산지계! 뿔뿔이 흩어지게 만들어! 그 아이를 뺏어야 해! 그래야 저놈들을 굴복시킬 수가 있어! 알았지? 저놈들 빈틈마다 우리 애들을 몰아넣으란 말이야. 그래서 조천대원들 사이를 멀찌감치 띄워놔! 뭐? 힘들다구? 그래도 해! 하란 말이야! 몇 명이 죽는 거야 문제도 아니란 말이다! 아니, 수천 명이 죽더라도 모두 떨어뜨려 놔!"

길길이 뛰는 동호의 등줄기엔 아직도 묘웅의 살 떨리게 만드는 목소리 때문에 돋아난 소름이 더욱 그 크기를 키우고 있었다.

"카악, 퉤!"
구잔양은 입 안 가득 비릿하게 채우고 있는 피를 뱉어내었다.
어느새 모두들 뿔뿔이 흩어져 자신 혼자만 남은 것이다.
그리고 혼자 지켜야만 하는 아이 하나와 함께.
구잔양을 포위하고 버티고 서 있던 수적들이 어느덧 슬금슬금 뒤로
물러나고 있었다.
사실 구잔양의 무공은 수적들이 스무 명만 덤빈다 해도 곧 죽어야
할 만큼 보잘것이 없었다.
하지만 수만의 수적 떼들 틈 속에 아직까지 버티고 서 있게 한 것은
구잔양의 상징이 되어버린 잔인함 때문이었다.
구잔양의 번질거리는 눈을 보기만 해도 뒤꼭지가 간지러워지는데
어느 누가 감히 구잔양 앞에 서겠는가.
그런 수적들이 슬금슬금 서로 눈치를 보며 뒤로 물러나면서 안도의
한숨을 내쉬고 있었다.
자신들이 모시고 있는 상사, 그것도 무공이 매우 뛰어나 장강수로맹
의 세 번째 위치를 차지하고 있는, 하지만 잘 돌아가는 머리로는 장강
수로맹의 첫째 자리를 다투는 상사가 나타났기 때문이다.
동호. 바로 그였다.
그것도 조금은 감탄했다는 듯 과장되게 양손을 치켜 올리곤 구잔양
에게 말을 건네면서 말이다.
"가상하구나, 네놈이 아직 살아 있다는 게. 하지만 우리가 필요로 하
는 건 살아 있는 조그마한 아이 하나지 네놈은 아니야."

구잔양은 드디어 자신을 괴롭히던 조그마한 개새끼들을 동원한 커다란 개대가리(!)가 나타났다는 것을 알고 비릿한 웃음과 함께 피 묻은 입술을 닦아내었다.

"살아 있을 때 원없이 나불대려무나!"

음산한 목소리. 살기 짙은 구잔양의 목소리에 동호의 신형이 움찔거렸다.

하지만 곧 수하들이 보는 앞에서 추태를 부렸음을 깨닫고는 '어흠' 하는 헛기침과 함께 한 발을 내디뎠다.

아무리 봐도 자신의 상대가 되지 않는 놈이 분명했다.

또 그동안 형세 판단을 해본 결과가 그것을 증명해 주고 있었고, 지금 눈에 보이는 가느다랗게 떨리는 구잔양의 무릎이 역시 동호의 생각이 맞다는 것을 나타내 주고 있었다.

왠지 저 번질거리는 눈과 이유없이 심장 떨리게 만드는, 입꼬리를 묘하게 말려 올린 미소가 찜찜하긴 했지만 저놈은 자신의 삼초지적도 되지 않을 게 분명했다.

"시건방진 놈!"

동호는 찜찜함을 털어버리려는 듯 곧 자신의 칼날을 구잔양의 몸통 위로 떨궈내었다.

칫~

그와 동시에 구잔양의 세 개밖에 남지 않은 비도 중 하나가 허공에 제 비늘을 떨며 날아오르는 날치처럼 은빛으로 온몸을 떨어대며 싱싱하게 치솟았다.

하지만…

구잔양의 비도는 그렇게 허공 중에 떨어대던 몸을 땅 아래에 헛되이 나뒹굴며 그쳐야 했고, 동호의 칼은 그 빈틈 사이로 세 번의 칼질을 무사히 마치고 주인의 옆구리로 되돌아왔다.

"횟감으로 싱싱하군."

동호는 자신이 베어낸 구잔양의 왼팔을 보며 씽긋 웃었다.

수적, 당연히 횟감에 밝을 수밖에 없었지만 방금 전까지 사람 몸통에 붙어 있던 팔뚝이 땅 아래 떨어져 벌떡벌떡 경련을 일으키며 펄떡이는 것을 보면서도 태연히 농담을 건네는 모습은 지켜보던 수적들조차 간담을 서늘하게 만드는 것이었다.

"흐읍~"

짧게 숨을 들이키며 비칠비칠 몇 걸음을 뒤로 튕기듯 물러서던 구잔양이 약간은 풀린 눈동자를 들어 잘려 나간 자신의 왼팔을 쳐다보았다.

그리고는 고개를 돌려 이미 허망한 허공으로 채워진 자신의 왼쪽 팔뚝을 쳐다보았다.

"아아… 병신이 되었다고 너무 원망하지 말게. 그 원망하던 대가리도 얼마 가지 않아 잘라낼 터이니."

단 세 수 만에 구잔양의 왼팔을 잘라낸 동호가 한껏 거드름을 피우며 구잔양을 향해 말을 건넸을 때였다.

하지만 막상 할 말을 다 끝냈을 때 동호는 더 이상 거드름을 피우지 못했다.

"한결 편해졌군."

구잔양은 다행이란 듯 고개를 끄덕이는 게 아닌가.

그리고는 제 가슴팍에 안아 묶은 무아를 잘려 나가 어깨만 남아 있는 제 왼쪽 옆구리로 빙글 돌려 고쳐 안고 있었다.

"정말 편하군. 그동안 맘대로 몸을 놀리지 못했는데 말이야."

마치 자신의 비도가 동호의 목을 꿰뚫지 못한 것이 무아를 안은 불편한 자세 때문이었다는 듯 구잔양의 미소는 만족의 빛을 띠고 있었다.

"이, 이놈이……."

동호가 어이없다는 듯 구잔양을 쳐다보며 말을 잇지 못할 때였다.

구잔양은 제 옆구리에 꼬옥 붙어 묶인 채 입을 오물거리는 무아를 보며 싱긋 웃었다.

아마도 '없어'라는 말을 연이어 내뱉는 것이겠지만, 자신의 얼굴 위로 떨어져 내리는 구잔양의 피에 그 목소리는 말소리가 되어서 나오질 않고 있었다.

"이놈이 정말 맘에 들어. 허연 어미 젖을 먹고 자라지는 못했어도, 지금 먹는 것은 붉디붉은 사람의 피이니 말이야. 어때? 키워볼 만한 아이가 아닌가? 내 피를 먹여 키울……."

구잔양이 아기를 보던 시선을 돌려 동호를 쳐다보았다.

그런 구잔양의 동공에서는 더욱 흉포한 살기가 불길을 일으키며 번져 나가는 것을 동호만은 똑똑히 볼 수가 있었다.

"저, 정말이지 네놈은……."

미소 짓는 구잔양과 그 왼쪽 옆구리에서 구잔양의 잘려진 어깨로부터 쏟아지는 피를 얼굴에 함빡 뒤집어쓴 채 정말 피라도 마시는 것인지 입을 오물거리는 조그마한 계집애를 보자 동호는 방금 전 못생긴 데다가 미치기까지 했던 지랄맞은 년의 목소리를 듣는 것만큼이나 한기가 들었다.

미칠 듯한 공포.

그 끝과 원인을 알 수 없는 끈끈한 공포심을 이겨내려는 듯 조금 전 구잔양의 왼쪽 팔을 잘라내었던 동호의 커다란 칼이 다시 한 번 허공을 가르며 구잔양을 향했다.

촷.

그리고 어느새 뽑아 들었는지 구잔양의 비도가 또 한 번 은빛 비늘을 허공 중에 수놓았다.

조금 전과 똑같은 상황. 하지만 조금 전 구잔양의 한 팔을 잘라내었던 일과는 전혀 다른 결과가 나타났다.

팅~ 저르르.

동호는 구잔양이 어떤 표정을 짓고 있는지 보지 못했다.

자신이 들고 있는 커다란 칼이 동호 자신의 눈을 가리고 있었기 때문이고, 동호가 자신의 얼굴을 두툼한 칼로 가리고 있는 것은 미간 사이를 파고든 비도를 막기 위함이었다.

"어……."

동호의 입에서 경악성이 토해졌다.

원래대로라면 칼로 구잔양의 비도를 팅겨내고 그 보기 싫은 면상을 베어야만 했다.

또한 동호는 충분히 그럴 수가 있었다.

하지만 자신의 두툼한 칼날 사이에 박혀 반대 편으로 몸을 반쯤이나 디밀고 있는 비도를 보는 순간 동호의 머리 속은 뒤틀려 버렸다.

자신의 칼. 그것은 흔한 칼이 아니었다.

솜씨 좋은 장인의 손에서 수백 일 동안 불꽃 속에 숨죽이고 있던 현철을 갈고닦아 만든 혼이 담긴 칼이었다.

이 정도 품질의 칼을 소유한 무인도 무림에선 손꼽을 정도가 분명했다.

그런 칼날의 몸통을 꿰뚫고 반이나 박힌 구잔양의 단도는 비록 좋은 철로 만들고 제법 날을 날카롭게 세웠지만 흔한 쇳덩어리가 아닌가.

수십 년간 강호 칼밥을 먹어온 동호의 눈썰미이니 틀릴 리가 없었다.

하지만 현철, 다른 쇳덩어리도 아닌 현철을 담뿍 써 정련한 칼을 보통 병기점에서 손만 뻗으면 흔히 잡히는 비도 따위가 꿰뚫어 버리다니?

이런 일은 없어야 했다.

다행히 자신의 미간 앞에 몇 촌을 사이에 두고 칼을 들어 간신히 막아낸 비도의 날카로운 칼날의 끝을 보면서 동호는 이해가 가지 않았고, 그것이 동호의 칼이 다음 가야 할 길을 잃어버린 채 우뚝 멈추어 선 이유가 되었다.

'불타고 있는 집 안에서 아이의 울음소리가 들리면 에미는 그 불길 속을 아무 생각 없이 뛰어든다던가? 또 집채만한 바위에 아이가 깔려 있는 걸 본 에미는 그 바위를 손으로 번쩍 치켜들 수도 있다고 하지 않은가!'

동호는 곧 머리 속에서 이상한 생각이 꼬리를 물고 이어지고 있었다.

지금! 방금! 직접! 자신의 눈으로 확인한 불가사의한 일을 설명하는 데는, 가끔 전해 들었던 믿어지지 않는 초인적인 힘이 필요할 거란 생각이 들었기 때문이다.

동호가 칼로 구잔양의 비도를 막고 난 후 불과 눈 한 번 깜짝일 시간이었지만, 동호의 머리 속은 오랜만에 복잡한 생각이 빠르게 이어지고 있었던 것이다.

'이 일도 그런 게야. 위급함이 닥치면 저도 모르게 발휘된다는 선천지기, 즉 초인적인 힘이어야 가능한 게야! 그래, 그것이 틀림없어. 그리고 이 일을 만들어낸 저자의 초인적인 힘은… 아마도 잔인함이겠지.'

동호는 구잔양이 어떻게 초인적인 위력을 발휘했는지가 그제야 이해가 갔다.

하지만 동호에겐 너무도 늦은 것이 분명했다.

분명 동호의 칼이 멈추어지고 동호의 생각이 이어진 것은 너무도 짧은 순간이었지만 구잔양에게는 너무도 충분한 시간이 되었던 것이다.

췟.

드디어 동호의 귀에 구잔양의 마지막 비도가 바람을 가르는 소리가 들렸다.

"빨리~ 빨리~"

스무 명의 수적 떼들을 이끌고 조삼은 서둘러 산등성이를 넘고 있었다.

무서운 놈들이었다. 조삼 자신이 직접 본 죽음만 벌써 수십이 넘어가고 있었다.

그것도 거의 대부분이 너무도 괴상하게 생긴 데다가 거기에 더해 미치기까지 한 웬 정체 모를 한 여자에 의한 것이었다.

'여자긴 여잔가? 확실한 건가?'

숨이 턱까지 차 오른 조삼의 현기증나는 머리 속을 채우는 생각은 그러나 더 이상 이어지지 않았다.

앞길을 막으라는 상부로부터의 지시를 지킬 마음은 없었다. 물론 그렇다고 명을 거역하고 도망갈 마음도 없었다. 그저 이리저리 숨 가쁘게 휘돌아 도망 다니다 보면 위에서 볼 때 열심히 일하는 것 같을 것이고, 적들로부터는 안전하게 될 거란 얄팍한 계산 때문이었다.

바쁘게 다리를 놀려야만 '끼요오옷~' 하는 괴상한 소리로부터 멀리 떨어질 수가 있었고 상사의 눈엔 열심히 일하는 걸로 보일 게 아닌가.

하지만 그 바쁜 걸음도 커다란 사마귀 하나 때문에 멈추어야만 했다.

커다란 사마귀. 조삼이 눈을 몇 번 끔뻑이고서야 그것이 녹색 복면을 뒤집어쓴 사람이란 걸 알아볼 수가 있었다.

하지만 조삼은 자신이 처음 본 것이 그리 잘못 본 것만은 아니라고 생각했다.

복면으로 가리워진 사내의 머리통은 삼각형을 거꾸로 세워놓은 듯 보이니 영락없이 사마귀와 다를 바가 없었던 것이다.

"헉헉! 누구……."

적이라면 태연히 팔짱을 끼고 기다리고 있진 않았을 터, 적은 아닌 게 확실했다.

하지만 복면으로 정체를 가렸다는 것 역시 자신의 편도 아니란 걸 말해 주고 있었으니 일단은 물어봐야 했다.

"과연 세지?"

복면인은 이죽이듯 물었다.

하지만 무엇이 그리 세다는 건지 구태여 듣지 않아도 조삼은 뼈저리게, 아니, 도망 다니느라 종아리가 땡기는 만큼 절실하게 느끼고 있었다.

그래서 조삼은 미친 듯 머리통을 위아래로 끄덕여 댔다.

무척 셌다. 세도 이만저만 센 게 아니었다. 조천대의 명성만큼 과연 세긴 셌다.

그중에서 건곤무적도 성윤위는 무지막지하게 셌고, 휘검청학 이교옥도 셌지만 그보다는 미친 듯 '끼요오옷~' 하는 이상한 신음성을 발하는 못생긴 미친년은 정말이지 너무도 셌다(모성애에 불타는 묘웅은 식욕이 당겨진 주개육보다 몇 곱절은 더 위험한 존재다).

조삼의 머리통이 정신없이 끄덕여 대는 것을 본 녹색복면인은 또다시 장난이라도 치는 것처럼 물었다.

"이교옥도 세지?"

끄덕끄덕.

"현통도?"

끄덕끄덕.

"그렇게 센 거지는 난생처음 보지?"

끄덕끄덕.

말 안 해도 조삼은 알 수 있었다. 개방 후개 주개육을 뜻한다는 것을……

그리고는 덩달아 추임새를 넣듯 조삼 스스로가 입을 열어 말하고 있었다.

"어휴~ 말두 말아유. 조천대엔 여자들이 더 극성맞더라구요. 눈을 허옇게 뒤집어 깐 못생긴 미친년도 무섭지만 아미파에서 내려온 여승… 불 뭐시기랬나? 아참, 불연. 그 머리 빡빡이 여자도 엄청 세던데요? 그런데 누구……"

바쁘게 뛰어 산의 구릉을 넘어 다니던 조삼의 머리 속이 그제야 조금씩 원활한 기능을 되찾고 있었다.

'이자가 누구지? 적인가? 적이라면 이렇게 한가하게 말할 처지가 아니지! 가만, 적은 아닌 거 같은데? 어라라? 왜 갑자기 저러지?'

조삼의 갑작스럽게 나타난 커다란 사마귀를 보던 의혹의 눈이 괴상한 걸 본다는 듯 휘둥그렇게 변했다.

마악 말을 끝내자마자 커다란 사마귀의 전신이 묘한 전율로 움찔대는 것을 보았기 때문이다.

"힉꾹~ 힉꾹~ 히히꾹~"

사마귀는 때 아닌 딸꾹질을 해대기 시작했다.

딸꾹질로 들썩이는 가슴에 한 손을 얹은 채 녹색 복면 사이로 들여다보이는 눈동자가 암울한 어둠으로 번져 가는 것이 보였다.

그게 누구겠는가? 불쌍한 당경이었다.

너무도 많은 '뱃속 고름(!)' 을 토해놓고서야 간신히 불연의 손아귀에서 탈출할 수 있었던 당경만이 그런 반응을 나타낼 수 있었다.

황홀한 쾌감이 극심한 고통으로 바뀌다 이렇게 죽을 수는 없다는 생각과 함께 그냥 이대로 죽어버렸으면 좋겠다는 생각이 묘하게 어우러졌던 바로 그때!

그 끔찍했던(?) 악몽과도 같은 기억이 당경에겐 도저히 잊혀지지가 않았다.

"힉꾹~ 그년 얘기만은… 히꾹~ 하지 않았다면… 히꾹~ 네가 살 수도 있었을… 히히꾹~"

갑작스레 터져 나오는 딸꾹질에 오르락내리락하던 가슴에 올려졌던 당경의 손이 살짝 까딱여졌을 때, 조삼은 때 아니게 어둠이 내리덮히는 것을 보고야 말았다.

그리고 세상천지가 모두 어둠으로 덮였을 때 조삼의 마지막 의식은 끊어지고 말았다.

드디어 당경이 나타났다.

진금행의 비밀스런 명령을 받고 사라졌던 당경이 바로 이 자리에 지금 나타났다는 것은 진금행이 의도했던 일이 이루어졌음을 나타내 주고 있었다.

하지만 그 일이 무엇인지는 아직 드러나지 않고 있었다.

제 12 장

불길 —성윤위 아내를 얻고, 성녀 모습을 드러내다

불
길

"어허~ 줄들 서라니까! 줄을 서라구! 이 사람들이 질서 의식이 없구먼! 아직 살악포덕부에 빈곳은 한참이나 남아 있으니 니들 차례가 곧 올 거니까 진득하니 기다리라구!"

현통이 화를 버럭 내며 쇠종이라도 삶아 먹은 것처럼 고함을 질러대고 있었다.

하지만 처음보다 현통 앞에 늘어선 줄은 한참이나 줄어 있는 것 또한 사실이었다.

맨 처음 멋모르고 달려든 놈들은 길게 누워 있었고, 지금은 서로 눈치만 보고 있을 뿐 쉽사리 덤벼들지 못하고 있었기 때문이다.

생겨도 더럽게 생긴 쌍판을 가진 도사가 사람을 널브러뜨린 후 손바닥에 시뻘건 칠을 해대는 모습은 여간 담이 크지 않은 이상 머리끝이 쭈삣 서는 광경임에 틀림없었기 때문이다.

그래서 현통은 바쁘게 손바닥에 주사 칠을 하면서도 행복한 미소를 얼굴에 띠고 있었고, 현통이 지니고 있는 살악포덕부의 무게는 계속해서 찍히는 손바닥 도장 때문에 점점 무거워지고 있는 중이었다.

장강수로맹에 맞서는 사람 중에 가장 편한 사람이 바로 이교옥이었다.

하지만 편한 만큼 괴로운 사람 역시 이교옥임에 분명했다.

어느 놈이 감히 자신을 덮칠지 눈을 뜨고 확인하지 못하기 때문이었다. 그리고 눈을 감은 중에도 가끔 쏟아지는 화살을 일일이 본능에 맡겨 피해내는 건 더 어려운 일이 분명하지 않은가.

하지만 이교옥이 괴로운 만큼 이교옥을 상대하는 사람들은 더 더욱 괴로움에 온몸을 떨어대야 했다.

"꾸웨엑!"

어디선가 들려오는 괴상한 소리.

"으아악! 칠홍사다!"

"여긴 독두꺼비야! 난생처음 보는… 꽥!"

괴상한 소리가 들려오면 그 뒤를 이어 연달아 사람들의 비명성이 토해졌다.

'아아~ 선학은 영영 오지 않는 것인가?'

검무에 열중하던 이교옥은 또 다른 절망감에 몸을 떨어야만 했다.

휘검청학 이교옥.

검을 들어 검무를 추면 선학이 날아와 춤을 춘다는 전설을 만들어낸 사람.

하지만 지금 이교옥의 주위를 에워싸고 행복한 춤을 추는 것은 온갖

독물들, 즉 지네와 뱀과 거미와 까마귀와 두꺼비 등등 흉측한 것들뿐이었고 장강수로맹의 수적들은 아예 이교옥 근처에도 접근하지 못하고 있었다.

　그래도 눈을 감고 검무를 풀어내는 이교옥의 모습은 정말이지 아름답기 짝이 없다는 게 개중 다행이겠지만, 이교옥에게 그 같은 일은 전혀 위로가 되지 못하는 것도 또한 분명한 사실이었다.

　"자네의 살결을 등으로 느끼니 참으로 좋군."

　성윤위가 거친 숨을 내쉬는 중에도 재미있다는 듯 말을 건넸다.

　비록 정신없이 수적들을 베어넘기는 성윤위였지만, 등 뒤로 느껴지는 촉감이 가져다 주는 기분 좋은 여운을 즐기고 있는 것처럼 보였다. 강구의와 성윤위는 지금 수적들을 상대로 등을 맞대고 적을 베어 나가고 있는 중이었다.

　서로의 땀으로 온몸을 적셔서 흠뻑 젖은 상태임을 알고 있었고, 그렇기에 얇은 천 사이로 서로의 살결을 느끼고 있었다.

　더운 콧김을 불어내는 횟수가 늘어날수록 등 뒤에서 거칠게 숨을 내뱉는 상대의 거친 울림도 등으로 하나하나 느껴졌다.

　갑자기 성윤위가 정말이지 즐겁기 짝이 없다는 듯 깔깔 웃었다.

　"이거, 자네 촉감이 너무나 좋은걸? 야들야들한 속살이란 게 어떤 건지 이제야 알게 되었으니 너무나 좋군!"

　"흥! 사내다운 성윤위가 묘웅 같은 괴물이 되었다더니 정말이군! 사내를 찾으려면 다른 놈을 찾아!"

　강구의는 도저히 참지 못하겠다는 듯 거칠게 대꾸했다.

　"나? 하하, 아니네. 난 여자만 좋아하지 사내는 싫어한다네. 단지 여

자를 좋아하는 취향이 남다를 뿐 절대 남자는 아니라네!'

"……?"

강구의가 말로는 성윤위를 타박하면서도 막 성윤위를 왼쪽에서 덮쳐 가려는 수적의 몸 위에 거치도를 내리꽂아 위아래로 양단을 내버리고 있었다.

그사이에 성윤위도 쉬고 있지만은 않았다.

성윤위 역시 강구의를 덮치려는 다른 한 놈을 호쾌하게 베어버렸다.

엄청난 거구의 두 사내가 커다란 칼을 위아래 좌우로 놀려대니 온전하게 붙어 있는 시체는 하나도 없었다.

"무슨 여자?"

거친 숨을 몰아쉬면서도 궁금하다는 듯 강구의가 물었다.

"내가 좋아하는 여자는 조금 남과 다르다네. 나이 일곱에 부모를 잃고 나이 열하나에 강간을 당했지. 비련한 여자라네. 하지만 굳은 의지를 지녔지. 나는 여자의 더렵혀진 몸을 보는 게 아니라 더렵혀지지 않은 그 마음을 사랑한다네."

"흥!"

강구의가 화가 난다는 듯 다른 놈을 베어갔다. 그 힘은 어떤 사람이라도, 설령 진금행에게 무공을 전수했던 신비인이라도 당해낼 수 없는 경력이 담겨 있는 듯 보였다.

"여자 혼자 몸으로 험한 세상에 살아남은 그 생명을 너무나 사랑한다네. 그 세상을 나도 겪어보았거늘 여자가 어찌 헤쳐 올 수 있었는가를 생각하면 정말이지 안쓰럽기 짝이 없다네."

"……!"

성윤위는 입으로는 말을 하면서도 더욱더 힘이 나는지 건곤무적도

앞에 아무것도 거칠 것이 없었다.

그러나 정말 아무 말 없이 듣고만 있던 강구의의 칼날은 조금 전과 다르게 왠지 힘을 잃고 허공을 부유하고 있었다.

"그래서 그 여자는 생각했지, 아예 사내가 되겠노라고. 그저 몸이 다르다고 차별받고 험한 꼴 당하느니 당당한 남자가 되겠노라고 말일세. 그래서 아침마다 털을 골라 얼굴에 수북하게 붙이고, 목소리를 깔아 사내들에게 욕을 해댔지. 그리고 손마디 관절에 종양이 생겨 끝내 두 개를 잘라내야 할 정도로 도법에 미쳤고 말일세. 얼마나 가련한 여자겠는가? 나는 그 여자를 사랑하지 않을 수 없었다네."

"미친 소리! 헛소리 그만둬! 난 백일곱, 자넨 백하나! 내가 여섯을 더 베었어!"

욕설처럼 내뱉는 강구의의 음성엔 그러나 힘이 들어 있지 않았다.

그리고 성윤위 역시 강구의의 말은 듣지 못했다는 듯 계속 자기가 하고 싶은 말을 이어가고 있었다.

"하지만 나도 하나 바라는 게 있다네. 내가 사랑하는 여자가 이젠 그 피부병 생길 독한 풀들로 수염을 하나하나 옮겨 붙이지 않아도 되길 말일세. 또한 미친 듯 칼을 놀리다 손가락 관절에 염증과 종양이 생겨 베어내지 않아도 되길 말일세. 또한 여자라는 걸 못된 종자에게 들켜 뚱뚱한 놈의 말을 따르지 않아도 되길 말일세. 그리고……."

성윤위의 말이 이어지자 강구의의 눈에 갑자기 물기가 어리기 시작했다.

하지만 강구의의 등으로부터 전해지는 가느다란 잔떨림을 성윤위 또한 느꼈는지 약간은 흥분한 목소리로 크게 외쳤다.

"그리고 더 큰 소원이 있다면 하늘에게 기도드리겠네. 사내답게 냉정한 마음을 본디 여자의 마음으로 바꾸어놓고 싶다고 말일세! 또 사내처럼 보이려 우락부락하게 키워온 근육덩어리 몸 안에 날 닮은 새로운 생명을 키우고 싶다고 말일세!"

성윤위의 큰 말소리에 강구의가 다른 한 놈을 베어가며 악을 쓰듯 부르짖었다.

"불가능해! 11살 어린 몸으로 강간당할 때 그 여자는 자궁을 잃어버렸어!"

"그런가?"

순간 건곤무적도가 멈칫하며 성윤위의 눈에도 얼핏 물기가 어렸다. 하지만 그 눈물 사이로 흔들려 보이는 적들의 목에 자신의 칼을 가져다 베어내는 것엔 추호도 머뭇거림은 없었다.

"그럼 또 어떤가? 오늘 부모를 잃게 될 내 형제들의 자식들이 모두 내 자식들이네. 비록 그녀는 아이를 낳지 못하는 몸이지만, 하늘이 내려준 그 아이들을 소중히 보듬어 안을 넓은 가슴을 가진 여자네! 내가 사랑하는 여자는 말일세!"

"이익!"

강구의는 몸을 획 돌렸다.

도저히 참을 수 없었다.

단단히 따져 물어야만 했다.

"그 개잡종이 네놈에게 모두 불었군! 내 진정한 정체에 대해서 말이야! 내 진금행 이놈을 죽여 버리겠다! 평생 비밀로 간직해 달라고 부탁했거늘!"

"위험!"

강구의가 몸을 돌려 생긴 허점으로 날카롭게 세 개의 칼날이 파고

들고 있었다.

성윤위는 놀란 눈으로 강구의를 밀치고는 자신이 그 세 개의 칼을 건곤무적도로 대신 받았다.

하지만 그 세 개의 칼날은 이때까지 마주쳤던 칼들과는 전혀 달랐다. 그리고 그 칼을 쥔 주인들 역시 이때까지 마주쳤던 수적들과는 전혀 다른 인물이었다.

두 명은 그런대로 상대할 수 있었지만 다른 한 개는 아무리 재빠르게 칼을 놀린다 해도 무사히 받아내기엔 무리가 있었다.

그래도 성윤위는 무사히 강구의를 노리던 세 개의 칼을 막아내었다.

두 개는 자신의 건곤무적도로, 또 다른 한 개는 자신의 가슴으로……

"안 돼!"

강구의가 새로 나타난 상대를 향해 매서운 도법을 날렸다.

자신이 평생 익혀온 도법, 손에 물집이 잡히고, 피부가 벗겨지고, 뼈가 드러나다 끝내 관절과 힘줄에 악종이 생겨 두 개의 손가락을 베어내게 만들었던 그 도법으로 상대를 향해 짓쳐들었다.

평생의 진력과 평생의 심득보다도 몇 배는 강력한 위력이었다.

그 서슬 퍼런 위력에 성윤위의 가슴을 베었던 적들마저도 두세 걸음 뒤로 물러섰다.

잠시의 여유가 생긴 강구의가 성윤위를 왼손으로 일으켜 옆구리로 안으며 말했다.

"죽으면 안 돼!"

그러자 성윤위가 힘겹게 눈을 뜨고는 말했다.

"허락해 주겠는가? 내 사랑을… 자네를 사랑하는 내 마음을 말일세."

강구의는 자꾸 자신의 눈앞을 가리는 눈물을 떨궈내려는지 눈을 질끈 감았다.

"몇 명이지?"

눈을 감고 외치듯 강구의가 큰 목소리로 물었다.

"뭐?"

자꾸 잠이 온다고 느끼며 성윤위가 힘겹게 되물었다.

"아이들 말이야! 몇 명이냐고!"

강구의가 악을 쓰듯 물었다.

그제야 무슨 말인지 알겠다는 듯 성윤위의 입가에 미소가 피어올랐다.

"산채 형제들의 아이들은 모두 260명이네. 모두 고아가 될 아이고, 지금 현재 부모 없는 고아인 아이들만 해도 30명은 되지."

성윤위가 좋은 사람이란 강호의 평가는 틀린 게 아니었다.

스스로 거두어들여 하나의 산채에서 먹이는 고아들의 수가 서른이 넘는다는 것은 쉽지 않은 선행(善行)임에 틀림없었기 때문이다.

"좋아, 아주 좋아! 그 정도는 되어야 이 강구의가 키워볼 만하지! 작게는 서른이고 많게는 이백육십이로군!"

성윤위를 향해 크게 외치고는 고개를 돌려 성윤위 가슴에 큰 상처를 남긴 상대를 보는 강구의의 모습은 조금 전의 강구의가 아니었다.

그것은 위대한 모성, 즉 11살 이후로 가질 꿈도 꾸지 못한 자신의 아이를 한 번에 여러 수십 명을 갑자기 가지게 된 위대한 어머니의 힘이었다.

"흘흘, 정말 재미있지 않은가. 한가롭게 연애질이나 하고 있다니. 건곤무적도가 이런 놈인 줄 알았다면 내가 직접 오지 않는 것인데 그랬어."

권태로운 목소리와 졸린 듯 감겨진 눈.

하지만 절대 그 사람을 우습게 보진 못하리라.

무적건곤도의 가슴을 헤집어놓은 사람이라면 당연한 일이었다.

그리고 그 사람이 장강수로맹의 맹주인 오군평이라면 더 더욱 말이다.

"어떻게 보슈?"

"……."

진금행의 질문에 또 한 번 자동적으로 '먼 산'이나 '객점'을 말할 뻔한 교주가 뒷짐을 지고 초인적인 인내력으로 간신히 침묵을 지킬 수가 있었다.

한동안 눈에 힘을 주어 사방을 훑어본 다음 진금행의 질문을 곰곰이 따져 보기 시작했다.

하지만…

'으휴~ 능력의 한계로군.'

교주는 고개를 절레절레 내젓고는 끝내 자신이 아무것도 모르는, 그저 중앙으로 쏠린 괴상한 눈동자의 늙은이라고 고백해야 했다.

"뭐가?"

"지금이 딱 오시(午時)로 적당한 것 같지 않수? 아이들이 더 오래 버티긴 틀린 것 같으니 말이우."

"지금이?"

교주는 멍청하게 하늘을 쳐다보다가 아직 오시는 한참이나 멀었다는 것을 깨달았다.

교주는 눈을 비비고는 눈알에 힘을 불끈 주어서 다시 해의 자취를 따져 봤지만, 역시 오시는 한참이 먼 게 분명했다.

간만에 자신만만한 태도로 '네놈이 틀렸다'고 말하려던 순간, 진금행이 눈을 감고는 음미하듯 말하는 소리를 똑똑히 들을 수가 있었다.

"그래, 지금이 딱 오시야. 내가 오시라면 오시인 게지!"

너무도 자신만만한 태도.

'아참참~ 그랬지!'

교주가 그제야 진금행의 말한 의도를 알고 급히 입을 다물었다.

하지만 왜 오시면 달라진다는 건지, 또 왜 지금이 오시여야 하는지는 도무지 알 수가 없었다.

"그런데 자네, 오시가 되면 무슨 일을 하려는 게야? 아참, 지금이 오시라고 했으니 얼른 서둘러서 일을……."

도대체 진금행이 무슨 수작을 벌일지 궁금해진 교주가 재촉하는데 진금행이 어이없다는 듯 반문했다.

"잉? 내가 무슨 일을? 난 아무것도 안 하고 그저 편안하게 여기에서 노인장 보호만 받으면 되는데?"

진금행 말에 교주가 더 놀라 버렸다.

"그게 무슨 말이야! 오시가 되면 뭔가 해결책을 마련할 것처럼 하더니! 그럼 저 아까운 아이들을 모두 사지로 보냈단 말이야? 아무것도 안 하고 있으면서?"

교주의 질책에 진금행이 못 믿겠다는 듯 손가락을 들어 자기 얼굴을 가리키며 되물었다.

"내가? 내가 무슨 일을 힘겹게 한다구? 세상이 개벽하지 않은 이상 그 같은 일은 벌어지지 않을 거유. 다른 놈이 무언가를 한다면 모를까."

"그럼 누가 네 대신……."

교주는 이해가 가지 않았다.

누가 있어 감히 태화련과 장강수로맹에 맞대응할 수가 있단 말인가.

자신의 생각으로는 유일하게 그 같은 일을 할 수 있는 사람은 단 한 사람.

고검사신, 즉 마혈의 주인밖엔 없었다.

'설마 이 아이가……'

교주는 진금행이 혹시 제 아버지인 진충덕을 찾아 이리 데려오려는 건 아닌가 하는 생각을 하다가 곧 고개를 절레절레 내저었다.

"그건 아닐 거야. 그럼 도대체 누가……."

교주가 눈알을 더 심하게 가운데로 몰아넣으며 고민에 휩싸인 걸 보자 답답해졌는지 진금행이 불쑥 물었다.

"노인장은 호랑이는 죽어 가죽을 남기고 사람은 죽어 이름을 남긴다는 말을 어떻게 보슈?"

"으응? 어떻게 보냐구? 뭘 봐야 하는데?"

몰린 교주의 눈동자의 동공이 갑자기 수축되었다.

하기는 무언가 '본다'는 데 커다란 자격지심을 가지고 있는 교주로서는 당연한 일이라고 할 수도 있었다.

"내 말은 사람은 일단 이름을 얻어야 한다는 거유. 그리고 그 이름 위에 자신이 몸담은 단체의 이름을 더 얹을 수 있다면 금상첨화고."

"그야 그렇겠지."

대체 무슨 말을 하는지 알 수 없는 교주로선 그저 이해하는 척 열심히 머리를 끄덕여 댔다.

"그러니까 노인장은 지금 이 상황을 어떻게 보냐고 묻잖수!"

"크흠, 본다구? 그야 먼 산……."

교주의 얼빠진 얼굴을 보던 진금행이 답답해졌는지 시선을 돌려 산 아래를 훑어보며 나지막이 중얼거렸다.

"지금이 오시야! 오시여야만 해!'

"오시? 오시라면 내가 천하오신데?'

해롱대던 교주가 기어코 분위기를 깨며 중얼거렸다.

오군평은 재미있다는 듯 자신 앞에 버티고 선 강구의를 쳐다보았다.

"덩치는 건곤무적도에 못지않군. 들고 있는 칼 역시 그만큼 크고. 하지만 넌 성윤위가 아니야. 만약 오늘 일을 빨리 매듭 지어야 하지만 않았다면 나 역시 암습 따위 하지 않았을 만큼 인정하던 무인이 바로 성윤위였거든."

오군평의 졸린 듯한 나른한 말에 강구의의 시선이 아래로 향했다.

이미 정신을 잃었는지 성윤위는 미동조차 하지 않았다.

"내가 막는다. 내가 막고 말 거야, 이 강구의가!"

강구의는 이를 으드득 갈아붙이며 오군평을 노려보았다.

"재미있는 놈이군."

갑자기 오군평 옆에 고리눈에 붉은 얼굴을 한 위엄 넘치는 사내가 나타났다.

태화련의 련주인 태화태세 옥인재였다.

오군평은 이미 나타날 줄 알았다는 듯 고개를 끄덕이고는 강구의를 쳐다보며 처음으로 살짝 웃었다.

"꼭 예전 한창 치받고 다닐 때의 성윤위를 보는 듯하군. 하지만 자네는 내가 가야 할 길 위에 버틸 만큼의 무게는 없다네. 그 점이 정말 아쉽군."

오군평이 느릿느릿한 말과 함께 자신의 칼을 천천히 강구의를 향해 들어 올렸다.

"그럼 나는 어떻소? 내 무게 정도면 귀하가 가야 할 길을 막기엔 충분할 거 같은데."

갑자기 들려온 낯선 목소리.

강구의의 얼굴에 희색이 돌며 고개가 뒤로 돌아갔다.

장강수로맹의 맹주의 앞길을 막을 만큼의 무게 나가는 사내라면 자기 생각엔 진금행밖에 없었기 때문이다.

하지만 강구의의 표정이 이상하게 변했다.

난생처음 보는 사내.

하얀 백의를 차려입은 거구의 사내가 자신의 몸집만큼이나 큰 거대한 검을 어깨에 올려놓은 채 싱긋 웃고 있는 걸 보았기 때문이다.

사내를 보자 옥인재의 입이 쩍 벌어졌다.

"소일거검(消日巨劍) 백연강! 무, 무림맹이 여긴 왜? 오, 오대세가는 무엇을 하길래……."

소일거검 백연강.

'커다란 검을 들면 해도 스러진다' 는 말이 전해질 만큼 무공의 극강함은 타의 추종을 불허하지만, 그 성격의 유약함으로 인해 무림맹주의 대제자임에도 항상 '날은 저무는데 어깨에 커다란 칼을 무겁게 짊어진 채 쓸쓸하게 걷고 있는 무인' 이란 비웃음의 그늘 속에 파묻혀 지냈던 무의미한 존재.

그 백연강이 바로 이 자리에 왜 나타난단 말인가!

"무, 무림맹이? 무림맹이 여기에 왔다!"

무림맹이란 이름이 가져다 주는 충격은 너무나 컸다.

하기는 마교와 더불어 무림을 반을 갈라 가진 무림맹이었기에 가능한 일이었다.

맹주의 대제자인 소일거검 백연강.

그리고 그 백연강 하면 자연히 떠오르는 단체 무림맹.

진금행이 말한 사람이 죽어 남기는 이름 중 백연강이란 이름의 무게는 가볍지만은 않았다.

하지만 그 이름 석 자보다 더 찬란한 이름, 바로 무림맹이 가져다 주는 위압감은 장강에서 수적질을 해먹고 살던 사람들에겐 머리 속이 하얗게 변할 만큼 충격적인 게 틀림없었다.

"정확히 오시군. 당경이 늦진 않았어."

진금행이 산 아래를 내려다보며 중얼거렸다.

'으잉? 오시라구? 방위를 따진 후 그 방위와 해의 각도를 재야 시각을 대강 알 수 있는데 왜 산을 보고… 이놈도 먼 산 보는 데 재미가 들렸나?'

교주가 어이없어하며 산 아래를 봤을 때 과연 변화가 있었다.

푸른 나무 사이로 보이는 사람들의 신형이 일제히 알 수 없는 두려움이 번져 가듯 크게 일렁이고 있었다.

무언가 소곤대던 목소리가 점점 커지며 흡사 산 전체가 우는 것처럼 출렁이던 소리가 드디어 교주의 귀에도 들려오기 시작했다.

"백연강이다! 거검을 들면 해를 스러뜨린다는 무림맹주의 대제자가 왔다! 무림맹이 우리를 치기 위해 여기 왔다!"

참새가 지저귀듯 짹짹거리는 사람들의 작은 외침이 번지더니 거대한 해일처럼 커져 산 전체를 덮치고 있었다.

"얘기만 들었는데 반갑군. 하지만 무림맹이 왜 여길 왔지?"

오군평도 의외라는 듯 졸린 눈이 더욱 얇아졌다.

"난 그냥 내 발을 놀려 왔을 뿐이오. 무림맹은 어디로 가는지 모르겠지만. 아무튼 내 검의 무게를 당신 목에 한번 달아보고는 싶군. 조심하시오, 그리 녹록한 무게가 아닐 것이니."

백연강의 기세.

그것은 무림맹에서 오대세가의 눈치나 보던 사람이 가질 수 있는 기세가 아니었다.

그 절대적인 기세는 과연 무림맹주의 대제자만이 가질 수 있는 그런 종류의 위압감이자 기파였다.

오군평의 눈이 더욱더 가늘어졌다.

이미 일은 틀린 것이다.

자신의 세력이 아무리 수적으로 많다 해도 구대문파와 무림맹주 진근양이 손을 합친 세력에 비해서는 수적질을 하는 도둑에 지나지 않았다. 그저 백연강의 존재 하나만으로도 뒤로 꽁지가 빠져라 도망갈 놈들이었다.

그렇다고 거기다 대고 오대세가와 손을 합쳤으니 걱정 말라고 할 수도 없지 않은가.

그건 끝까지 숨겨야 할 커다란 비밀이었으니 말이다.

'어쩔 수 없군.'

오군평의 시선과 태화태세 옥인재의 시선이 허공에서 얽혔다.

"그 검의 무게를 나도 한번 달아봤으면 하는데? 아니, 우리 두 사람 목에 함께 걸었으면 더욱 좋겠군."

옥인재가 한 걸음 나서며 오군평과 자신이 합공할 거란 걸 공개적으로 밝혔다.

이렇게 된 이상 아예 최대한 빠른 시간 안에 백연강을 죽이는 수밖에 없었다. 만약 자신들이 백연강을 손쉽게 죽이면 흔들리던 기세가 더욱 충천하게 될 테니 화를 한번에 복으로 돌릴 수가 있었다.

하지만…….

"어라? 당신은 암만 해도 내 거인 것 같은데? 나? 나는 맹주님의 다섯 번째 제자인 동곽(董郭)이라고 해. 잘 기억해 둬. 맹주의 다섯 번째 제자인 동곽! 그게 나야. 이걸 아무리 알려줘도 기억 못하는 뚱뚱한 놈도 있긴 하지만, 네놈은 틀림없이 기억해야 할 거야. 왜냐하면 누구 손에 죽는지 정도는 알아야 될 거 아니야?"

동곽. 진금행을 만나 귀역으로 안내하고, 마 총관을 만나 간 크게 농담을 건넸던 인물.

그 더꺼머리청년이 백연강 뒤에서 실실 웃으면서 걸어나오고 있었다.

드디어 무림맹주의 일곱 제자 중 둘이 여기에 나타난 것이다.

"하하~ 반갑……."

진금행의 계산이 처음으로 빗나가는 순간이었다.

무림맹이 나타났다는 소식이 전해지자마자 곳곳에서 벌어지던 전투는 더 이상 이어지지 않았다.

바로 진금행이 말한 꼭 견뎌야 할 오시가 바로 지금이었기에.

진금행은 발걸음도 가볍게 교주와 함께 당경을 시켜 청해온 백연강이 있으리라 생각되는 곳을 찾아갔고, 거기서 두 번째 만나는 백연강을 볼 수가 있었다.

하지만 눈앞에 백연강을 두고도 진금행은 더 이상 반갑다는 인사를 건네지 못하고 있었다.

물론 이름이 기억나지 않는, 머리 위에 까치집을 짓고 있는 놈 또한 낯이 익었지만, 맹주의 제자 중 한 사람이란 것 정도만 알 뿐 뭐 하던 놈인지 전혀 기억나지 않는 동곽을 보고도 인사를 건네지 못했다.

백연강과 동곽은 일제히 한곳을 보며 경악의 빛을 나타내고 있었기 때문이다.

그리고 그 맞은편에 서 있는 옥인재와 오군평 역시 백연강과 같이 놀랍기 짝이 없다는 눈으로 역시 같은 곳을 지켜보고 있었다.

진금행의 시선은 자연스럽게 네 절정고수가 쳐다보고 있는 곳으로 시선이 향했다.

있었다.

왼팔이 잘린 구잔양이 무언가 홀린 듯한 표정으로 서 있었고, 왼팔이 있어야 할 자리엔 무아가 천에 친친 감긴 채 매달려 있었다.

"이게 어찌 된……."

진금행조차 이해가 가지 않아 어물거리고 있는데 갑자기 무아의 눈이 번쩍 떠졌다.

아무것도 없었다.

아니, 하얀 눈동자와 검은자위만이 자리 잡고 있었다.

보통 사람들이 가지고 있는 흰자위는 검은 동공처럼 검게 물들여 있었고, 보통 사람들의 검은 눈동자는 하얗게 빛을 내며 무아가 뭔가 중얼거리는 것이 아닌가.

하지만 그것은 보통 때의 없어, 없어, 없어 하고 되뇌이던 말이 아니
었다.

"없어. 불 앞에 존재할 건 아무것도 없어. 성스러운 불 앞에 존재할
건 아무것도 없어. 성스러운 불 앞에 버티고 서 있을 생명은 없어. 그
러므로 너는 불타 없어지리라……."

무아의 입에서 연이어 무슨 주문처럼 흘러나온 말이 이상하게 공기
를 울릴 때였다.

"크아아악~"

외마디 비명 소리와 함께 옥인재 뒤에 서 있던 수적 중 한 사람의 몸
에서 불길이 뿜어져 나오기 시작했다.

보통 생각할 수 있는 불붙은 사람들과는 달리 그 수적은 몸 안에서
불이 타오르고 있었다.

도리어 겉으로 입고 있는 옷은 멀쩡한 채 수적의 몸을 태우는 불길
이 눈알과 코와 귀와 입으로 새파란 불길이 뿜어져 나오고 있었다.

너무도 괴로운 듯 꺽꺽대던 사내의 몸이 점점 뒤로 넘어갈 때, 우연
히 사내의 몸에서 튕겨져 나온 불길이 옆 사람에게 옮겨 붙었다.

"으아악!"

또 다른 수적의 눈에서 불길이 뻗어 나오기 시작했다.

비명을 울리는 목구멍을 타고 새파랗게 불타오르는 불기둥이 하늘
로 솟았다.

"으으……."

그 처참한 광경에 옥인재와 오군평마저도 알 수 없는 신음을 토하다
가 곧 몸을 돌려 멀리 도망가고 있었다.

한 사람도 아니고 두 사람이나 되던 주인이 날 살려라 하고 도망갔으니 남아 있는 수적은 하나도 없었다.

그리고 벌써 스물여덟 번째 수적에게 옮겨간 파란 불길은 그 키를 점점 돋우고 있었다.

"성… 성녀… 배교의 성녀야! 배화교의 성녀가 나타난 거야!"

뒤에서 보고 있던 교주의 입에서 떨리는 목소리가 튀어나오고 몰린 눈은 더욱더 수축되었다.

조그마한 계집애의 주문.

그리고 이어져 불에 타는 사람들.

백연강마저도 들고 있던 검을 땅에 기대놓고 멍하니 서 있을 정도로 공포스러운 장면이었다.

무아를 옆에 끼고 있는 구잔양이 계속 얼빠진 얼굴로 진금행을 보며 중얼거렸다.

"이… 이 아이가… 갑자기… 왜 그런지는 나도 몰라… 그냥……."

잔인한 구잔양이 얼빠질 만한 장면이었다.

모두들 그 자리에 못 박힌 듯 꼼짝도 못하고 전율스런 장면을 그저 멍하니 바라보고 있을 때였다.

"끼요오옷~ 무아야앗!"

드디어 해결사가 나타났다.

수많은 고초를 겪었는지 온몸이 엉망이었지만, 그런 자신의 몸보다는 눈을 까뒤집고 중얼거리는 무아의 상태가 더욱 걱정되는 자상한 엄마가 나타난 것이다.

묘웅이 구잔양의 품에서 무아를 뺏어 들고는 구잔양을 쏘아보았다.

"이 개애새애끼! 잘 보살핀다고 하더니이 이게 무슨 짓이야앗! 애가 너무 놀라서 경기를 했잖아아앗! 이 쌍노무 새애끼이! 니 애가 아니라 구 함부로 굴란다 이거지이!"

구잔양을 한입에 삼킬 듯 노려보는 묘웅의 날카로운 목소리가 들리 자 무아의 고개가 천천히 들려졌다.

"어, 엄마?"

무아의 목소리에 막 구잔양의 목을 잡아뜯을 듯 노려보던 묘웅의 시 선이 얼른 아래로 내려가 무아를 꼭 안았다.

"그래애, 엄마가 와쏘오오~ 많이 놀랐찌이이? 이젠 편히 자렴, 엄 마가 지켜줄 꼬아암!"

묘웅의 다독거림이 큰 효과가 있었는지 어느새 눈빛이 보통 사람의 눈으로 돌아온 무아의 눈이 천천히 감기며 웅얼거렸다.

"없어, 없어, 없어, 무, 무, 무… 엄마, 엄마, 엄마……."

그리곤 잠에 빠졌는지 아무런 말도 없었다.

"으으으……."

그제야 동곽이 공포스런 신음 소리를 내뱉었다.

무아가 보여준 가공할 신위에 놀란 게 아니라 아마도 묘웅이란 괴물 이 언제 저런 새끼 괴물을 낳았는가 하는 놀라움이었고, 그 새끼 괴물 이란 게 엄마의 피를 이어받았는지 불을 옮겨 태운다는 데에 더 크게 놀랐을 게 틀림없었다.

"배교의 성녀야… 마혈의 주인에 배교의 성녀까지… 정말 세상이 뒤집어지려는가?"

교주의 고개가 들리고는 모아진 눈동자가 푸른 하늘을 쳐다보았다.

　　　　　*　　　　　*　　　　　*

　노가촌.

　모든 사태가 마무리되어 조용한 노가촌에 자리 잡은 집 한 칸이 있었다.

　산속에 지은 집이 그렇듯 작지만 단단하게 지어진 집이었다.

　그 집 안, 한적한 방 안에 큰 방 안이 좁은 것처럼 느껴지는 성윤위의 거대한 몸이 큰대 자로 널브러져 있었다.

　하지만 아무렇게나 버려지듯 내팽개쳐진 건 아니었는지 성윤위의 가슴엔 상처를 치료하려는지 붕대가 감겨져 있었다.

　"정신 차리고 있는 거 다 알아! 그 따위 수작을 부리다가 내 손에 죽고 싶어서 그러지!"

　으르렁거리는 목소리.

　꿈에 그리던 것처럼 한 방에서 듣기 원한 목소리였지만 지금 성윤위에겐 왠지 찜찜한 목소리이기도 했다.

　"뭐라고 했지?"

　또 한 번 그 찜찜한 목소리가 물었다.

　"뭘?"

　이젠 도저히 빠져나갈 수 없다고 느꼈는지 성윤위가 실눈을 뜨고는 물었다.

　"진금행! 그 개자식이 나에 대해 뭐라고 했냐구!"

　강구의는 아예 코라도 베어 물겠다는 듯 얼굴을 바싹 들이밀고는 으르렁거렸다.

　"별말 안 했어. 간단하게 대답하더군."

불길 297

얼굴에 아교와 풀을 짓이겨 붙였던 그 많던 수염을 다 떼내 버리자, 비록 보통 남자보다는 훨씬 크긴 했지만 오뚝한 코에 커다란 눈망울이 매력적으로 보이는 여자의 얼굴이 드러나 있었다.

"뭐라고?"

"강구의란 족속은 앉아서 오줌 누는 족속이라고."

"제기랄 놈! 지는 뚱뚱한 족속이면서!"

강구의가 억울하다는 듯 제 가슴을 퉁퉁 주먹으로 쳤다.

그 커다란 모습이 왠지 귀엽게 보인 성윤위가 체념한 듯 고개를 떨구며 말했다.

"뭘 어쩌겠는가?"

"응?"

무슨 뜻인지 몰라 성윤위의 돌아간 얼굴 쪽으로 몸을 기울인 강구의를 갑자기 몸을 일으킨 성윤위가 덥석 품에 안았다.

"난 그런 자네를 사랑하는데, 그 앉아서 오줌 누는 족속을 말일세. 우리 그런 의미에서 서서 누는 족속과 앉아 누는 족속의 몸이 어떻게 다른지 한번 연구해 보세나!"

강구의는 자신의 옷 속을 파고드는 성윤위의 손을 탁 치고는 냅다 뺨을 후려갈겼다.

안 그래도 커다란 거치도를 애기 손목 붙잡듯 잡고는 흔들어대던 강구의가 아니던가!

쿵!

충격으로 방 한구석으로 나가떨어진 성윤위를 보고 강구의가 으르렁거렸다.

"내가 바쁜 걸 다행으로 여겨! 요령이한테도 고맙다고 하고!"

"뭐가 바쁜데? 또 요령이라니?"

"요령이 기저귀를 빨아야 하니까!"

방문을 나서는 강구의의 뺨은 붉게 달아올라 있었다.

"아항, 요령이!"

벙찐 표정의 성윤위는 요령이 자신의 부채주의 하나밖에 없는 갓난 아이라는 것을 알아차리고는 제 얼얼한 볼따구니를 주물렀다.

부채주와 그 아내 되는 사람은 일 년 전 이 세상을 떠나 버려 요령이는 태어난 지 얼마 안 되어 고아가 되어버리는 신세가 된 것이다.

피식 웃으며 자신의 뺨을 쓰다듬으며 성윤위가 중얼거렸다.

"으음, 능력있는 마누라가 과연 좋군. 그나저나 금행이에게 반을 떼 줘야 한다고 말을 하긴 해야 할 텐데, 저 여자 성질에 날 반 죽이려 할 텐데 큰일이로구나! 으휴~"

강구의의 비밀을 듣는 조건으로 내걸었던 진금행의 요구.

그건 성윤위가 요령껏 강구의를 덮치면 자연 성윤위 손으로 들어올 사천 땅의 강구의의 세력 중 반을 달라는 것이었다.

듣기론 사천 땅의 모든 기루와 도박장의 사 할이 강구의의 것이라 했다.

그러나 그걸 싹 정리해서 반을 떼어주자고 감히 강구의에게 말할 용 기가 성윤위에겐 없었다.

아무리 자신이 건곤무적도 성윤위이고 녹림의 우두머리라곤 하지만, 자신의 마누라가 될 여자가 또한 절각도란 위명으로 유명한 강구의이 기도 하지 않은가!

"뭐 어때? 사랑하면 그만이지. 내 모든 것을 그 뚱뚱한 놈에게 준다 해도 강구의 하나만 내 곁에 있으면 될 것을."

복잡해지는 머리 속을 정리하며 성윤위의 입가엔 흐뭇한 미소가 떠올랐다.

그때 강구의의 버럭 내지르는 목소리가 방문 밖에서 들려왔다.

"이놈! 이놈! 내가 기저귀를 갈아준 지가 언제인데 또 다 젖게 만들다니! 이렇게 말을 안 듣다니! 너도 커서 진금행이 될 테냐? 네 싹수가 그것밖에 되지 않는다면 내 당장 이 자리에서 죽여 버릴 테다!"

분명 오줌을 늦게 가리는 요령에게 윽박지르는 거친 목소리였는데, 성윤위에겐 그 어떤 목소리보다도 아름답게 들리고 있었다.

비록 강구의의 목소리에 자신도 모르게 오줌을 찔끔거리긴 했지만 말이다.

성윤위와 강구의의 사랑이 익어가는 집과 몇 발자국 떨어지지 않은 집에선 또 다른 대화가 오가고 있었다.

"당경은?"

"밖에서 딸꾹질하고 있다네. 왠지 심하게 하더군. 처음에 난 큰 병이라도 생긴 줄 알았네."

백연강이 맞은편에 앉아 있는 진금행을 향해 미소 띤 얼굴로 대답했다.

"늦지 않게 전했으니 됐군."

진금행 또한 마주 웃으며 고개를 끄덕였다.

진금행이 노렸던 한 수는 바로 백연강이었다.

잔잔한 호수를 흔들기 위해선 단지 작은 돌멩이 하나만 있으면 된다는 걸 이용한 것이다.

백연강. 그 개인 역시 절정고수임에 틀림없었지만 이미 마교 교주가 곁에 있는 진금행으로서는 백연강이 그리 필요한 것은 아니었다.

단지 백연강이 무림맹주의 대제자란 점이 필요했고, 무림맹주 하면 자동적으로 떠올려지는 무림맹의 무게만을 잠깐 빌리길 원했을 뿐이기 때문이다.

그리고 백연강이란 작은 돌멩이가 장강수로맹이란 거대한 호수 위로 던져졌을 때, 호수 위의 파문은 무림맹 전체가 던져진 것처럼 요동친 것이다.

그것도 너무나 훌륭하게.

물론 의도하지 않은 무아의 출현 또한 멋지긴 했지만.

"처음 자네의 서신을 받았을 때 깜짝 놀랐네."

"믿고 와준 거 고맙다고 해야겠군."

백연강의 말에 진금행이 정말로 감사하다는 듯한 눈빛을 보냈다.

하지만 그뿐이었다.

말과 눈빛.

그걸로 고마움을 다 갚았다고 생각하는 진금행이었기에.

"그런데 배교의 성녀가 나타날 줄은 난 정말 몰랐어요. 아미타불. 그리고 그게 무아였다는 사실 또한……."

불연이 한 켠에 잠든 무아를 보며 가슴을 쓸어 내렸다.

진금행이 의도한 것은 백연강의 힘이었지만, 도리어 더 큰 힘이 자신들 사이에 있었다는 것은 까맣게 모르고 있었던 것이다.

하지만 잘된 일은 뭐든지 자신이 잘해서 된 거고 어그러진 일은 모두 수하 책임으로 미루는 데 천재적인 진금행이 어디 이 기회를 가만보고만 있겠는가?

"내가 뭐랬어? 오시까지만 밀리면 된다고 했지? 죽은 사람도 하나도

없고 장강수로맹과 태화련은 꽁지가 빠져라 도망가고. 정말 잘되지 않
았어?'

정말이지 듣기 역겨운 진금행의 공치사.

하지만 백연강은 그 말이 맞다는 듯 고개까지 끄덕이며 활짝 웃는
게 아닌가.

진금행이 밉살스럽게 보이긴 구잔양도 마찬가지였나 보다.

잃어버린 왼쪽 팔에 붕대를 친친 감은 채로 진금행을 쏘아보며 물었
다.

"그래, 오늘은 네 말대로 됐으니 뭐라고 하진 않겠어. 하지만 다음에
도 이렇게 밀린다면 난 그냥 이 자리에서 죽는 게 나을 것 같은데? 물
론 널 죽인 이후지만 말이야."

진금행이 비릿하게 웃으며 구잔양을 쳐다보다 잘린 왼쪽 어깨를 보
고는 가볍게 숨을 들이마셨다.

그걸 본 다른 모든 사람들은 진금행이 지금 구잔양을 엄청 용서해
주려고 노력하고 있는 중임을 한눈에 알아볼 수 있었다.

"다음에 밀리다니? 밀리는 건 여기까지야. 다음부턴 우리가 밀고 올
라가는 거지! 그것도 끝까지 말이야!"

"다음? 그 다음이란 게 언제야?"

주개육이 힘겨운 전투 끝에 배부르게 먹었던 배가 꺼진 게 아쉬웠는
지 배를 슬슬 손으로 비비며 물었다.

"바로 내일이지! 내일부터 이 천하는 이 진금행이 손아귀에서 놀게
될 거야."

진금행의 나지막한 목소리.

하지만 그 말이 나오자마자 이미 그 일이 반은 이루어진 것과 다름

없었다.

"그럼 난 먹어둬야겠군. 내일부터 진금행 손아귀에 천하를 쥐어주려면 말이야."

주개육은 너무도 적당한 핑곗거리를 댔다고 생각했는지 행복한 표정을 지으며 부엌으로 향했다.

"어이, 노인장이 보기엔 어떻수? 내가 천하를 쥘 것으로 보이우?"

진금행이 옆에 앉은 눈동자가 모인 노인을 향해 불쑥 물었다.

"크흥, 먼 산······."

하지만 치매라도 걸렸는지 뜻 모를 이야기를 내뱉고는 화들짝 놀라는 노인을 보며 백연강은 흥미롭다는 시선을 던지고 있었다.

"자자, 주개육을 보고 모두들 배워! 오늘은 배부르게 먹고 푹 자란말이야. 내일부터는 천하를 낚으러 가야 하니까!"

진금행이 큰 선심이라도 쓰는 것처럼 주위를 둘러보며 크게 외쳤다.

그리고 진금행이 말한 일은 꼭 지켜지리라······. 이때까지 그래 왔듯이.

〈제5권 끝〉

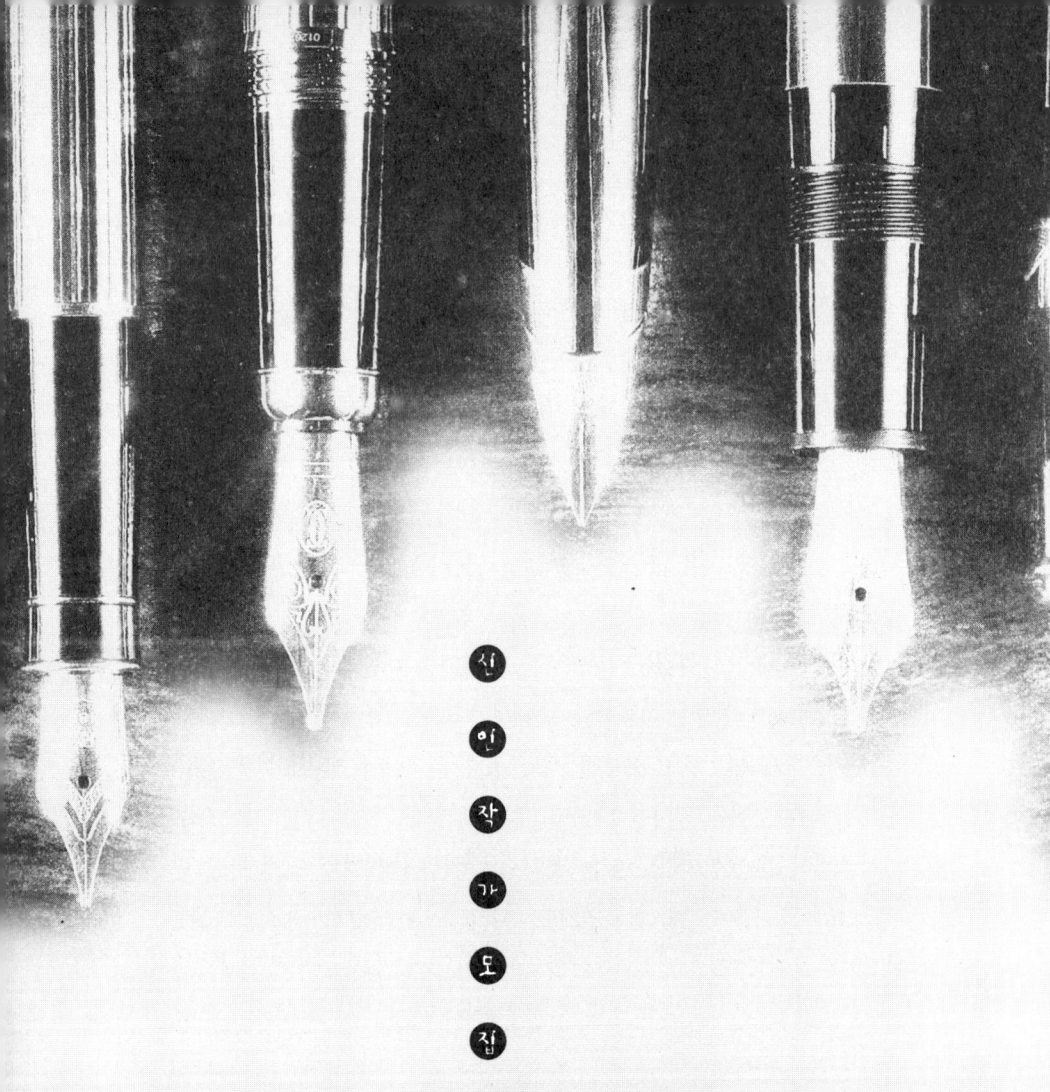

신
인
작
가
모
집

시작이 반이라고 했습니다.
작가의 길에 대한 보이지 않는 벽을 과감히 깨뜨리십시오!
청어람은 작가 지망생 여러분들의
멋진 방향타가 되어드리겠습니다.

저희 도서출판 청어람에서는
소설 신인 작가분들을 모집합니다.
판타지와 무협을 사랑하시는 분들의 많은 참여를 바랍니다.
소정의 원고(A4용지 150매)를 메일이나 우편으로 보내주시면
검토 후 출판 여부를 알려드리겠습니다.

주소:경기도 부천시 원미구 심곡1동 350-1 남성B/D 3F 우편번호420-011
TEL:032-656-4452 · **FAX:**032-656-4453
http://**www.chungeoram.com**
e-mail:chungeoram@chungeoram.com